EFFETTO ECO
エコ効果
4千万人の読者を獲得した魔術師の正体

F.パンサ／A.ヴィンチ編
FRANCESCA PANSA／ANNA VINCI
谷口伊兵衛／ジョバンニ・ピアッザ訳
IHEI TANIGUCHI／GIOVANNI PIAZZA

而立書房

目次

ウンベルト・エコの横顔（ジャック・ル・ゴフ）　iii
序文　viii
小都市アレッサンドリア　3
万能の日々　11
労働者、聖職者、そして災難　22
そしてマイクと称されし男、到来す　34
賛嘆者、これまた多し　51
反逆天使たちの登攀　65
われわれはすべてが欲しいのだ　86
欲望の年代　96
都市全体が語っている　98
黄金の夢　104

あまりに知り過ぎた男　121
『振り子』の振幅　144
誰も私を評価できはしない　155
最後まで　220
(付録)『前日の島』について（シュタウダーとのインタヴュー）　233
主著の販売部数　261
訳者あとがき　263
索引

装幀・神田昇和

ウンベルト・エコの横顔

ジャック・ル・ゴフ

ウンベルト・エコは五十歳を過ぎて開花した遅咲きの小説家である。だが、『バラの名前』と『フーコーの振り子』の異常な成功も、彼が二重の人物として存在し続けるのに妨げとはなっていない。中世思想、とりわけ、スコラ学の美学思想を専攻する大学教授と、中世思想を——ジュリア・クリステヴァ同様——西洋思想によって産みだされた最上の記号学的体系の一つとして考えている、記号学理論家・エッセイストとして。

他方、彼は小説を書くことに非常な楽しみを感じたにしても、小説は彼にとって一つのレクリエーションだったのではない。

彼は機知のある人 (homo facetus)、遊ぶ人 (homo ludens)、冗談を言い、ふざけ、笑い、笑わすのを好む人のみごとな一例である。〝笑わす〟といっても、それはもちろん、真剣に笑わすのである。彼には、エラスムスのかけら、『愚神礼讃』のかけらが残存している。彼はラブレーが〝狂気の賢者たち〟(morosophes) と呼んでいる人びとの一人なのだ。

冗談を通して真実を探求し呈示するのである。そういう冗談は、学術書においてよりも、小説においても展開させることができる。だが、真にプロテウス的な人物、知能のフレゴーリ〔レオポルド(1867-1936)。イタリア・ミュージック・ホールの役者。作品中の多様な人物を解釈して、すぐさま自ら演じて見せる特技で有名だった〕たる、ウンベルト・エコは、固有の人格の夥しい、豊富な局面を各瞬間に再編成して、それらの全き一体を再発見しようとしているのである。

彼の学問的仕事が想像力に満ちているとすれば、彼の小説のほうは学問、学殖を糧《かて》にしている(『バラの名前』におけるラテン語、『フーコーの振り子』における冒頭のヘブライ語の引用!)。いろいろの記号体系を活用し、それらを倍加させ、それらを混ぜ合わせることにより、そこから新たな創造を行っている。

ウンベルト・エコのことを考えると〝知能〟という語がしばしば脳裡に浮かぶが、それもそのはずで、『フーコーの振り子』は彼が途方もない〝人口知能〟、並外れたコンピューターであることを証明している(また現に、アブラフィアが『振り子』の主要人物なのかもしれないのだ)。ただし、コンピューターといっても、考えるコンピューターなのであり、そこには——しかも背後ばかりとは限らない——一人の、それもれっきとした人物が潜んでいるのだ!

教養とも言える知能・学殖。この機会にも繰り返しておくが、ウンベルト・エコの小説はゲーテの小説同様に、私にはドイツ語の単語“Bildung”の二重の意味——教養・形成——で“Bildungsroman”の物語(教養小説)に属するように思えるのである。エコの小説はただたんに二つの〝感情教育〟の物語(短い恋愛体験という〈勝ち誇った〉誘惑の後で、書物のために女性を見棄てる若きアトソンの物語。女性たちとの修業期間を奇妙な出版社のそれとない混ぜにするカゾボンの物語)であるだけではない。彼の小説はまた、知から物語への変形であり、学殖を虚構に換える錬金術であり、はては犯罪小説的、実在的な陰謀と化する知的探求でもあるのだ。

魔法使いのエコは小説において、その知的幻影を振り回している。彼の探求は文学作品のうちに続行しているのだ。小説のおかげで、ウンベルト・エコは自らの個性の多くの局面を展開することができたのである。

書物への愛。彼が書物、とりわけ、古書や科学書――オカルティズム、ユートピア、怪奇なものを通して真相を追求する本――のいかに熱狂的な収集家であるかは、周知のところだ。『バラの名前』は一冊の本をめぐるひとまとまりの犯罪であるし、修道院という小世界的社会・文化と、中世西洋という大世界的なそれにおける書物の機能を演出したものである。それはまた、破局、書物の破壊の物語であり、ある図書館の火災であり、ある図書館創設者の正真正銘の悲劇でもある。

『フーコーの振り子』は、書物についての本、百科事典――エコがその精神と人格においてそうなろうと欲しており、実際にも、そこからほど遠くないところの百科事典――の具現にたどり着こうとする試みなのだ。

秘密への情熱。『バラの名前』においてもそうだが、『フーコーの振り子』の中にも犯罪の策謀が存在している。秘密――悪だけでなく真相の秘密――への探求も存在する。こういう両面性は、エコ本人の性格の一部なのだ。彼にとっては、オカルト的なものへの誘惑は、殺害された修道士に代表されるものであれ、陰謀を企むテロリストたちに代表されるものであれ、悪を一掃するための手段であるし、また、隠れた真相をあばくための手段なのである。妖術にせよ、白魔術にせよ、これらは悪魔や善良な神をともに発見することを目指す、同じメダルの両面なのだ。

場所の感性。ウンベルト・エコは或る場所を、情念、理念、イメージ、ドラマの蓄積されたものとして描いている。こうした不安を孕んだ場所が、彼にあっては、イマジネーションや、小説の産出を突発させるのだ。ある場所には潜勢力があり、そこには神秘な諸力が集中しているという直感が、エコの世界にはあるのである。たとえば『バラの名前』における城のような修道院、『フーコーの振り子』における、パリの工芸学院付属博物館の魔的な機械をもつ教会‐聖堂といった場所において。

歴史の必要性。歴史のうちにウンベルト・エコは空間・時間の交差、時空的構造を見いだしている。これらは小説の構造でもあって、彼はそこから、過去および世界のうちに、熱烈な旅行者・探検者たる可能性を引きだすのだ。真相・現実・信憑性以上のものを探求するのであり、このことが今日、歴史小説の成功の因となっているのであるが、しかしそれは彼にとっては、今日の諸問題を長い持続期間において手掛ける最良の方法に過ぎないのである。

自由への渇望。ウンベルト・エコは歴史を外れては小説を創りだすことができないのであり、それはちょうど過去を抜きにして社会学者が存在し得ないのと同じである。そういうことになるわけは、アナール派の歴史家たち（私が彼らに接近していても、密着していないことをお許し願いたい）のやり方で、彼が総体としての歴史（一小説がみごとに演出する日常文化の諸局面についての物語をも含む）を意図しているだけでなく、過去から現在への絶えざる往来（va e vieni）を外れては考えることができないからでもある。

十四世紀に展開する『バラの名前』は寛容への焦眉この上ない一つの呼びかけであるし、十三世紀から現代にかけて展開する『フーコーの振り子』は〝永遠のファシズム〟への一つの告発なのだ。

小説をもって、ウンベルト・エコは過去および現代の知的冒険のみならず、過去を引き継ぐ現在の美的・道徳的価値のための闘いにも打ち込む人物であることを自ら明らかにしている。

私には、彼がディドローやゲーテ流に——相当違いはあるにせよ——知的小説の一ジャンルや、現代のヒューマニスト、(宝物の書物をコンピューター予言者が排斥してしまう) 記憶《メモリー》装置にとりつかれた時代においてピコ・デッラ・ミランドラのごとき人物を、よしんば創造しなかったにせよ、少なくとも蘇らせたように思われるのである。

序文

〝エコの事件〟は、ここ十年間において最も顕著な、しかもこの上なく論争をかもした文化上・出版上の現象である。

一人の作者が国際市場でこれほどセンセーショナルに認められ、この快挙が分析・議論・論争の対象になるというようなことは、かつてイタリアではなかったし、おそらく今後久しく生じないであろう。同じ人物がこれほど激愛され、同じくらい激しく嫌悪されるというようなことはかつてなかった。

彼は天才なのか、それとも天才的なご都合主義者なのか。マス・メディアの達人なのか、それとも二十一世紀の語り手の一例なのか。無謬の戦略家なのか、それとも、思いがけず、〝たまたま〟世界的成功が降りかかった、稀な僥倖に恵まれた作家なのか。

私たちが試みたのは、ひどく食い違う言及、証言、判断を整理することによって、こうした質問に答えることである。

私たちが欲したのは、『バラの名前』や『フーコーの振り子』がベストセラーになった理由を把握することだけではないし、このゴールに到達するために用いられたテクニック――〝内的〟、語り的なものにせよ、〝外的〟、販売促進的なものにせよ――を分析することでもない。私たちが関心を寄せたのは、一九九〇年代の始まりにおけるウンベルト・エコ、大勢の人には許せない文学的〝栄誉〟で一杯のエコだけではない。

私たちは彼の別イメージ、色褪せていたり、ほとんど知られていない、かけ離れたイメージをも見つけようとした。たとえば、地方の一小都市全体の語り草になっている、知的に人並はずれた聡明な高校生。ローマのコンチリアツィオーネ通りを抗議のため黙って行進し、〝ラジオ・ベツレヘム〟〔キリストの教え〕に同調していると主張したカトリック教徒。エンザ・サンポーと婚約し、マイク・ボンジョルノのために「のるかそるか」(Lascia o raddopia)という番組用の質問事項を準備している、才気煥発ながらまだ無名のテレヴィ局員。さらに、韻文の哲学物語の作者、笑い話を語る仲間、もっとも関心の的になりそうな新奇なものを嗅ぎ分ける出版界の中に巣食うモグラ、六三年グループの反体制派、ボローニャ大学の記号論の厳めしい教授……。

実に多くのイメージだが、しかしただイメージだけではない。本書『エコ効果』においては、ここ五十年間に移り変わったイタリアの種々相も登場する。あるいはお望みなら、前進的に変貌ないし変装しつつあるが、常に同じイタリア、と言ってもよい。少年期や大学の仲間たち、学界やテレヴィ界の同僚たち、弟子たち、公然たる友人たちや敵たち、作家たち、哲学者たち、映画人たちが登場する。

本書の主人公はただエコだけではない。他の人びとも主人公として立ち現われて、関係・親近・異議のゲームのなかに正体を示すことになる。私どもはインタヴューした人びとの多くが、ウンベルト本人を語りながら、実にお喋りへの欲求のあることを発見した。

逆に、多くの人びとにあっては奇妙な無口、恐れ、端的に言えば、暗黙の敬意が顔を出していたのだが、これらは実のところ、正当な根拠のないものであり、そのせいで、本書に対して或る種の小さくて、大きな問題がつくり出される結果となった。

いずれにせよ、今となっては本書の当初の意図——風刺文書《パンフレット》でも、賛辞でも、学術論文でも、ましてや、噂話のせっかちな寄せ集めでもないようにする——に忠実なことを再確認のうえ、判断は読者諸賢にお任せしたい。

各人にはそれぞれの考えがあるものだ。私どもとしては願わくば、この正真正銘の花火のおかげで、エコの読者が彼についての判断を深めるためにさらに多くの素材を手に入れて頂きたい。その判断が肯定的なものにせよ、否定的なものにせよ。

フランチェスカ・パンサ／アンナ・ヴィンチ

エコ効果

――四千万人の読者を獲得した魔術師の正体――

EFFETTO ECO
by Francesca Pansa/Anna Vinci

小都市アレッサンドリア

「レトリックも神話も、伝道会も真実もない都市」とは、ウンベルト・エコが一九三二年に生まれたアレッサンドリアに対して行っている定義である。

ファウスト・ビーマの『アレッサンドリア人の歴史』(*Storia degli Alessandrini*)の刊行によって、エコは自分の都市が「伝説に乏しく」、また「市民たちがそれのマントの裾《すそ》に触れるために身を乗り出すこともなく、傍をいつも通り過ぎていった歴史」すら忘れられたとの確信を強くさせられるばかりだった。ローマ人から、赤髯《あかひげ》王フリードリヒ一世や、この地で「オオカミを改宗させた」聖フランチェスコに至るまで、歴史というものは、誰にも知られていなかったのだ。なにしろ、アレッサンドリア人たちは「オオカミや修道士のためにわざわざ歴史をつくる価値があるとは考えなかった」からである。

ごく幼いエコ、才気煥発で人並みはずれた才能に恵まれた彼のうちに、「理想も伝道会もない」都市が伝えたもの、それは、「修辞的誇張へのまったくの無関心、情念への毛嫌い、大業への疑い」であった。こうしたすべてのことは威厳に満ち、歴史的で、記念すべきものとして呈示される一切のものに対しての、当然ながら、疑惑を招来することになる。アレッサンドリアの誰かが、ナポレオンを指さして言ったという言葉「キクレイスアテルレ」(Chi ch'lè is aterlè ?) ——この地方特有の色合いを抜きに訳すれば、「あそこの者は誰だい?」——もなるほどと思われる。

当時から、アレッサンドリアでは不信が支配し切っており、うぬぼれ屋はみな容易にその正体を見破られることができたのである。市の紋章の中の、白地の上の赤い十字架は、数年前までは、はなはだ意味深長な「アレッサンドリアは権力家を壊滅させ、下賤の徒を昇進させる」(Deprimit elatos levat Alexandria atratos) というカルトゥーシュを浮きださせていたのである。伝承によれば、このカルトゥーシュはこの都市国家の創建直後に、法王アレクサンデル三世によって発布されたらしい。

野蛮な破壊行為、粗雑な修復作業、不運な戦争の数々によって、その都市の顔を一変させられてしまっているために、アレッサンドリアを「ピエモンテ地方のシベリア」と呼んでいる人もいる。だが、最近の或る案内書は、芸術コースとして、ダル・ポッツォ宮殿、聖女ルチーアと聖パオロのバロック様式大聖堂、クッティカ王子の十八世紀の住居、旧要塞——「亡霊たちの王国」——を列挙し、結びとして、「文化的に興味深い作品に欠ける、と多くの人びとによって規定される」この都市は、「この観点からでも重要で、他のもろもろの都市と芸術的な古い過去のシンボルを競うことができる」ことを示している、と記している。

とにかく、幼いエコが行動を開始する三〇年代のアレッサンドリアはまだ帽子で有名だった。一八五七年、帽子屋ジュゼッペ・ボルサリーノは当地に最初の会社を設立し、千人を超す工員をもって、年産七十五万個を製造するに及んだ。だが、一九三〇年代には多くの帽子工場は危機にあり、〝ジュゼッペ・ボルサリーノ兄弟〟は給料の圧縮や、労働の〝科学的〟編成による手段に訴えた。手間賃方式による、時間測定装置〝ブドー〟が工場に登場したのである。

崇拝すべき形見のない都市にも、尊敬すべきスポーツの伝統は存在していた。サッカーは実に早く、二十世紀初頭に生まれたのであり、在留イギリス人たちに培《つちか》われた植民都市ということもあって、このスポーツ活動は発展させられたのだった。自転車競技も早くから行われたのであって、アレッサンドリアでは、トラックでのイタリア・チャンピオンたちの開拓者的な催しが繰り広げられたのである。けれども、若いエコはスポーツマンではなかったし、自転車競技もサッカーも愛好しなかった。せいぜい地方の栄光に関するすべて――筆頭にはジャコモ・ボーヴェがいた。彼は北極、ティエラ・デル・フェゴや、コンゴーへ冒険旅行を敢行し、一八八七年、僅か三十五歳でコンゴーで悲劇的な死を遂げた――を知ることを好んだ程度だった。

今日、アレッサンドリアの栄光として、案内書の中にはボーヴェと並び、世界中に突入した小説家ウンベルト・エコが姿を現わしている。しかし、彼だけがかくも例外的な成功を収めたわけではない。もう一人の〝地方の天才〟(genius loci) には、エコよりも十六歳若い音楽家エウジェニオ・デル・サルトがいる。彼は生涯に八百以上ものカンツォーネを作曲したのであり、そのいくつかはミレイユ・マティウによって演奏され、大成功を収めた。そして、誰もそんなことを想像しなかったけれども、売上高ではエコを破り、世界において優に一千四百万枚のレコードで名をあげたのだった。だがもちろん、両者にとって、もう一つのアレッサンドリアの諺が機能したのだ。純粋の願望たる「ファカツナービ」(Fa ch'atn'abi!)「汝が持つように為せ」――いうまでもなく、金銭を――という諺が。

ある友人は語る――友だちと一緒のバルの夕方

昔むかし……われわれの話ももっとも伝承的な瞬間からはじまる。昔むかし、それほど小さくも、それほど大きくもない、ピエモンテ地方の或る都市に、利発な少年がいて、その両親の自慢の種だった……。

ちょっと待った。でも、聖人伝風の鋳型に陥らずにおれるだろうか。ジャンニ・リヴェーラという、やはりアレッサンドリア生まれの、六〇年代でもっとも有名な〝聖職者的〟サッカー選手のそれよりもはるかに輝かしい、都市の最高天の中での、今やより明るい光を発する恒星となっている者、成功にかくも恵まれた作家、エッセイストの根底にあるものについて、何かこれ以上のことを知ろうと試みることは可能だろうか。可能であるためには、それも可能だろうが、ゴムの壁にぶつかることだろう。

知る者は語らず。エコとの幼時期の友情がいまだに生々しい、弁護士ジャンニ・コシャは語らない。毎年末に、コシャは二万冊以上の本で覆われたエコのミラノの家の常客であり、(彼自身がアコーディオンを持って)傍にいる一方で、エコはフルートでさまざまなメロディーを奏でるのである。

「過去にはいろいろあったさ」、とコシャは人びとの言うにまかせているのだ。評判の高い職業人のコシャは、何といっても、有名なアコーディオン奏者(この楽器でジャズをレパートリーにもつ、イタリアで唯一の人)であり、彼は指揮者クレーマーのためにも演奏してきた。そして、音楽がエコと彼との交友における本質的成分の一つであることは確かである。なにしろ、エコは、すでに述べたように、フルートを趣味としているし、『フーコーの振り子』の中でのはなはだきれいな一ページ（明らかに自伝に属するものだ）は、ヤーコポ・ベルボがパルティザンたちの前で自らトランペットを吹いて見せているそれであるからだ。

思春期には、いろんなものが一緒に過ぎていった。遊び、おしゃべり、希望、聖フランチェスコ教会の青少年集会所での午後。アレッサンドリア市のど真ん中にあるこの娯楽所では、幼少のエコは芝居上演をも準備していたことがあったのであり、すでにこの頃から、彼は文化コースの企画者だったのである。

思い出はいろいろあったことであろう。エコはたとえば、後期中学校で、十一音節のパロディー、『聖水喜劇』（La divina acqua commedia）という、偽ダンテの家族に生じたごたごたの話を書いたことがあった。

コシャは語らない。だが、エコが生まれた都市に戻らねばならなくなって、身を寄せていた父方のおじロメーオ・エコの友、ジョヴァンニ・マッソラは、はなはだ慎重にではあるが、語っている。マッソラが戦後すぐにアレッサンドリアの或るバルでエコと識り合ったとき、エコは十四歳であって、すでに期待と天才の途中にいた。エコは活気に満ち、聡明で、もちろん、同年代の者たちのあいだ以外でもリーダーだったのである。

高等学校三年生のときには、イタリア語教師に詩に関する質問をして笑い者にし、教師をひどくまごつかせて、クラス中が大喜びをすることもあった。だが、幼児エコに戻ることにしよう。

――第一成長期の、心理的に重要で、根本的な契機の一つは、遊びです。ウンベルト・エコがどういう遊び方をしていたか、何かおっしゃって頂けませんか。

「幼児の遊び以上に、幼いエコの気晴らしは空想の冒険だった、と姉のエーミは或るインタヴューで回想しています。彼は摩天楼の果てしない空間をさまよっていたのであり、どの部屋の中にも彼が略奪してきた女優の写真があったのです」。

――書き物では早熟だったのですか。特別な態度を見せていたのでしょうか。

「家庭に或る欠陥があったことは間違いないです。やはりエーミが回想しているところでは、家には、決まって報道記事で埋まった新聞紙が転がっており、エコはそれらのほとんどすべてに絵を書き込み、ふさわしいカットを加えたりしたとのことです」。

――ですが、家庭でジャーナリスト見習いみたいなことを行っていたこの若者についての、みんなのイメージはどのようだったのでしょうか。

「一つのことを申し上げることができます。都市《まち》じゅうがこの才気煥発で、聡明で、多能で、想像力豊かな少年のことを話題にしていたのです。彼の周囲にうごめいていたすべてのことを瞬時に把握する生まれつきの能力が、彼には備わっていたのですから。絶えず動揺しており、悪魔を背負っていたのです。このことは、高校の同僚で弁護士のジョルジョ・ゴルジアの証言から明らかです。

当時はまだとてもほっそりしており、スポーツもしていませんでした。その代わり、校外活動を聡明かついろいろのやり方で、仲間のために準備するのに余念がなかったのです。芝居を好み、みんなを劇の上演に巻き込んだりしたのです。そのほか、クラスで、学習への精神的刺激や、美的享楽として、ベートーヴェンのシンフォニーを聴くことを欲したこともあります。こうした彼の活動はすべて、みんなの注目の的になりました。ですから、大勢の友人がいました。みんなから尊敬されていたからです」。

——カトリック教育は彼の陶冶《とうや》において本質的だったように思われます。あなたは年齢の理由から、エコと同年に通学なさいませんでしたね。けれど、彼と仲間、学校、スポーツ・文化活動との関係について、何かご存知ありませんか。

「暇な時間に、彼がフラーティ・ディ・ヴィア・ウーゴ・ラッタッツィのクラブに通い、そこで芝居上演の準備をしていたのを知っています。そこでは彼は演出家としてだけでなく、役者としても参加しており、舞台の上に、ジェリンド〔アレッサンドリアの英雄〕の古いローカルな話の中に出てくる一兵士の軍服をまとって現われたりしました。もちろん、彼は宗教にひどく縛られていましたが、イデオロギー面でもそうだったかどうかを申し上げることはできません」。

——彼は将来の野心について語りましたか。

「冗談まじりに、アイロニカルな形で語ることはありました。とにかく、万事における彼の器用さを見るにつけ、彼の組織する才能、彼の厖大な教養、彼の良い性格が直感できたのです」。

――恋愛は？　初恋の少女の名前は知っておられますか。

「私の記憶では、人びとから聞いた最初の名は、サンポーという人でした」。

――地方の生活はしばしば窮屈で息の詰まるようなことがあるものです。人の望むようなことを実現させるのを容易に許してくれません。エコは束縛感を抱いていましたか、こういう限界を意識していましたか。

「たしかにそういう限界を知っていましたし、出て行きたがっていました。他方、彼のアレッサンドリアの友人たちはみな、出て行き、ほかの所に引っ越したのです。彼らはアレッサンドリアのような一都市での生活に強く限定されることは、永久に容認できなかったのです」。

――最後に一つ。あなたはずっと以前から、彼が成長し、地位が変わり、正真正銘の人気スターがみなそうであるように、取り巻き連を従えた真のスターになるのをご覧になってきましたね。あなたのご意見では、成功により彼は変わりましたか。彼がアレッサンドリアにやってくるときはいつもお会いになるのでしょう？

「成功が……どれほどかということは存じています。でも、私たちは彼がアレッサンドリアに戻ってきたときにも、ほとんど会いません。彼はいつもおじのロメーオと一緒なのです」。

万能の日々

青年エコが当時の他の数多くの若者たち同様に、自らの組織の中で経験した時代の、イタリア・カトリック行動青年団（GIAC）は何を代表していたのだろうか。

政党ではないとはいえ、改革運動の精神はこの運動にしみ込んでいた。「われわれは民衆に福音を説き、重要問題で断固譲歩しないように民衆を慣らさねばならない。教会ではキリストとともにありながら、広場とか政治ではキリストに背くようなことはできない」という意見は、一九四七年九月二十一日にGIACの団長カルロ・カッレットが行動青年団の十万名の若者を前に表明したものである。一九四八年四月十八日のキリスト教民主党の選挙での快挙も、こうした厳然たる姿勢の結果だった。

宗教界と政治とを混同するなという、カトリック界の若干の代弁者たちの警告にも、こうして耳を貸してもらえなくなったのである。こういう反対者たちの前列にいたのは、ラザッティ、ドッセッティ、ラ・ピーラ、ファンファーニ、といった、いわゆる〝小物教師たち〟である。

GIACで代表される現実をよりよく理解させてくれるのはいくつかの数字だ。四〇年代末には、この組織は国土全体に拡大した。それの男子会は約二万、女子会は一万五千、少年グループは一万八千、少女グループは一万三千に及んだ。会員は全体で二百万を超え、さらに年ごとに増加していったのである。

ところが、一九五一年に、第二十七代GIAC団長にマリオ・ヴィットーリオ・ロッシが選出されると、新しい事態が生起するのだ。カリスマ的な力を有するこの医学博士は、研究を続行するために製糖工場で働いてきた人であって、あまり頑固一徹ではない、より自律的な路線を支持したのである。ロッシが欲したのは、過去や、(前団長が表明していた)政治的支配なる目標とは異なるということであって、彼に言わせれば「社会が無神論に陥っているのは、社会が神を信じないからではなくて、人を愛さないからなのである」。だから、彼はこう付言したのだった、「革命運動なり、キャンペーンなりマニフェストなり、標語なりがこの本質的な与件を念頭に置き、原因が近くにではなくて、内にあることを忘れるならば、それらは派手なイニシアティヴに留まりはしても、決して肝心な契機とはならないであろう」、と。

これは勇敢な一つの断絶計画だ。ロッシと並んで、ウンベルト・エコもいた。エコはルイージ・タヴァッツァ、ディーノ・デ・ポーリ、ヴィチェンツォ・スコッティから成る学生部で働いていたのである。けれども、ヴァティカンとの諍《いさか》いがすぐさま表面化しだすのだ。ピウス十二世は当初、GIACの最高会議を公然と(一九五三年六月二十九日)非難していたが、その後——同行動青年団の八十五周年の機会に——行うべき演説の二つの下書き(一つは、ロッシとモンティーニ猊下が準備したもの、もう一つは、ジェッダとタルディーニ猊下が準備したもの)のうちから、後者を選んだのだった。

一九五四年初頭、「エウロペーオ」誌はドッセッティ、ラ・ピーラ、マッゾラーリ、マリオ・ロッシを「新しい天と新しい地」を探し求めているがゆえに「プロテスタントたち」だとして紹介した。同年四月十八日の復活祭の日には、カトリック当局の側からの絶え間ない批判の的にされていたロッシは辞任した。「オッセルヴァトーレ・ロマーノ」紙はこの機会に、法王への不服従、フランス神学の読書、左翼的立場への追従《ついしょう》によって代表されるさまざまな「教義的逸脱」を話題にした。ロッシの周囲に結集していたグループは潰走した。

何年も後に、マリオ・ロッシ——そうこうするうち、精神分析学者になっていた——は自らの辛い経験を回想録『万能の日々』（*I giorni dell'onnipotenza*）の中で物語った。それから少し後の、一九七六年九月二十一日、彼は僅か五十一歳でローマで没した。

行動青年団におけるエコのかかわりは（当時彼の仲間だった者の言によると）、「伝統的枠組み」から外されており、「大きな対話能力と寛容能力、そして、探究や、探究の自由への大きな欲求」をもっていた。この未来の小説家は、対話を求めていて、対立配置に就くことに反対していたのである。実際には、彼は「ラジオ・マルクス」に対しては、個人の自由を〝集団の〟自由に服従させていると非難して、「人間の自由と尊厳」を要求する唯一の放送局「ラジオ・ベツレヘム」に公然と加担していた。

行動青年団の雑誌（一九五三年七月十九日号）で、彼はこう書いていた、「改革運動の精神を過度に陥らせることに用心しよう。ポワティエの戦いやレパントの戦いは防衛機能を果たしはしたが、征服の面では何も解決しなかった。信仰や善意で武装した僅かな宣教師たちの努力のほうが、より効果的だったのだからだ」、と。

そして、すでに当時でも、推理小説のような、もっとも低級な形を取った文学への愛はとても強かったのである。彼は「カトリック青年団」(*Gioventù cattolica*)の一九五四年一月十七日号において、「われわれが或る著名人、ある政治家、ある学者の書庫の中を探索に出かけるならば、きっとそこに相当数の推理小説が見つかるであろう。推理小説はたんに若気の過ちであるだけではない。それは永遠の誘惑なのだ」、と述べている。だが、彼の文学観は、資料としての〝教育的〟価値を要求していた。「作品が成功するのは、ほんとうに資料で裏付けされる場合だけであり、そうでない場合には、固有の目標を達成したことにはならないであろう」。

ウンベルト・エコ——追放の顚末

十三歳の子供の時分からイタリア・カトリック行動青年団（GIAC）に入団しました。それから、高等学校の期間はずっと宗教に熱心に没頭していました。そして、大学に入学して二年後に、ローマの中央委員会に参加するように招かれたのです。この組織は当時、社会民主主義的性格をもったものとしてだんだんと頭角を現わしていったのです。いわば、今日の第三世界のカトリック教会に多少似ていたわけです。

ですから、われわれ先導的な若者は、被抑圧者を救済する社会改革、左翼と規定されうるような立場にだんだんと組織されていきましたし、したがって奇妙なことながら、聖トマス・アクイナスとグラムシとをともに読んでいたのです。しかもこうした体験はみな深い確信と同時に、たいそう現代性や陽気さにも満ちた雰囲気のなかでなされたのです。実にすばらしい時期でした。

ところが、政治的にはどうかというと、私どもはカトリック行動中央委員会と衝突したのです。この委員会はだんだん保守的立場を取るようになってきていたのです。そのため、一九五四年には断絶が生じ、法王――当時はピウス十二世でした――はイタリア・カトリック行動青年団の団長を左翼に走り過ぎると見なして追い払いました。それで、われわれ中央の先導的な若者も地方の先導的な若者もすべて辞めてしまいました。この政治上の断絶は組織全体を多年にわたり重大な危機に陥らせたのです。ただし、私の友人の多くにとっては、この危機は政治‐規律上のことに過ぎませんでしたが、私にとっては、それは同時に哲学・宗教上の危機としても増大していったのです。たんなる事実としては、話はこれで終わりです。

一九五四年四月、私どもは異端者（〝追放された者〟）として、この組織を去りました。また、同年のうちに私は卒業論文を終えており、それからミラノで働くために転居し、ゆっくりとではありますが、こういう精神上の変化を成熟させていったのです。これにはずいぶんと苦労しました。八年もかかったのです。つまり、私が左翼グループに近い政治上の立場を初めて表明したのは、一九六一年から六二年にかけてのことであり、一九五四年から六〇年までの間は、宗教・カトリック上の大問題については私は沈黙していたのです。

エンゾ・スコッティ――和解の途上のサンドイッチマン

当時のもっとも生々しい記憶は、マリオ・ロッシの辞職の日における、まさしくウンベルト・エコのイメージである。エコは和解の途上に行動青年団のビルから降りる際に、「ここでは人は黙って働き、議論もせず、政治活動もしない」と書かれた、目立つプラカードを振りかざしていたのである。

当時の体験は今なおエンゾ・スコッティのうちにありありと刻まれていて、彼は興奮しながらそれを思い出すのだった。スコッティもエコも参加していたロッシ・グループは、いろんなことを欲していた――「教区外のわれわれのかかわり合いの重心を、学校、大学における作業場に移動させる」ことを。こうしたことはすべて、ある価値があった――「キリスト教信仰共同体の保守主義」との衝突を来たしたのだ。「良心の自由」を主張すれば、無事にはすまなかった。断腸の思いや、断絶という、危険を冒すことになったのである。

これは重要事ではない。重要なことは、教義的判断にではなくて、批判的精神に基づいた経験の反復不能性である。スコッティはキリスト教民主党の党員になった。彼は重要な任務を帯び、何回か大臣となり、今や下院の筆頭集団キリスト教民主党を率いており、イタリア南部のことに没頭している。あの遠い時代からの、多様な関心事を強調して、「われわれはもちろん、朝から晩まで同じことを考えていたのではない」、と語っている。

行動青年団の同時代人たちは、政治では局部的な生き方をしてきたが、関心領域は映画、文学、音楽、演劇にまたがっていた。みんなの性格を形づくっていた一つのこと、それは「関心の複数性、人生への好奇心、大いなる注意と参加であって、これらは、ウンベルト・エコ本人がはぐくんできて、他の人びとのうちに伝えたものだった」。

今やわれわれは主題の中へより明確に入り込んだことになる。エコ、二十歳。行動青年団の〝インテリ〟(egg head)。そして、反対者と化したグループの内部に、まだ始まったばかりのインタヴューの移動撮影のすばらしいクローズアップを行うのがふさわしかろう。

——スコッティ先生、十歳代を超えた頃のエコについて、どんな思い出をおもちですか。

「知的に並外れて鋭敏で、人びとの注意を引きつける大きな能力があったことです。彼がローマにやってきたのは、マリオ・ヴィットーリオ・ロッシがGIACの団長となり、学生部にオリジナルな諸問題の清新な風を持ち込んだときでした。エコは胡椒のきいた新聞の実現に魂を入れたのですが、それは、ただたんにグラフィックアートの趣向のためばかりでなく、中身のためにもなされたものですから、すぐさま、カトリック行動団の委員総会から強く〝叩かれる〟破目に立ち至りました。ですから、エコの到着は〝陶冶の学校〟の進水式と符合したのです(この学校の立案については、私どもは一緒に議論しました)。出会い、配布の準備、夏期学校《サマー・スクール》キャンプ、……の活動が行われていたのです」。

——あなたのグループの平均的な日課はどういうものだったのですか。エコはどんな影響力をもっていたのでしょうか。

「彼も他の多くの人たち同様、ローマに家を持っていました。そして、このことは私たちどうしのはなはだ突っ込んだ対話を容易にしていました。私たちが一緒のとき、夕方になるとエコは私たちに、彼が最近読んだものや、彼が行った知的発見についてのいろいろな感想を伝えてくれました。彼は歴史や洗練された小説の百科事典でした。それらを、彼は庶民の強い嗜好をもって物語ったのです」。

――スコッティ先生、あなたのお感じでは、当時の〝カトリック界〟の菜園のほうが、より多くの〝インテリ〟とか、より多くの〝叛徒〟がいたとおっしゃりたいのでしょうか。それとも、この両方の名称はやむなく腕を組んでいたとでも？　行動青年団は一種の〝十字軍的一団〟として表われていた。つまり、二万の青年組織、一万五千の婦人組織、一万八千の少女グループ、一万三千の少年グループ……として。カッレットは十万の若者のことを話題にしていました……カトリック教徒たちの党派は国民投票による同意からの生き残りだったのだ、と。ですが、〝つむじ曲がりで〟いるという趣向には勝ち誇った側にいるのだとの満足感を与える確信が随伴していたのではありませんか。

「イタリア社会史のこの時期はほとんど掘り下げられていません。五〇年代初頭には、私たちの〝陣営〟のなかで、ほんとうの強力な衝突があったのです。ジェッダ教授の拠点は頑丈で強力でした。私たちの側には、カトリックの学士たちであるイタリア・カトリック大学連盟（FUCI）がいて、私たちの大綱に同意してくれたり、くじけないでいるように促してくれたりしました。ですが、彼らは正体を見せはしませんでしたし、私たちと同様の危険を冒しはしなかったのです。カッレットがジェッダによって排斥されると、マリオ・ロッシは〝正常化推進者〟と考えられました。ですが、ぶっ壊しは成功しませんでした……論戦は続行したのです。対立はキリスト教民主党にも無関係ではなかったのです」。

——あなたのローマ・グループが消散してから、あなたとエコは少なくとも、文通では接触を続けられましたね。この手紙の中身を覚えておられますか。あなたの選択や、あなたの生涯の社会参加に、それがいくぶんかは関係していたのでしょうか。

「たしかに、彼がトリーノへ行ってからも、文通は保ち続けてきました。ウンベルトは彼の探究、彼の中世研究について語っていました。私は一七九九年のパルテノペ共和国〔一七九九年ナポリに建国されたが、すぐ崩壊した〕の革命の史実をめぐって研究を続けていました。彼は大きな学殖だけでなく、問題の核心をすぐに把握したり、有効な示唆を与えたりするその能力でも、私にアドヴァイスを授けてくれました……当時から、私たちは時たま遠くから互いに追いかけっこをしていますが、それ以来、直接会ってはいません」。

——すると、マリオ・ロッシがその本の中で後に名づけたような〝万能の日々〟を、もうあなたはひとまとめに覚えてはいらっしゃらないというわけでしょうか。

「私たちの生活は完全に異なっていたのです。奇妙なことながら、五〇年代初頭のあの時期はそれ自体で完結しながら、半ば分散しており、明白な成果のないもののように見えます。結局、イタリア・カトリック教徒たちの経験の別の契機に関して十分に研究がなされているうちは、当時の出来事が掘り下げられた考察でもはや回想されることはなかったわけです。

そして、おそらくこのことは、私たち各人がもろもろの出来事やその後の〝行為〟に巻き込まれてしまい、あの動向の内部で続行することをせず、あの経験の継続を中断してしまったことの原因でもあり、結果でもあるのでしょう。精神医学の教授になる道を選んだり、イタリア放送協会（ＲＡＩ）の指導者になったりで……逆に、私たちの有為転変のほうが私たち自身よりも重要ではないのに、ある意味では、それが今日でも影響を及ぼし続けることを知る人がはたしているでしょうか」。

――あなたのご質問にエコがなすであろうと考えられる回答を、想像してみたいものです。

「正しい筋道を見いだすために私たちが再考すべきなのは、おそらく、私たちローマのものであっただけでなくて、周辺部でも限られていたとはいえ質的に興味深い通信員たちを擁していた、この小グループの文化的基準点が何であったかということでしょう。基準対象はフランスのカトリック文化だったし、個人主義――カトリック教会のそれ自体への閉じ込もりに反抗したパリの枢機卿マリタン――だったのです。無神論やマルクス主義の流布に心配していたあの要塞は、私見では、いつまでも待ちくたびれることができなかったのです。それで、労働者の条件というテーマに深くかかわらざるを得なかったし（フランスでは、労働者なる司祭の初体験があったのです）、もっとも激しい疎外と対決しなければなりませんでした。たしかに、それは私たちの不安でもありました。でも、私はそれがいわれのないものだったとか、中身のないものだったとは思いません。実際、後には、第二回ヴァティカン宗教会議の時機が到来して、これらの不安を採り上げ、現代世界から期待されている回答を探し求めたのですから」。

カトリック進歩派の教会は、マリオ・ロッシの周囲に集まったグループのそれのような経験の背後に、革新の希望があることを把握する術《すべ》を心得ていた。だが、スコッティとエコはその後、分裂することとなる。ロッシというユートピア的な大容器の中に、スコッティにとってはそのキリスト教民主党への参加を、またエコにとってはまったく世俗的な作家・インテリの経験を予見できたのだろうか。両者にとって、こうしたカトリック的青年期は何を意味したのであろうか。

まだ暫定的ながら、一つの決算を行うという気持ちによって、スコッティの回答は動かされていたのであり、彼は自ら想起することにひどく巻き込まれている様子だった。二十歳の彼にとっては、ウンベルト・エコはすでに中核では、げんに成就している者——はなはだ多様な関心をもち、「現代世界への著しい注意と、フランス革命後のあらゆる経験を内含する、現代の感性を自らのうちに含んだ、はなはだ強力な世俗的宗教性」とを併せもつ一人のインテリ——だったのである。

個人的決算に関しては、いくらかの自己批判が不可欠である。スコッティの告白によれば、「当時私たちが政治に対して取っていた無関心な態度」に対しては過激主義が自分には欠けていた、という。政治に関しては、すべてのことが拒否されていたのだ——社会参加という全体化の次元（「正しかった」）も、「常に社会の頂上に」置かれた政治階層なるイメージも。全然正しくなかったのは、「議会政治への乏しい注意」だった。

「それは私たちのもっとも落ちぶれた光景の一部でした」。これは確信をもってスコッティが結んだ言葉である。

労働者、聖職者、そして災難

五〇年代の初頭のトリーノは、二十世紀の歴史から見るのに慣れてきたものとはまったく異なる都市だった。

都市の変貌は激しく、それは切迫した要求に呼応したものだった。すなわち、イタリア南部からの出稼ぎで、この都市の顔は一変し、それと見分けがつかぬようになっていたのである。イタリア南部の農民たちは、先祖から受け継いだ生を生きる必要に追われて北部へやってきたのだが、また彼らは広がりはじめた消費万能的生活モデルにも動かされていたのであり、このモデルはその後、テレヴィジョンの到来とともに、強力このうえない刺激、深刻な変化の動機となるのである。

一九五一年の住民は七十万を超えていた。自動車文明一色に支配されたトリーノは、実際、このことが惹起するあらゆる問題を抱えた、イタリアの第三の南部都市と化しつつあったのである。

われわれイタリア人は多数党と社会共産主義者との対立という、冷戦のまっただなかにあった。しかも、トリーノが「イタリアのペトログラード」となった第一次大戦後に比べて、多くのことが変わっていたのである。

ジューリオ・ボッラーティは或る貴重な証言の中で、「政治的分泌のトリーノの水源は、産業および労働者の経験のもっとも進歩した地点で、労働者とインテリとの（たんに連帯性のだけではない）きずなが断ち切られ、イデオロギー的負荷を使い尽くしていた。共産主義者の中心地はローマに移っていた」、と述べている。

ピサ高等師範学校出身のボッラーティは、エイナウディ社の周りにうごめくインテリ群の一部に属していた。この出版社は一九四三年の被爆後、めざましい生命力をもって再生したのである。同社のエッセイ、文学、学術の各叢書として出された出版物は、成功を収めた。パヴェーゼは一九五〇年に自殺。グループに残った作家やインテリには、ヴィットリーニ、カルヴィーノ、ナターリア・ギンツブルク、ボッビオ、ヴェントゥーリ、セレーニ、デ・マルティーノがいた。

だが、エイナウディ・グループは、若きエコの可能性の圏外にあった。このグループを形成していたのは、別の経験、つまり、行動青年団、トリーノ大学（そこで教えていたのは、なかんずく、ジョヴァンニ・ジェット、アッバニャーノ、ルイージ・パレイゾーンで、後者とはエコは聖トマスの美学に関する卒業論文について議論することになる）のそれだった。

パレイゾーンは弟子たちにとって真の師匠であったし、何年にもわたり、グイード・チェロネッティ、セルジオ・ジヴォーネ、ジャンニ・ヴァッティモも彼を師と仰いだのだった。彼らのうちから遠くにまで名を馳せている人物が出たことについては、今日、ひどく満足気なマルコ・マルコアルディとのインタヴューにおいて明言されている。彼を満足させたのは、「一種の家族的雰囲気」であって、これは、「探究の自由という同じ信念、探究への絶対的献身、のうちに」あったのである。そして、たぶんエコ本人のことを考えてのことであろうが、「一見そうとは見えない者にも現前する、むしろ厳しい一種の文化的節制のうちに」もあったという。

トリーノはともかく、もう一つ別の経験——テレヴィジョン——を可能にしたし、エコも幸いにも当初からこの経験をたどることになった。また結果としては、他のインテリたちがオリヴェッティ社に拾われて、イヴレア〔トリーノ地方の町〕で生活を続けるという経験もあった。ここでの文化はあまり聖職者的ではなく、とりわけアメリカ由来の人文・社会諸科学に関してより柔軟で、かつ最新知識に通じていたのである。

こうしたあらゆる刺激は（ごく若くしてイタリア放送協会の職員となり、後にオリヴェッティ社の勢力範囲の中に捕らえられた、フリオ・コロンボも告白しているように）、トリーノをして、「多忙で、活動的な」都市、「仕事場の空気が息づき、作ったり、建設したりしたいとの意欲があった」都市たらしめるのに寄与していた。「そこには、粘り強く、急ぎながら、的を外すことなく、難儀しつつも或る未来を打ち建てねばならないという気持ちがあった。しかも、そこにはまた、この未来が遠去かることはあるまい、それは骨が折れても可能なのだ、との感じもあったのである」。

エドアルド・サングイネーティ——親愛なる敵対者

いつも険悪な関係だったが、それは年とともに、ますます険悪化した。ウンベルト・エコより二歳年長で、六三年グループの経験では同じザイルで互いの体を縛った同僚であり、八〇年代にはエコを仮借なく非難したエドアルド・サングイネーティ——ジェノヴァ大学イタリア文学教官——は、エコについて明快に語っている。古くて新しい論戦の反映、ひどく弁証法的な、対立の極点まで有する友情、が感じられるのである。

二人が識り合うのは五〇年代に、トリーノ大学の同じ文学・哲学学部に通ったときであって、一方はイタリア文学史家ジョヴァンニ・ジェット（六八年の事件に幻滅して、自殺を企てた）の弟子であり、他方は哲学者ルイージ・パレイゾーンの弟子だった。二人がいた大学組織は、実に多くの特徴的な経験に富む、はなはだ活発な都市の中の、文化的な真の実験場だった。サングイネーティは、「そこには、知識、読書を大いに渇望する風土がありました。ファシズムが包み隠したすべてのことを回復させる必要があったのです」、と回想している。毎日が新しい、刺激的な発見だった——文学から映画、芸術から音楽に至るまで。この都市は「たいそう教養豊かであって、古典文献学者から医者、建築家に至るまで、実に多彩な人たちどうしの交流がありました」。

基軸は三つあった。第一には、芸術の軸である。「トリーノは私にとって、画家たちの都市でした。風土はもはや昔のボヘミアン的生活のそれではなかったのですが、つながりには自由、気楽さがあったのです」。次に、映画愛好家クラブ。これらのシーズンだったのであり、ごく若い人びとの文化教育は、名のある制作者の映画を通して行われていた。そして最後に、音楽。これには、音楽学校やイタリア放送協会でのコンサートの最良のシーズンがともなっていた。要するに、「若者はいくつもの科目において効力を発揮していたヨーロッパ前衛の大古典を発見し、それらを自己形成の刺激的経験——若いときには不可欠な経験——とすることができたのです」。

文化的天職にははなはだ適したこの風土のなかで、エコとサングイネーティは基礎的な見習い期間を過ごしつつ、双方それぞれの分野ですぐさま頭角を現わした。ただし、サングイネーティ（パヴェーゼと接触があり、その初期の詩を講釈してもらっていた）はすぐに根本的な違いを明確にしている。「ウンベルトははなはだ頑固な、はなはだトマス的なカトリック教徒、私は根本的に無神論的唯物論者でした」。だから、ひどい不一致が両者間にあったのだが、それでも「相互に多くの好感」を抱いていたのだった。

こうしたすべてのことは、サングイネーティとエコの知的特徴が形を取り、重要な経験へと組織されて行くにつれて少しずつゆるぎないものとなったのである。この経験は六三年グループのそれと同じく、両者に共通のものでもあった。サングイネーティは今日、こう明言している——「私はテクストの生産者、一代弁者《イデオローグ》でしたが、彼は美学理論家でした。二人の議題は違っていたのです。とはいえ、ウンベルトは——善意から——私の仕事を評価してくれ、それをヴィットリーニとカルヴィーノがやっていた『メナボー』誌上で紹介してくれました。今日でも私のテクストについて作業を行っているルチャーノ・ベリオとの出会いも、エコのおかげなのです」。

こういう寛大さが示されたのは数回に及んでいた。たとえば、サングイネーティの詩のために、エコが数年前〝ヴィアレッジョ〟の陪審員団の会合のおりに行った、有名な縷々たる弁護の際に。しかし、サングイネーティは裁判に勝つことはなかったし、エコは（この理由もあって）辞任した。

他方、サングイネーティは年とともに、その批判意識の機能を強化した。「エコが書いた大衆消耗小説は品質をそなえた品物ではありません。巧みに仕上げられてはいるでしょうが、ただし、エコ本人がユージェーヌ・シューや他の大衆消耗小説を分析していたときに行ったようなタイプの分析とは正反対のやり方で仕上げられています。当時の彼は、これらのテクストがまさしくそれらの議論の余地のない能力のうちに本質的にもっていた、反動的な、いわば退廃を招くような誘惑を明らかにすることにはひどく用心深かったのです」。

要するに、一つの矛盾がむき出しにされたわけだ。エコは自家撞着を来たし、彼に文化的名声や信望を授けた諸研究も矛盾を来したのだ。サングイネーティがいかなる譲歩をする気もないようだということ、二人の道程がトリーノ時代から異なっており、非常に異なっていたこと。このことはすでに述べたとおりだ。もちろん、個々の状況においては、いくらかの収斂《しゅうれん》が実現したのだが、しかし、それはいつも完全な意見の相違のなかでのことだった（たとえば、六三年グループの折におけるように）。

——サングイネーティ教授、思い出して頂きたいのですが、いったい何があなた方を結びつけていたのでしょうか。また、何があなた方を分裂させたのでしょうか。あなたは正統マルクス主義者、武闘的共産主義者で、彼はより偽善的ながら、あまり拘泥しなかったという、社会参加についての異なる考え方のせいでしょうか。それとも何か別のことでも？

「私たちをほぼ全体にわたって結びつけていたのは、私たちが同意していたもの（これはおそらくごく少しだったでしょう）ではなくて、不一致であることに同意していたものだったのです。私たちはどちらも、後期エルメディズモについても、国民的伝統についても、時代小説についても、ネオリアリズムについても知ろうとは欲しませんでした。大ざっぱにいって、それは一つの世代の反乱だったのです。たとえ立場は相当に変化したとはいえ、一緒に闘おうというあの意欲によって残された刻印は、おそらく今でも依然として残っているでしょう。エコも私も、次の点ではいつも同意してきたのです――つまり、六三年グループがともに議論できる場だったし、そこではあまり分散していない、共通の参照項を共有していたという点については。

しかも、これはもっとも強い絆《きずな》なのです。私がいつも口ぐせにしているのは、愛よりも憎悪のほうが結びつけるということです。ある事柄に〝ノー〟をいう点で一致していれば、それははなはだ強固な絆となるのです。とりわけ、若いとき、多くの事柄に〝ノー〟をいう意欲があるときには」。

――七〇年代のあなた方の関係はどうだったのでしょうか。友情的、論争的、それとも関係は欠如していたのですか。

「やはり、六三年グループの後に生じたことと同じく、私たちは視力を失いました。もはや、はなはだ陳腐な理由――私はサレルノ、彼はミラノという、別々の都市に住んでいた――からも、規則的な交際はありませんでした。ときたま落ち合うことはあったし、いつも会話を喜んでしましたが、私たちの関係がかなり単発的であることを決してやめはしなかったのです。

たしかに、六八年頃には、政治的理由もあって、互いに不一致が存在しました。『クインディチ』に関する政治問題がはっきりと提起されたとき、彼はプロレタリア統一イタリア社会党（ＰＳＩＵＰ）の側につき、私はイタリア共産党（ＰＣＩ）からの候補者でした。両方とも左翼の立場で闘ったという意味では、それぞれの立場は明らかに対立的ではなかったのですが、それでもやはり、同調的ではなかったわけです。

もう一つの差異もありました。つまり、エコは現象学的‐構造主義的な諸問題に関心を寄せており、それは後に、彼にとって優勢なものとなりました。私はというと、史的唯物論者でしたから、もちろん、あえて徹底的に連帯するほどの強い共犯性を見いだすことができなかったのです。彼が自らの立場を構造主義的諸問題の観点から規定したとき、ただ彼においてのみ難点が生じたわけではなくて、私が識っていた他の人びとにおいてもそれは生じたのです。しかし、こうした歴然たる不一致から、相互の敬意が決して奪われたわけではありません。道が異なっていただけなのです」。

――六三年グループの経験では互いの体をザイルで縛った同僚として、あなたはエコとともに、物語におけるイタリア風ベストセラーの貧困さを特徴づけられましたね。今や敵の側から、ベストセラーの仕立人エコは、あなたの仮借ない敵に変わったことになりますが、『バラの名前』においてあなたに納得のいかなったのはどういう点なのでしょうか。

「エコがそういう物語作家になるであろうことは疑いの余地がなかったのです。どういう意味かというと、エコには当初より、現代文化の分析の観点からは、二つの方向が（両方とも私には興味深く見えるのですが）くっきり浮かび出ていたのです。一方では、前衛の分析（『開かれた作品』、ジョイスに関する試論を参照してください）が、他方では、大衆文化の問題が。ところで、エコは新しい前衛の諸問題に対してては理論家・批評家としてははなはだ開かれているように見えましたが、大衆文化の諸問題に対しては（たとえ非常に関心を寄せていたにせよ）はなはだ用心深いように見えました。

私は一つのテクストというものを、福音者パウロたちへの序文と考えています。それは今日において再読され、最新の小説の傍に置かれるならば、まったく対照的な極を形成します。エコが強調していたのは、いかなる小説であれ、何らかの陰謀の観念に依拠するようなものは、非難されて然るべき、反動的で、イデオロギー上・政治上否定的な小説だ、という事実でした。ところがその後、彼自ら、超陰謀の観念――いわば、一種の全体的世界観――にもとづいて一つの小説を構築したのです。私は彼が私たちの期待を裏切った、とりわけ、彼のそれを裏切った、と書きました」。

――あなたの主張では、『振り子』も、当初のエコが『開かれた作品』のように、基本的な試論の中で要約していた理論化と矛盾するような、設定の技巧やルールに従って組み立てられているというのですね。ですが、そもそもこの小説はまったくあなたに納得がいかないのでしょうか。

「厳密に大衆消費的観点からは、世論とは反対に、私の印象では、『振り子』はより容易に消耗しうる小説だと思いました。少なくとも私、私の趣味にとっては、『振り子』をより容易に消耗したのです。それというのもおそらく、歴史的・準学殖的小説という設定のほうが、私には、『振り子』の内にある、より凝ったメカニズムよりもアレルギー反応を引き起こすように感じるからなのでしょう。しかし、後者のこのメカニズムこそが、たぶん大衆読者を幻滅させたのでしょう。

その後、エコがジョイスの技法の再現を口にしたりしたのは、一種の冒瀆です。それに、彼がテレヴィ映画にはジョイス的要素を用いているものがあるからとの理由で、現代読者がテレヴィ映画でジョイスを消耗しつつあると主張するときにも、冒瀆を行っています。

たしかに、こういうよこしまなやり方で、みんなはすべてのことを利用していますが、でも、これでは、ダリを思い起こさせうるような柄をもてあそんでつくられた流行のショーウィンドーが存在するから、みんなは超現実主義が何かを理解している、というようなものです。こういうダリは、ダリがほんとうに意味しているものとは正反対なのです。〔やろうと思えば〕何でもかんでも消耗と利益のレヴェルに導かれうるのです。

『振り子』の仕上げ能力の偉大さは、私の趣味に照らしても、認められるべきですが、ただし次の事実、つまり『バラの名前』はそれなりにより〝無邪気な〟書物だったのに反して、『振り子』は私にはより邪悪で、より病的な書物に思えるのです。病的といっても、それはエコさんの病理という意味ではありません（そんなことを私は人前でいうつもりはありません）。そうではなくて、現代人の心理のうちに蔓延している一要素に対しての読者の病理的要素や強迫観念――陰謀の強迫観念、組織的な裏面研究、等――に訴えかけている限りにおいて、という意味です。この意味では、それはまさしく二重に邪悪な本であるように私には思われるのです」。

エドアルド・サングイネーティはその非難をこのように、閉じた。彼は何本かのタバコに火をつけた。彼におけるあらゆる情緒が、判断すべき、歴史化すべき、一つの精神的事実と化するとでもいうかのようだった。だが、エコとの個人的関係の問題が残った。今日、彼がエコと会えば、二人は何をいうのだろうか。対話があるのか、それとも沈黙で包まれるのだろうか。

サングイネーティは結論的なアネクドートを蓄えていた。それは『振り子』の年である一九八八年にフランクフルトにおいて、第二の国際的なごうごうたる成功が始動したときのことだった。トリーノ大学の〝老少年〟の二人が或るレストランで落ち合ったことである。エコは〔ジェノヴァの新聞〕「十九世紀」（*Il Secolo XIX*）一九八八年十月二日号紙上に載った、サングイネーティによるかなり皮肉な、この小説に対しての書評〔"L' Eco del Pendolo"〕を読んだばかりだった。

彼はサングイネーティに向かい、「この小説があなたに気に入ったのか否かが私には分からなかった」といった。するとサングイネーティは少々サスペンスを浴びせるのだった――「私は彼に『リナシタ』（*Rinascità*）一九八八年十月十五日号紙上での第二の書評を期待してくれるように答えました。この書評のほうが、より真摯でしたし、それはこの本の作り方、その職人的仕事だけでなく、大いに私の気に掛かっており、しかもこの本が含んでいた、イデオロギー的含意にも触れていたのです」。

この書評は酷評そのものだった。おそらくは、ピエトロ・チターティのそれとともに、もっとも辛辣な書評だった。エコの大敵チターティは、サングイネーティの敵でもあったのであり、この点では、このトリーノの友‐敵たる人物と結びついていたことになる。

その後は二人はもはや会っていない。サングイネーティ教授、明日出会わねばならないようなことがあったら、どうなるでしょうか。「何も特別なことは起きません。私たちはフランクフルトでなしたように、互いに抱き合う挨拶をするでしょう。それぞれが他者の意見の自由を尊重しているからです。たぶん、昔ながらの議論を、しかも今度は緻密な――ということは、はるかに多くということですが――対決のなかでやり直すことでしょう」。

これは一つの説明そのもの、もしくは、こう言いたければ、一種の報復ということになろう。二人とも、ひどく変わってしまったのだ。サングイネーティは最後の一つの疑いすらも抱いてはいないかに見える。「私の印象は、エコが悪化したのではないかということです」。

では教授、あなたはどのように変化したのですか。われわれの会見を結ぶ文言「私がどのように変化したか、私の年の取り方については、ウンベルトに言わせることにしましょう」、これは、敵対者に対してなされた唯一の譲歩なのであった。

そしてマイクと称されし男、到来す

一九五四年はイタリア国にとって、新時代――テレヴィジョンの時代――のデビューの年だった。実際、この年の一月三日に、最初の正規の業務が始まったのである。ゴルドーニの一喜劇、〝テレヴィ・ドラマ〟、バーナード・ショウの『無垢な女』、ある刑事物語、少年たちのためのドキュメンタリー『レックス・ライダー』、これらは歴史的な第一週のパリンプセストの中に挿入されたプログラムの若干である。(一九四九年から実験放映で活躍してきた)最古のトリーノのスタジオ、ミラノおよびローマのスタジオが機能したのだった。一チャンネルのみで、同年の放映時間は千九百四十七時間であった。これに対して、現在では、三つの国営ネットワークによる放映時間は二万時間に及んでいる。

だが、この出来事は新しくて、驚天動地のことだった。まもなく、テレヴィはマス・コミュニケーションの最重要な手段となった。テレヴィジョン問題の最初の研究者の一人フランチェスコ・アルベローニは書いている。「テレヴィはその出現のとき以来、到達し得ないわけではない〝別の所〟、空想にも外来物にも属さないで、聴取地点とは符合しない〝ここ〟に属する〝別の所〟を伝達している」、と。さらに、彼はこう付言している。「それは一つの歴史的課題(つまり、国家の文化的統合)を実現するのに成功し、経済的発展や渇望のレヴェルを変動させ、上昇させるのにものすごい影響を及ぼしている」。

テレヴィ受像機はまだたいへん高価で、ほぼ二十万リラ、米国におけるよりも三倍もする。だが、予約加入件数は徐々に増大しつつある。一九五四年には八万八千件だったのが、翌年には倍増し、一九五六年に「のるかそるか」の番組が始まると、三十六万件以上になった。予約加入件数はまさに急上昇を示しており、一九五七年には、五十万件を超えた。

そして、聴衆はバルや映画館へと、ひどく拡散している。計算では、マイク・ボンジョルノの毎回のクイズ番組は、一千ないし一千二百万のテレヴィ視聴者によって視られるという。一九五七年には「カロセッロ」というコマーシャル・タイム十分間の導入とともに、テレヴィ広告が誕生し、集団の服装や趣味を変えるのに大きな役割を演じることになる。

テレヴィの到来と、テレヴィが招来した大衆化の現象は、かなり不用意なままの政治的・文化的な諸力を白日の下にさらした。いうまでもなく新奇なことへの不安や、「平和なイタリアを脅かすテクノロジーの怪物への恐怖」を露わにしていた多くのインテリたちをも。

もっとも不安を抱いていた人びとのうちには、エレミーレ・ゾッラがいた。論争・論戦をまき起こしたエッセイ集『インテリの食』(*L'eclisse dell'intellettuale*, 1959)の中で、彼は厳密にこう記していた。「映画、ラジオ、テレヴィジョン、レコードは、黒人たちにおける太鼓(tam-tam)の機能を有する機械であって、ある強迫観念をつくりだすことにより、みんなを柔順にし、自分自身を奪い取り、それによって、時間をすぐさま消費すべき物質に変えるのを助長する」、と。

もちろん、みんながゾッラのように考えていたわけではない。彼は、個々人の自律的判断の空間を無にして、すべての会話を「文化産業の報道や、陳腐な事柄に」還元してしまう、大衆社会を〝黙示録的〟に批判していたのである。

ウンベルト・エコは疑いもなく、あまり心配しないほうだった。彼は他のインテリたちとのコンクールに勝利を収め（フォルコ・ポルティナーリの証言〔後出〕を参照）、イタリア放送協会に採用され、ミラノの本部で仕事をし、彼にとって基本的な経験を積むことになった。だが、いつでもすばやく応答し、聡明で、最大限に反応するこのインテリのうちに隠されている価値を、みんなが理解しているとは限らない。ある日のこと、エコがローマから戻ってみると、センピオーネ大通りのイタリア放送協会事務室の中にはもはや彼の机は見当たらず、彼のソファーもなかったのである。しかし、こういうことで彼の心がひどくかき乱されはしなかった。ある期間、彼は廊下で立ったまま、仕事を続けたのだった。

とにかく一九五八年まで続いたテレヴィジョンの経験の内側から、さらにはまた、美学およびコミュニケーションへの彼の理論的関心や、マスメディアの言語についての彼の研究のおかげもあって、多くのエッセイ（そのうちには、「マイク・ボンジョルノの現象学」もある）の立場や理念が繰り広げられるのであり、これらは後に『ささやかな日記帳』（*Diario minimo*, 1962）や『終末論者たちと保守十全主義者たち』（*Apocalittici e integrati*, 1964）の中に吸収されることとなる。

エコにとって、テレヴィジョンは「新しいことばの総体」を成し、「新しい話し方、新しい文体素、新しい受容枠組みを導入する」ものだったのである。

この時代に、エコはうら若いテレヴィ司会者エンザ・サンポーと婚約した。

ウンベルト・エコ――トポ・ジージョと一緒に教育される

一九五四年秋、大学を卒業したばかりの私は、テレヴィジョンの職員およびジャーナリスト・コースに受け入れてもらうために出願した。試問の際、私は反射鏡で目を射られた、狭いスタジオの一室の或る地点にいたのであり、一方、上のほうから出ている声は、私が詩の朗読をどのように放送すべきかを物語るように要求していたのである。

当時まで、私はバルにおいていくつかのテレヴィ受像機を見ただけだったし、それでも、テレヴィジョンでは何かを〝視〟させなければならないのだということに気づくのには十分だった。そういうわけだから、(まったくふまじめにも)私はモンターレの詩句を朗読中に、カメラは、陽光で眩しい小壁で閉ざされた、リグーリアの小道――その上にはほんとうに、びんの鋭い破片が光っていた――に沿って移動するものとばかり想像した。この考えは立派なように思えた。なにしろ、テレヴィジョンは当時、世界に開かれた一つの窓であり、(ちょうど、詩が外界に根を下ろさねばならないのと同じように)、内的で非現実なものでもあると見なされていたからである。

私はピエル・エミーリオ・ジェンナリーニという大ジャーナリストが指導するコースを選ぶ特権を得て、彼の下で、可能な限り最少の言葉で正しくニュースを伝えるとは、どういうことなのかを学んだ。私たちはスタジオを訪れ、野外撮影をならった。ウンベルト・セダレは私たちに政治問題の分析の仕方を教えてくれたし、ジュゼッペ・ボッツィーニは最大限の自発性を狙いながらスタジオから生放送する仕方を私たちに説明してくれた。外界をその動きのままに把握し、それをブラウン管の上に放出したいという熱意、渇望があったのである。サッカーの撮影では、栗色の、間々見えないボールがはっきりと現われた。サッカー選手たちがプレイしていたのは、真のボールでだったからだ。

後にやっとボールは白黒の格子縞になり、スタジアムは広告の防壁へと変化した。この時点で、役割は逆転し始めた。ＴＶはもはや自前で存在しているゲームを再現しようとすることをしなくなったのであり、ゲームはＴＶにそれを見せることを可能ならしめるために、上演されるに至ったのである。

それから、約二年にわたり、さまざまなセクションでの見習い期間が続き、私は、僅かなことをして、そこから多くのことを学び、とうとう一九五八年まで、いろいろな文化事業で働いた。それらは当時、スポーツ、政治、ショーではなかった一切のもの——つまり、芸術番組、モードや料理のコンクール、幼児用番組（トポ・ジージョのはしり）、宗教コラム、ジョヴァンニ・クートロ教授との対話、書評、歴史回想、アルプス歩兵旅団兵士や狙撃隊員との会見——だった。すべては生番組だったのであり、観客は現実の印象をもたねばならなかった。

私はフランコ・ルッソーリに指揮された、美術館に関するルポルタージュのことを覚えている。そこでは、カメラは正面、内部、絵画を再現する写真〝ポスター〟を備えた三脚を撮影していたのであり、一人の技術者がポスターを一枚ずつ落とし、監督は交差したフェイディングを駆使し、そして、公衆はといえば、われわれ自身がルーヴル美術館の回廊に沿ってのんきに歩いて行くのだと信じる（か信じるふりをする）必要があったのである。

三脚が倒れれば、ブラックアウトのふりをし、接続ができるだけ早く再開されねばならなかった。

公衆は神秘な実体だったし、その傾向や社会組織は知られていなかったのである。協会〔RAI〕との唯一の活発な関係——電話による抗議——をもっていただけの、公衆は、いつも抗議してきた。なにしろ、TVが公衆に見せていた現実は、公衆がまったく未知な、しかもまったく見たくもなかったものだったからである。

マイク・ボンジョルノ——エコはひどい焼きもちやきだった

一九六一年に雑誌「ピレッリ」(*Pirelli*)に、「マイク・ボンジョルノの現象学」なるエッセイが載った。これは、イタリアにおいてテレヴィ界の人物についての哲学者によってなされた最初の分析だった。

エコはわけてもこう書いていた。「マイク・ボンジョルノは無知であることを恥じないし、自ら学ぶ必要を感じてもいない。知識のもっともめまぐるしい地帯と接触しにかかり、そこから無垢のまま損われることなく脱出して、無感動や精神的怠惰への他人の自然な傾向を力づけている。視聴者を動揺させないように大いに配慮するあまり、事柄に通じていないことを自ら態度に示すばかりか、何も学ぼうとしまいと固く決心していることを示してさえいる」、と。

——約三十年の距離を置いてみて、非難されたあなたはこの書き物をどうお考えですか。

「どう思うって？　私としては、もう手を引くべきときだろうと思います。私について書かれたものの目方を計った人もいるのですよ。八十キロの紙片に及んでいるのです。興味があるのは、ただエコ－ボンジョルノ論争だけだなんてことはないでしょう」。

――実のところ、論争はありませんでした。あなたはエコに対して明確な態度をとったことはありませんでしたね。

「もちろん。そんなことをすれば、彼を宣伝することになっただろうからです。エコが求めていたのはまさにこのことだったのです。一つ秘密を明らかにしましょう。すべての説明がつくやつを。一九五五年、番組『のるかそるか』がヒットしたとき、ライヴァルたちへのアンケートを寄せ集めていた専門家のうちには、ウンベルト・エコという前途有望な青年もいたのです」。

――それはまた、どういう意味ですか。

「彼は当然のことながら、私に少々嫉妬していたということです。私は脚光を浴びていましたが、他の人たち――専門家、いわゆるインテリ――は黒幕として働かねばならなかったからです」。

――すると、「マイク・ボンジョルノの現象学」は怨恨の産物に過ぎない……ということなのでしょうか。

「誇張はしないことにしましょう。少々の嫉妬だけなのです。それに、たくさんの無知も」。

――無知ですって？　あなたが無知だったのではないのですか。

「そのとおり。実際、当時のすべてのいわゆるインテリたちと同様、エコはTVについては何も理解していなかったのです。私と同じようにTVをうまくこなしていた人たちのことさえも、明らかに理解してはいなかったのです。この哲学者は、TVが世紀の真の文化革命だということを理解していなかった。彼にとっては、私は十の質問を行うために登場している馬鹿者に過ぎなかったのです。ところが逆に、すべてははるかに複雑だったのです。私はすでにトリーノの『ラ・スタンパ』紙で二年のジャーナリズム修業を、イタリア放送協会で十年の修業を積み、アメリカでTVの研究をしていた。その後、エコよりも先入観の少ない或る人が、私は〝イタリアン・ベーシック〟(italian basic)をもって数百万のイタリア人に話し方を教えたのだ、と書いた。いいですか。問題は私が無知だということではなかったのです」。

——いったい、どういうものだったのですか。

「申し上げたとおりですよ。この若者は私を犠牲にして自己宣伝しようと欲していたのです。ところが逆に、彼の攻撃は私の利益になりました。公衆はみな私に味方をし、彼のようなインテリたちに敵対したのです。私は何百という〔彼への〕抗議の手紙を受け取りました。でも、どうしてエコについてだけ語る理由がありましょう。当時では、モンタネッリだって私を攻撃したのですよ。一九六三年のことでした。『コッリエーレ』紙上で私に『慎重なボンジョルノよ、三年のうちに君は無名の者になるぞ』(attento Bongiorno, fra tre anni non sei nessuno)と語りかけた彼の大論文が発表されたのです。ところが逆に、彼はひどくゆっくりとではありますが、考えを改めざるを得なかったのです。

モンタネッリに関しては、私はまったく苦々しく思いました。ご存知のとおり、私たちは一九四三年、ナチスによってサン・ヴィットーレの獄舎に数週間、一緒に放り込まれた間柄だったのです」。

――で、エコは意見を変えましたか。

「公式には〝ノー〟です。ですが、五年前、ある客間《サロン》での集いで、彼は私に関して間違いを記したと告白したことがあります」。

――『バラの名前』はお読みになりましたか。

「もちろん。大変楽しかったです。私は作家としての、今日のエコを尊敬しています。真のタレントの一人ですよ。でも、彼はTVに関しては何も理解してはいなかったのです」。

――彼にはその後、お会いになりましたか。

「会うどころか見かけたこともありません。私たちはよく行く場所が違うものですから。それに、私は滅多に外出しません。私は日に十六時間働きます。三十年この方、クイズをやり続けているのです。あの擬似インテリたちが書いていたような、十個の質問をする馬鹿者……どころではないのですよ」。

エンザ・サンポー——哲学的な純愛

三十年後のエンザ・サンポー。昨日、アド・リブで、いつもアド・リブでことが生起する新生TVの第一主人公の一人が、もっとも著名な顔の一つとなった。ほとんど全部が姿を消してしまっている今日、彼女は今なお現役であり、聡明で、プロフェッショナルである。彼女は心得ているのだ、——現実はひどく多様であると、公衆は深く変わってしまっており、昨日考えられもしなかった技術に〝巻き込まれ〟、〝接触させられ〟る必要があるのだということを。

この経験をエンザ・サンポーはどう回想しているのか。一抹のノスタルジーが存在するのだが、それは、人生の万般の事柄に沈積する、まさしく不可避なものなのだ。残余のことに関しては、たしかな自覚がある。それは一つの〝珍しい前史〟だったし、スターはまさしくスターだったのであり、このことは、今日の、顔の急速な増加にあってはあり得ないような、一つのカリスマを保持している、ロラン・バルトやフランチェスコ・アルベローニが書いているとおりなのである。

こうしたすべてのことは——TVの出現により——今日から明日への奇妙な幸福感を与え、大衆の真のアイドル、ときには真の国民的事態となってきた。ジャーナリストやインテリは安直な風刺に血道を上げていたために、小さなブラウン管が、（たとえば）各人が自己表現するさまざまな仕方で映し出されうる、正真正銘の人類学的多様性の鏡なのだということは理解しなかったのである。

エンザ・サンポーはすぐさま、ナポリの生き生きしたジャーナリスト、ニーノ・ロンゴバルディー

（「メッサッジェーロ」紙に書いて成功のチャンスをつかんだ）にとって恰好の的《まと》となった。後者は彼女のことを、彼女独自の、〝サンポー的〟言語で話していると非難したのだった。

それはまさしく、前史であり、エンザ・サンポーは愉快そうに微笑するのだった。「たしかに、当時から私は向上したと思っています。でも、当時は私たちはこのうえなく安易な標的だったのです」。

だが、われわれは記憶をたどって振り返ることにしよう。実際、TVが生まれたときのイタリアはひどく異なったイタリアだったし、TVそのものがイタリアを異なるものとするのに寄与したのである。みんながそのことに気づいたわけではなかったが、一つの新時代が生まれていたのである。TVスタジオは、あたかも初期のTVの主人公たちが時代の新しい魔法使いでもあるかのように、真の魔法の光暈の中にくるまれていたのだった。

——サンポーさん、あなたはあの経験をなされましたね。初期の伝記的人物たち——マイク・ボンジョルノ、クートロ教授……——が生まれた、あのまたとない経験を、私たちに追体験させてはいただけませんか？

「雰囲気はとてもプロフェッショナルでした。司会者役を志願する人は少なかったにせよ、それでも競争は激しかったのです。番組は今日よりも僅かでしたから。一チャンネルだけしかなかったのです。放映は午後五時に始まり、真夜中になる前に終わりました。

当時のスターはたしかにかなりいましたし、視聴者は彼らを愛し、彼らの微笑やサインを求めて追いかけました。写真家《カメラマン》やジャーナリストは途絶えることなく、彼らを追跡していました。

スタジオでの放映はいくどとなく試されました。スクリプト・ガールは、喜劇からヴァラエティ・

ショーや小番組に至るまで、あらゆる種類の番組のために、テレヴィカメラの動きを台本の上に走り書きしていたのです。当時、〝生番組〟はルールだったのでして、今日のような例外ではなかったのです。完璧を得ようと試みられていたのでして、ときたまのエラー——今日では『生番組っぽい』がゆえにこそ歓迎されるエラー——も、容易には許されなかったのです。

私に関する限り、関係は今日のそれとは大違いでした。ただ廊下でか、または賞金のかかった競技会、ショー、等の機会においてのみ互いに出会っただけです。私は仕事を娯楽と見なすことは決してできませんでした。なにしろ、娯楽はくつろぎの状態や、愉快なリラックスの状態を想定するからです。逆に、私が働いているときには、私には緊張とパニックが不可欠なのです」。

——あなたはご自分のなされた経験の重要性を自覚しておられたのですか。その経験の責任か、娯楽か、どちらをより深く感じていらっしゃいましたか。

「当時の私がそうだったように、十八歳の時分には、人は生きているときに自分が体験しつつある経験をおそらく十分には自覚しないでしょう。職業意識の必要な成分としての責任は、私はスタジオでの初日から痛感しましたし、そのとき、私はこれこそ自分がなしたがっている仕事だ、と分かったのです」。

——エコはTVで新会員に迎えられたインテリ群に属していましたね。それは存在感のあるグループだったのですか、人に聞き入れられるグループだったのですか。

「六〇年代には、数年来イタリア放送協会に受け入れられたインテリたち――いわゆる〝課程《コース》履習者たち〟（それというのも、特別な教育課程を経ていたからです）――は若かったし、あの経験を職業的なペダントリーなしに、激しくかつ大胆に体験していたのです。ですから、彼らは重要な基準点だったのです、――もちろん、これを考慮したかった人にとっての話ですが。

私には、今日でも男女を問わず、イタリア放送協会の職員たちの集団におけるインテリたちの現前こそが、私立ＴＶを公立ＴＶと区別する要素ではないかと思っています。文化やスペクタクルを生みだす事業体にとっては、マネージャーだけでは十分ではなく、袖を引っ張り続ける〝おしゃべりコオロギ〟〔『ピノッキオ』中の話〕も必要なのです。その後は、そのことを大事にするか否かは各人次第ということになります」。

――ＴＶによって惹起された〝効果〟については、どんな考えをお持ちですか。小さなブラウン管の上での出現に結びついたスター熱を、あなたはどう体験されてきましたか――然るべき批判的かつ自己批判的な距離をもって、または総体的な同一化をもって、しかも新しくて未知の魔法へそれることもなしに。

「当時のＴＶは今日ほどしゃべりは多くなくて、行為をしていました。とはいえ、一九六〇年頃に発表された、エコの『マイク・ボンジョルノの現象学』は、人物についてばかりか、ＴＶ現象一般についての、今日でもきっと有効な一つの分析なのです」。

ウンベルト・エコへの力説は慎重だったし、それはまさしく当時、彼と体験した愛情物語の私的経験をすり抜けていた。エンザ・サンポーは沈黙を選んだのである。ただ一度だけ、あるインタヴューにおいてアントネッラ・アメンドラに対してなされた告白の概要で、彼女は内心をばらしたことがある。彼女はこの大層〝聡明な〟フィアンセ、この〝知的な〟数年、彼やフリオ・コロンボとともに、当時初めてむきだしにされた〝知的な〟数多くの問題についての尽きせぬ議論、のことを回想したのだった。それから、物語は終わった。はっきりした理由もなしに――たぶん、自己消耗のせいで。とはいえ、彼女はエコおよびその妻レナーテと良好な友情を保持しているのである。

『バラの名前』事件が勃発してからは、彼女はいろいろの回想録やインタヴューを執拗に要求されてきた。だが、慎重さのラインはいつも支配してきたのである。まさしく〝前史的な〟一時機について、空虚な好奇心をあおるのは無用というものだ。

フォルコ・ポルティナーリ――彼はセンピオーネ通り〔トリーノ〕でフルートを吹いていた

「まだ卵の中にありながらも怪物が生まれつつあったということは、とりわけ知性をもって体験された場合には、軽んずべからざる一つの冒険だったのです。ところが逆に、今日では私は、幸運者だ、と言えるのです。なにしろ、ほとんど毎日、誰かが私に、テレヴィジョンとは何かを説明してくれていますし、当人がテレヴィジョンを発見したと私に語ってくれているのですから」。

作家、大学教授資格者、詩人でもあるフォルコ・ポルティナーリは、機敏で、頭が切れ、多才な人物である。彼の文化への情熱は調理場をなしており、これについて彼は重要な歴史的・文学的エッセイを書いてきた。

だが、ＴＶへは――こういってよければ――彼は優れた素質を持ち合わせているのだ。彼はインテリたちの〝歴史〟グループがトリーノで芽生えつつあった時代に常勤で働いていた人びとに加わったのだった。テレヴィジョンでは彼はめきめきと頭角を現わし、そのために、多くの管理的名誉と若干の刺激を受けることになった。今日、彼が認めているところによれば、「それは実り多い経験でした。なにしろ、楽しかったし、すべては想像力、創意工夫、実験に基づいて行われていたのですから」。

だから、ポルティナーリ教授はわれわれにこう理解させようと努めればよいわけだ――想像力、創意工夫、実験のこういう精神的な力が、大学を出たばかりのトリーノのインテリたちの世代の中に移し替えられ、ＴＶに活動の場を見いだしたのだということを。「偶然にも、テレヴィジョンはトリーノで誕生したのです」。

――この出会いが本当に実り多かった理由をもっとよく説明してくださいませんか。

「一つの世代だったかどうかは知りません。エコ、コロンボ、カネパーリ、ヴァッティイモ、スカリオーネ、当方は、私の思うには、一つの世代をなしているようです。これは、すぐ散り散りになってしまいましたが、トリーノのテレヴィ・グループだったのです。トリーノには、コロンボ、ヴァッティイモ、スカリオーネが残りました。エコはミラノへ、カネパーリと私はローマへ行き、彼は教養番組、私はヴァラエティ番組を担当しました。経験に基づき、私たちはみな、私たちの選択のための予言的な悟りや、好機を逃がさぬ能力や、直感力を背負い込むことができました。

私に関してはどうかといえば、私がTV入りしたのは（ただしその厳しさで有名な競争に残ったうえでのことですが）、何よりもまず失業していたこと、学校のための選考がなかなか行われなかったこと、好奇心が私の心をそそったこと、〝スペクタクル〟が絶えず私を魅了していたこと、によるのです。

現実は魅力的なことがすぐさま分かりました。まだ経験したこともなかったようなことを、ほんとうに、発見するのが課題だったのですから」。

――TVが惑星文化の（良きにつけ悪しきにつけ）中心現象となってしまうと直感されていたのですか。

「その規模でではきっとなかったと思います。でも、はなはだ近いものを、内部にいて、特にピエル・エミーリオ・ジェンナリーニの学校で働きながら、私たちが直接学んだのだと私は思います。つまり、私たちはこの手段がいかなる発展の前望、いかなる政治的な力を内に含んでいるのか、把握することに成功したのです。革命的でもあれば、危険極まりないことを。はっきりさせておかなければなりませんが、私が用いている〝政治的〟という用語は、アリストテレス的意味においてであって、現代イタリアの政党としてのその形成にはいかなる一次的関係もありません。情報や説得の手段として政治的である（政治的であるわけは、宣伝が政治的――たとえば、経済が政治的であるように――であるからです）し、それは危険でもあるのです（なにしろ、ほんとうであるとの錯覚を起こさせますし、まさしく現実を操作しながら、それを再現しているとの錯覚を起こさせるからです）」。

――で、ウンベルト・エコについては、どうお考えですか。その時期、その当時の例外的な学校なしでも、今日のエコ、国際的事件になっているエコがやはり存在しただろうとお考えでしょうか。換言すると、形成途上の或るメカニズムについての内部からの知識は、彼によって利用されたのでしょうか。

「先に申し上げたとおり、私はローマ、彼はミラノに追いやられましたから、私はテレヴィのエコについては、彼がセンピオーネ大通りの通路でフルートを吹いていたこと以外には、言うことができません。これが些細なことであるのは私も認めますが、それ以上に申し上げられないと思います。残余は明白です。内側から、未来のこの記号学者はマス‐メディアの記号宇宙をよりよく理解するのに適した手段を発見したのです」。

十九世紀イタリアの通俗小説について長大な試論を書いた、文学研究家としてのポルティナーリは、〝エコ事件〟、イタリア放送局の元同僚の用いた語り技巧、成功の理由について詳述することができるはずである。だが、ここでは、彼は証言をトリーノ時代に限定することを好んだのだった。そして、彼は次のように、やや暗黙の論争的な調子で、確信ありげに結んだのである――「私たちの教養の有効性、それが絶対に新しい表現方法に対して、柔軟性に富んでおり、機能を果たしうることを立証するために、かくも多様な公衆と直接決着を付けざるを得なかったのです。学問の応用というわけです。私には実り多い経験でしたが、イタリア放送局にとっても同様だったのです。私たちがイタリア放送局をもったということ、このことを私は誰もが押しかける以前の三十年間、刻印してきたわけです」。

賛嘆者、これまた多し

六〇年代の出版業は、ブームと大望そのものだった。ブームは経済的なそれであったし、出版者たちは実利的な状況にまたがり、そして自らの空間を拡大しようと努めたのである。たとえば、サッジャトーレ（一九六九年に破局をもって閉じた）の推移に代表される大望は、量と質、市場と文化価値を接合させるすべを心得た一出版業のそれだった。オスカール・モンダドーリとともに始まったポケット版は、目もくらむほどの印刷部数をもってたけなわのシーズンの先触れとなったが、その後は、減少を余儀なくされることになる。出版社で働いていた者のなかには、エイナウディ社のカルヴィーノ、モンダドーリ社のセレーニ、フェルトリネッリ社のバレストリーニ、といったインテリの作家たちもいたのであり、彼らは価値と利益との重要な媒介機能を果たしたのだった。しかし、その後は、彼らはだんだんと純粋のマネージャーのせいで、中枢から遠ざけられることになった。

もっともよく読まれた作家には、一九六〇年に『倦怠《けんたい》』（*La noia*）を出したモラーヴィア、一九六五年に『コスミコミケ』（*Le cosmicomiche*）を発表したカルヴィーノ、その他、パゾリーニ、バッサーニ、カッソーラ、シャーシャがいた。だがそうこうするうちに、イデオロギー的・政治的な書物のたけなわのシーズンが押し寄せてきて、それは六八年に頂点に達するのである。人文・社会諸科学に結びついた新たな関心が脚光を浴びるのだ。構造主義のブームはさまざまな学問を横断し、大学コースの中に初めて普及することになった。

しかしながら、出版社の条件は依然として、大半は〝家族主義〟的なのであり、態様は異なれども、エイナウディからボンピアーニ、モンダドーリからフェルトリネッリ、ガルザンティに至るまで、大創始者‐パトロンたちに握られており、彼らがほぼすべてを決定できるようになっている。ゴッレード・パリーゼは、まさしくリーヴィオ・ガルザンティなる人物をグロテスクな対象とすることによって、『パトロン』(*Il Padrone*)の中でこうした条件を描いたのである。この作品は果てしない論戦を生じさせることとなった。

戦前にモンダドーリという由緒ある家柄に生まれ、自らの姓を掲げる辞典を企画して成功し、自前の芝居の作家・立案者であるヴァレンティーノ・ボンピアーニ(エコからは、ふざけ半分に〝ヴァル〟と呼ばれている)は、第一級のインテリたちを傍に侍らせている。エコ(彼が生き生きとした才人で、進取の気性に富む人物であることは、アルド・ロッセッリやルチャーノ・ベリオの証言から明らかだ)、フィリッピーニ、ドッセーナ、ポルタ、といったインテリたちを。ボンピアーニは、現代イタリアの小説類を入念に世話し(モラーヴィア、アルヴァロ、ブランカーティを刊行した)、外国作家の見事なシリーズを計画し、哲学や新科学の各方面に巧みに突き進んでいる。

『親愛なるボンピアーニよ』(*Caro Bompiani*)の中に収められた僅かな手紙からも、ヴァレンティーノ・ボンピアーニがエコにとって、知的で、人づきあいがよく、彼を受け入れる器量があり、そして、経済的観点からはまったくおぼつかない若干の選択にも彼と危険をともにすることのできる、話し相手であることがはっきり浮かび上がってくる。また、エコのほうでもボンピアーニに、しばしばユーモアたっぷりに打ち明けた話をしているのである。たとえば、一九六八年三月十六日（この日付に注意！　これは大学の戦闘時代なのだ）に、エコは、フィレンツェ大学の同僚たちによって、「媒《とり》介《なし》的著作を展開し」うる人物として指名された、とボンピアーニに告白している。「このことは、両グループに対して悪人の役を展開することを意味しているのです」。

ヴァレンティーノ・ボンピアーニ――彼は独創的な遍歴書生だ

ミラノのセナート通りにあるボンピアーニ社の事務所にほぼ三十年前、一人の社員が入った。その名はウンベルト・エコだった。

私はたまたま、中世遍歴書生詩と五行俗謡《リメイリック》〔a, a, b, b, aの韻を踏む戯詩。二十世紀初頭、英国で流行。〕との合いの子のような、『韻文による哲学ものがたり』（*La storia della filosofia in versi*）と題する小冊子を手にしていた。それは独創的なものだったし、この小型の天才は、レトリックの支えを欠いていただけに、いっそう驚くべきものだった。私は作者を知りたくなった。この人物は今では、手紙を書いたり、電話を掛けたりしているどころではない。私のオフィスに時折顔を出して、しゃれを飛ばしたり、あるいはある本のタイトルを言ったりするが、どうやら、しゃれのほうが彼には興味がありそうに見える。こういうことは、空を喚起するために彼が頌読してきた経典《タントラ》なのである。

彼に任された、出版社での初仕事は、われわれがすでにアントニオ・バンフィとともに始めていた、「新思想」（*Idee Nuove*）シリーズの監修だった。

哲学者としてのエコは水を得た魚だったが、彼の文化的な〝好奇心〟や熱意は、聖トマス・アクイナスからコンピューターにより〝製作された〟詩に至るまで、ド・ソシュールからウッディ・アレンに至るまで、全浮き彫りとなっている。進取の気性は彼の経歴に風を当てることになる。風といっても、それはときたま吹く風ではなくて、彼が場合場合に選ぶ風なのだが。

ここ二十年間に、際立つ日付を画した文化上の出来事は、エコの生誕記念祭となっているし、結局は、彼のモザイク細工の上にある石片として、文学史の中に残ることであろう。

私はテレヴィのスクリーン上に、オリンピック大会の開会式のとき、ぽつんと離れた所から、一兵士がプロペラを背負い、飛びながら到着するのを見たとき、独り言を言ったものだ――「あれはエコに違いない」、と。

多くの賛辞は欠陥の告発を招くものだが、エコにあっては、そういう欠陥を分離することは難しい。なにしろ、彼は欠陥を利用して、それを忠実に人目にさらしているからだ。

ある日のこと、おし黙って、いつもの非凡さを発揮しつつ、彼は或る小説を公表したのだったが、これはサイクロンのように世界を征服してしまった。あらゆる言語（たぶんイヌイット語にはまだだろうが）に翻訳され、何年も前から、販売統計のトップを占めた『バラの名前』は、ロビンソン・クルーソーとして居続けるのに十分な資格をすべて持ち合わせていた。

相互にみな縁続きになっている王者たちの大家族の中で、エコはエラスムス、ヴォルテール、ジョンソン博士のいとこなのであり、それだから、十九世紀の身元確認とともに明らかになることは、彼の小説が空想力の星をちりばめた千夜一夜の中で構想された、シェーラザーデの息子であるということである。私はタイプ打ち原稿を読んだとき、隠喩的ながら、ハレルヤ、ハレルヤ！　と叫んだのだった。

エコは有名なエッセイの中で大衆小説を研究し分析していたから、それについてはすべてのことを知悉しているのである。「書くということは、テクストを通して、自分自身の読者を構築することである。初めの百ページの障害を克服できる一人の読者を考えるとは、どういう意味か。それはまさしく、百ページを書いて、その後に続くであろうページに適した一人の読者を構築しようとすることを意味する。マンゾーニはこれまでどおりの一読者を喜ばせるために書いたのではなくて、小説で満足できないような一読者を創出するために書いたのである」。

では、エコは書いているとき、どういう読者を欲していたのか。もちろん、彼の意のままに弄ばれるような、一人の共犯者だ。「私は完全に中世人になろうと欲し、あたかも中世が私の時代であるかのように（またはその逆も可）、中世に生きようと欲した。あなた（読者）はセックスや、罪深い陰謀――結局は犯人が見破られることになる――や、多くのアクションを欲しているとお思いだが、同時に、死の魔手をもって修道院の薄暗い策士たちがつくり上げた恐るべきがらくたを受け入れるのを恥じることであろう。ところで、私があなたに差し出すのは、ラテン語の山と少しの女と、大量の神学と、グラン・ギニョール座〔モンマルトルのシャプタル通りにあった猟奇・残酷劇専門の劇場（1895-1962）。〕さながらの何リットルもの血……なのである」。

そして、彼が欲していたのは、われわれを身震いさせる唯一のもの——つまり、形而上的震え——が快くあることだったのだから、彼に残されていたのは、(陰謀の諸モデルのうちから)もっとも形而上的で哲学的なそれ——犯罪小説——を選ぶことだけだったのである。哲学の基本的な問いは、犯罪小説と同じものなのだ。つまり、罪は誰にあるのか、ということなのである。

彼に必要だったのは、「無邪気な語り手」、作者の「仮面」——目撃者として信じうるようなもの——だったのであり、彼がつくりだした修道士アトソンは、一人称形で、当時の〝ニュース〟を物語っているのである。小説の構造は一見こんがらがっているように見えるが、逆にそれはちょうど十八世紀の操り人形、たとえば、『チェス・プレイヤー』におけるように、単純なのであって、作者はテーブルの下に隠れながら、駒の動きを規制して、勝負に勝ちをおさめる、といった具合になっている。

大衆小説は、「道端の人の考えに合わせて書くかのように」読者の欲求そのままに迎合しようと努める。

作者は一種の市場分析を行い、それに即応するのだ。「ある時期には、否定的なスパイがコンセンサスであるかのように考えられたものだ。だが、次のことは同じではないのだ」(語っているのは、やはりエコである)。つまり、「ある小説が読者に期待されていたことを与えるならば、それはコンセンサスを見いだす、ということ」と、逆に、「ある小説がコンセンサスを見いだすとすれば、それが読者に期待されていたことを与えるからである」ということとは同じではないのである。

エコが欲しているのは、「自らの読者に期待されていることでなくて、読者がたとえそうと知らずとも、欲するに違いないであろうことを開示すること、なのである。彼は何も断念しなかったのであり、逆に、ケース・バイ・ケースで記念碑板のような、「資料的証拠」となる、ラテン語の博学な引用でその本をいっぱいにしたのだった。

こういう手ごろな教養が与えられると、読者は理解していること以上の何かを知ったり理解したりしたいという欲求が満たされるのである。

最後に一つ付記しておく。ある文化集団が最近ありうるすべての犯罪状況の母型を築いて、発見したところによると、書くべく残されているのは、殺人者が読者であるような本だという。『バラの名前』はそういう本なのだ。小説のフィナーレにおいて、修道士アトソンが老いてから、焼けた修道院の廃墟を再訪するとき、読者は「一つの形而上的震え」を味わう。なにしろ、その修道士が探し求めているのは、それにかかわる何かである――彼は過ぎ去った生命の言葉を探し求めている――ことを了解したのだから。

「かつての大物たち、有名な数々の都市、すべては無のなかにかき消えている。いかなるバラも存在しない (Nulla rosa est)」。名辞のみ、言葉だけが残存しているのであり、失われたこれらすべてのものに対する犯罪者は、われわれなのである。

ルチャーノ・ベリオ――ストラヴィンスキーと一緒の夕食で

あの時代は実に異常でした……。世界中で名を馳せている作曲家ルチャーノ・ベリオは、ウンベルト・エコとの関係を感情を込め、感謝しながら語っている。「彼には多くのことで恩義があるのです。

サングイネーティに引き合わせてもくれましたし」。この『ラボリントゥス』(*Laborintus*, 1956)の詩人との関係から、ある協働作業が生まれましたし、それは今なお続行しています。エコとの関係からは、絶対にびくともしない友情が生まれているのです。なにしろ、銘々がそこから自分の道を選ぶことになった、決定的な教養形成期に、友情は強固になったのですから。

「ときには、私どもは怒濤の五〇年代および六〇年代にミラノでいわば一緒に成長したのだ、との感じを覚えることがあります」、と彼はたぶん、少々哀愁をただよわせながら、告白している。でも、共同生活は真に刺激的でした。サングイネーティもすでに想起したことなのですが、文化的大発見のこの時期の流行に従い、しばしば何についても議論し合うといった、数多くの際立つ個性を有する人びとの集まりだったのです。

このグループを形成していたのは、ブルーノ・マデルノ、ルイージ・ロニョーニ、ロベルト・レイディ、フリオ・コロンボ、ジーノ・ネグリ、エンザ・サンポー、ヴィットリオ・グレゴッティ、ジャンジャコモ・フェルトリネッリです。でも、しばしばそれは拡大していったのです、とベリオは熱っぽくこう語り続けている。

「家にはまた、カージュ、ブーレーズ、プッセールといった外国の芸術家もいました。私たちは、アドルノ、ストラヴィンスキー、ベルトルト・ブレヒトと夕食をともにする機会があったのです」。みんなが大きな作業能力を持っていたし、「千差万別ですが、矛盾のない多くのことに従事していました」。

ベリオはキャシー・バーバリアンがグループにおいて占めていた重要な役割を想起すべくしばらく

ポーズを取ってから、言うのだった――「彼女には二つの困難な職業があったのです。つまり、彼女は私の妻であるとともに大歌手でもあったのですから」。

ほぼ三十年が経過したが、友情は続いたのである。とはいえ、フルートを吹くことをも趣味としていたかの陽気な青年は、国際的な文学上のスターの、ウンベルト・エコとなっている。数々の論述や探究の多くは、二つの小説の中に流れ出ているのだ。ルチャーノ・ベリオにもたらした印象はどういうものだったのか。

「『フーコーの振り子』は、さまざまな横路を通して、あの時代へと私を連れ戻してくれます。ウンベルト・エコがいつもとても音楽的なのは、いつも下手ながら、まっすぐなフルートを吹いているからではなくて、彼の知的な振り子――時には狂ったメトロノームのように見えることもあります――が、年代的・歴史的な或る時から、別の或る時へ、逸話の充満した、具体的な次元から、包括的・宇宙的なヴィジョンへと、揺れ動くからなのです。彼の思考方法の一部に属しているのです。エコはまず最初に一見したところはなはだ具体的な事実をむき出しにし、それから、それをさながら〝レゴ〟のピースから成るかのように、ばらばらにしたり、再び組み直したりすることができるのです。とりわけイタリアにおいては、こんなことをすると、はなはだ迷惑がられることに私は気づいています。イタリアのレトリックの枠組みには収まらないことだからです」。

――で、『バラの名前』は？

「この第一の小説を私は一気に読み、驚嘆と陶酔の混じった気分になりました。ですが、これはユルスナールの〝もぐりの仕事〟をこらしめるべき作品です。逆に、私は『振り子』には深く感服しているのです」。

――どういう理由からですか。

「いろいろあります。その一つは、主に政治的な理由からです。この本にはいろいろの宗教の歴史や、神秘思想が染み込んでいますし、これは、悲劇的にヴァチカン化されたイタリアにおいて、一人の偉大な世俗のインテリによって書かれたものなのです。

もう一つの理由は、この本が心理学的、美学的手段はいうに及ばず、文学的手段すらをもはっきりと見せびらかしてはいないからです。

とりわけ、知への飽むことのない、燃えるような欲求が内在しています。情念としての知が」。

――本書の作中人物たちはこういうすべてのことにおいて、いったいどうなってしまうのでしょうか。

「『振り子』の中のさまざまな人物、ないし幻影には、文学的なものは皆無ですし、文体的に特徴づけられているわけでもありません。いずれの人物も、エコがちょうど電話や、(「エスプレッソ」誌の)〝ミネルヴァの小袋〟欄や、授業中に話しているのと同じやり方で、語っているのです」。

――文学上の諸〝形式〟や言語に対してのあなたのこのご関心は、いったいどこに起因しているのでしょうか。

「第一には、受けた教育。次に、当初から私が言語学的関心を深めたこと、によるものです。五〇年代に、イタリア放送局はミラノに特別のラボラトリーを擁しており、そこで、私どもはまさしくエコと一緒に、あらゆるタイプの探究を行いました。これらの実験は、他の、いわば音楽言語学的なそれと同じ歩調で進行したのです。当時、学際的研究はごく頻繁になされたのです」。

アルド・ロッセッツリ——ウンベルトという名の火星人

トリーノのあの大舞踏会……。ある学生新聞で、ウンベルト・エコは風刺的で奇抜な或る記事を書いたことがあり、その際、ダンスの女性パートナー、エミーリア・ノヴェンタの緑色の服をほめちぎっていた。彼女はジャコモという、まだ謎の大変多い師匠の娘だった。

その後数年してから、一九五七年一月二十二日に、ミラノにおいて、エコはエミーリアに再会し、彼女とともに、将来その夫になる人——作家アルド・ロッセッツリ——と識り合う。

エコ(およびこの『バラの名前』を著すことになる人に同伴していたコロンボ)とアルド・ロッセッツリとの間には、すぐさま友情が芽生えた。タイプはまったく異なるのだが。

ロッセッツリは、兄カルロとともに、パリでファシストによって殺されたネッロの息子。合衆国で孤独な青春を過ごしてから、イタリアはフィレンツェにやって来た。

同時期には、エコとコロンボはセンピオーネ通りのイタリア放送局ではたらいており、これらのあらゆる経験と日々接触して生まれたことから、やがてエコは『終末論者たちと保守十全主義者たち』

(*Apocalittici e integrati*) を書くに至るのである。

「異常な本です——とロッセッリは語っている——なにしろ、初めて、〝低俗文化〟と〝高等文化〟との間につながりを、エッセンスだけにせよ、完全に樹立しようとした試みなのですから」。

いずれにせよ、はなはだ深い差異——相異なるモデルに基づく文化背景〔学歴〕——が存するのである。

——〝火星人〟エコとコロンボに対しては、ロッセッリさんはどう反応されたのですか。

「彼らは少々怖かったです。なにせ、私は若い編集者でしたし、五六年にミラノで創刊した『レリーチ』誌を主宰していたからです。彼らは魔術師のように見えましたが、間もなく、親友となりました。私が非常に感銘を受けたのは、彼らの新語の創出、彼らのメディア——とりわけ、テレヴィジョンの重要性——に対しての予知力です。私にはそれほど先見の明がなくて、むしろ彼らを、成層圏にいる人びとが眺め合うように眺めていたのです」。

——それ以前は、この友情はどうだったのですか。

「以前からありました。なにしろ、私は出版業に入っていましたし、ウンベルトはボンピアーニ社に入り、そこで、とりわけ評論類や物語類において新しい流れを創出しました。そこでも、彼は先を見通していました」。

——知的な共犯関係は、起点データー、教養データーを度外視するときがあるものです。あなたが話された相違にもかかわらず、あなた方の間には、何か連帯関係があったのでしょうか。

「いつもありました。なにしろ、ウンベルトは寛大かつアイロニカルでしたし、だから、彼のレヴェルに達していない人びとにも、彼はいつも自分のものを与えていたのです。一九六二年以後の時期には、私どもの関係はいくらか疎遠になりました。私は作家業だけに専念するために閉じ籠もったのです。私は六三年グループに参加しませんでした。もっとも、一九六四年に出た私の処女作『誇大妄想患者』(*Il Megalomane*)は、六三年グループに表われた若干の経験と文体的にはひどく近かったのですが」。

——その後、エコは思いがけずに、作家となりましたね。『バラの名前』については、どうお考えですか。

「私はこの小説については、二つの相対立する点を有するとの印象をもっています。つまり、極めて読みやすいとともに、神秘的な本だということです。『振り子』は読みやすくはなくて、たしかに混乱を引き起こすのですが、このひどく透明な散文の背後に詰まっていたもろもろの探求のゆえに、感嘆に値します」。

『振り子』とその評価の問題。第一作とは大違いで、はなはだ読みにくく、完全に対立する文化環境の汚染に満ちあふれた小説だ。ロッセッリはこの小説についてどう考えているのか。彼の判断は非常に理路整然たるものである――「これは高度の錬金術的な作業であって、私のように、科学・哲学の分野に入り込んだことのない者には、厄介な作業です。でも、はなはだ独創的な作業でして、商業的なものではないのに、とてつもない成功を収めたのです」。

では、この成功はどう説明できるのか。ロッセッリにとっては、この作業は「範囲が広く、射程距離が長い。なにしろ、哲学的概念が入り組んでいるだけに、近づきがたいからです（もっとも、両方の作品とも、教会の用語にはまり込んでいるのですが）。出版者がブーメランを恐れたとすれば、間違っていたのです。時間が経てば、『振り子』も国際的な成功を収めることでしょう」。

ロッセッリは立派な予言者だった。十一月には『フーコーの振り子』は合衆国でのベストセラーのリストに顔を出したし、英国やフランスでも大きな成功を収めつつある。

反逆天使たちの登攀《とうはん》

六〇年代の初めには、イタリアの文学界は真のサイクロン——六三年グループ——によって動揺させられる。二十世紀前衛の理念的継続であるのだが、とりわけ基準点としては、四七年グループのドイツの体験を引き受けたものである。イタリアの新前衛の誕生なのだ。

このグループの根は、一九六一年に、詞華集『新進気鋭たち』(*I novissimi*, Einaudi) に寄せ集められた (この詞華集は、アルフレード・ジュリアーニの序文付きで、エドアルド・サングイネーティ、エリオ・パリアラーニ、アントニオ・ポルタ、ナンニ・バレストリーニ、およびジュリアーニ本人の詩が収録されていた)。

なかんずく序文では、こう書かれている。「社会との両立も、現実の諸イデオロギーとの協調的な共存もなければ、詩は過酷な無秩序——日常の無分別な行動に或る意味を授けようとする極端な試みのような——に入るに違いないし……イデオロギーをまとうことなく、言語に裸のまま、身を任せざるを得ないであろう」。

伝統的な文学・言語に異議を申し立てるこの綱領は一九六三年、パレルモにおいて強力に理論化された。ここで、グループはエコ、グリエルミ、バリッツリ、フィリッピーニ、リーヴァ、マンガネッリ、ロンバルディのような面々をもって拡大されたのだった。歴史的前衛の教訓のほかにも、批判的マルクス主義、現象学、構造主義、マスコミュニケーションの社会学からの借用および影響が多大だった。パレルモでは、批評テクストや文学テクストがいろいろと読まれ、一つ一つが集団的な生き生きした雰囲気の中で議論された。そこでは、「この時代のリアーラ〔ピンク−ロマンスの女流小説家〕たち、つまりバッサーニやカッソーラ」を打倒するという共通意図で結びついた、相互にひどく異なるいろいろな経験が比較検討されたのである。アルベルト・モラーヴィアもたまたまシチリアのこの都市に来ていて、批判的な距離を取りながらも、論議に参加した。

このグループの振興力もあって、イタリアの新前衛はその栄光の時機を迎える。多くの者はそれが代弁者たちの文化的出世欲だと非難して、敵対したが、ある者はこれを利用しようとした。新聞の組織の中に系統的に入り込もうとする試みもなくはなかった。短期間ではあるが、「コッリエーレ・デッラ・セーラ」紙は（文化欄を担当していたエンリーコ・エマヌエッリにより）エコおよびその仲間たちの論説を発表したのだった。

ヴァレリオ・リーヴァァ——だが新聞「コッリエーレ」はついていなかった

われわれが偶然ヴァレリオ・リーヴァァとインタヴューしたその同じ日は、ウンベルト・エコの想像を絶するほどの、類いまれな成功についてのパネルディスカッションをテレヴィのために録画することになっていた。われわれがリーヴァァに提起した話題は、彼にとって魅力があるものだった。なにしろ、それは数時間後にはテレヴィという限られた時間のなかで彼がしゃべることになるであろうものを、より詳細に先取りすることになる可能性があったからだ。

さて、われわれが着いた所は、ローマのデル・バブイーノ通りの小さなスタジオである。電話がひっきりなしに掛かってくる。リーヴァは多忙な人であって、しばしば論戦的ないろいろのかかわりを持っていた。現在の仕事は映画と出版だが、過去には黄金時代に、長らくフェルトリネッリ社にいたことがある。彼は週刊誌「エスプレッソ」の文化欄を担当したことがあり、その後、編集長として、リッツォーリに移った。彼に言わせれば、イタリア文化は目下、窒息状態にあり、生気に乏しいことになる。六〇年代には「昼夜を問わず働いていたし、アイデアが次々と浮かび、シリーズが次々と計画されたりして、とても楽しかった」のだが、そういう雰囲気はまったくなくなってしまったという。当時の出版はすべてを一変し、異なるさまざまのルールを課したのだった。甘美な思い出は不可避なのであって、「私たちは若かったし、よく遊びたがったし、げんに遊んだのです。出版は私たちに旅行することを可能にしました……それに、ミラノはたいそう面白い文化生活をしていましたし、たぶん、今世紀のもっとも良い瞬間を生きていたのです」。

今日では万事が一変してしまった。出版業は専門家と役割とが区分されており、「アイデアを出す人びと（彼らがどんなアイデアを伝えているかは自明のとおりです）と、ゲラに手を入れたり、翻訳を手直ししたりする人びとがおります。かつてのボンピアーニ社は今日のボンピアーニ社ではなかったのです。当時、エコは同社の編集者でしたし、ゲラに手を入れたり、本文を書き直したりしていたのです。彼はアイデアの火山のような人でしたが、みんなと同じく、露命をつなぐために、編集者をしていたのです」。

リーヴァは退くことをしない人だ。〝グルッポ六三〔六三年グループ〕〟の経験において、あなたは決定的な役割をしたとお思いですか？　「その名称そのものからして、実はエンリーコ・フィリッピーニやナンニ・バレストリーニと一緒にフェルトリネッリ社の事務所で考え出されたものなのです。バレストリーニは賛成ではありませんでした。それがドイツの〝グルッペ四七〟の、鋳型にあまりにも乗っかり過ぎているように、彼には思えたからです。後者のグループの経験については、イタリアではほとんど何も知られていなかったのです。とりわけ、フィリッピーニがドイツへ出掛ける前には。ところで、〝グルッペ四七〟のそれは、ドイツの若い世代が、先行世代の妥協に対してのみならず、文学・文化生活へ大家たちが同盟して課した制限に対しても起こした反動だったのです。ですから、ギュンター・グラスのような若い作家たちは、自分たちが準備しつつあった作品を一緒に議論するために、年に一回以上集合していたのです。これら集会の理由はとりわけ、実用的なものでした。つまり、多くの人びとにとって、制作は限られており、実際上、出版することが不可能だったのです。

もちろん、私たちの状況は違っていました。制限はなかったのですが、違った、少なからず拘束的な条件づけが広まっていたのです」。リーヴァはこれらの条件づけを要約したうえで、「根絶しがたい一種の文学的官僚制」がつくりだされていたのだ、と言及した。若い作家たちは出版にあくせくしており、「私たちの文学界に特有の夫役《ぶやく》――すなわち、一方では圧力グループによって厳格に規制された出版社、他方では戦前に生まれた文学世代（市場を実際上独り占めにしていました）の影響力――を」通り抜けざるを得なかったのである。

では、〝グルッポ六三〟の行動はいかなる反権力に基づいて展開されたのか。よりどころは――まさしく――フェルトリネッリ社だったのであり、この社では、若い経営陣は「市場が多かれ少なかれ人為的につくりだしていた障害を打ち砕いていました」。バレストリーニはもっとも若いローマの文学界――グリエルミ、ジュリアーニ、パリアラーニ――と接触を持っていた。リーヴァはフィリッピーニと一緒になって、ドイツ人、フランス人、ビート・ゼネレーションとコミュニケートしていた。

もう一つのよりどころはボンピアーニ社だったのであり、ここでは、エコを長とする若い編集者グループが動き回っていた。だから、合流は自発的だったのである。そこから、個人的であれ、集団的であれ、一大経験が生じた。リーヴァはそのことを確信しているのだ――「三十歳になり、頭角を現わしたくなり、良いアイデアがあり、何かを実現しようと決意したときに、引き出しうるすべてのことを私たちは引き出したのです」。

でも――彼が明言するところによれば――それは反権力だったのではなくて、「六八年の世代によって打ち負かされた」とはいえ、めきめき売り出そうと欲しており、また現にめきめき売り出した一つの世代の表現だった。「打ち負かされてもその痕跡は残りました。なにしろ、この〔六三年〕世代はわが国における戦後の唯一の大きな文化的事件だったのですから」。

リーヴァによって見直された歴史の中には、もうすでにダイナミックなエコが現われている。〝グルッポ六三〟のためにグラウンドをも準備する「アイデアの火山」たる彼が。この課題はいかに展開したのか。それははたして重要だったのか。

「それは〝グルッポ六三〟が出てくる以前の段階ではとりわけ、決定的でした。彼や、グレゴッティや、（文学者のみならず）他の知識人たちと一緒になって、私たちは（〝グルッポ六三〟以前に）一つの雑誌をつくり上げようと試みました。これは後にタブロイド版となり、多くのカラーを用い、はなはだ革新的な精神をもったグレゴッティやチェッリによって装幀され、はなはだ論争的になっていき、いわば一種の反『エスプレッソ』誌となるはずだったのです。

私は『エスプレッソ』誌で多年にわたって働きましたし、またザネッティと一緒になって、私は同週刊誌の文化欄をつくりだした張本人だったのです。ただし、私が言いたいことは、その反『エスプレッソ』誌的雰囲気の中で、私は自分を完全に認識していたという点です。それというのも、この週刊誌は文学的権力機構を代表していましたし、こういうものの部品となる気が私たちにはなかったからです。『クインディチ』誌の先がけは、たいそう反『エスプレッソ』誌的だったのです。けれども、それはあまりに費用がかさむために、つくられませんでした。

私たちは第一号誌のテスト・ナンバーをつくったのです。私たちは単一的に数カ月間も作業を行いました。そして、この単一的な仕事から、実際上〝グルッポ六三〟が出てきたのです。このグループは文学者グループでしたから、当初エコはあまりたいした重要性を持ってはいなかったのです。当時、彼は哲学者・記号学者でありましたが、コミュニケーションの世界の秘密を熟知していましたし、とりわけ、われらの世代のベストセラーだった、『開かれた作品』を書いた人だったのです」。

――〝グルッポ六三〟がもっていた出版上の支えは、成功にとって決め手になりましたか。

「反対でした。〝グルッポ六三〟が、こう言ってよければ、フェルトリネッリ社を救ったのです。同社は一方では『ドクトル・ジヴァゴ』、他方では『山猫』を出版することで、はなはだ輝かしい活動をやり出したのです。

この出版社が生まれたのは、イタリア文化に対しての共産党の化粧的作用としてでした。この出版社から、共産党の支配階級は、独立した一種の偽造の署名を期待していたのです。ところが、フェルトリネッリ社は独立していたわけではなかった。それというのも、この出版社のなかには二つの精神が共存していたからです。私が公表した手紙は、『ドクトル・ジヴァゴ』が私の圧力のせいで出版されたことを証明しています。その後は、フェルトリネッリ社は賛成してくれました。

他方では、『山猫』があったのですが、これはヴィットリーニによって難じられたけれども、後にジョルジョ・バッサーニのおかげで、政治的・文化的体制の意志に反して刊行されたものなのです。とはいえ、同社の二つの精神は共存できなかったので、ついに衝突してしまい、バッサーニは去ることになりました。このことは、フェルトリネッリ社をつぶすこともできたことでしょう。なにしろ、これはミラノで若者たちによってつくられた新しい出版社でしたし、イタリア文学のあらゆるパワー・グループに突如対立することになったのですから。

同社を救ったのは〝グルッポ六三〟なのです。言うなれば、宣伝的でもある一大オペレーションだったのです。バッサーニが去り、この国〔イタリア〕のもっとも前進的な文化を代表していたローマ人たちの、しかも力を有していた、あらゆるグループが去ってしまって、この出版社はこういうすべての事態に対してなんとか生き残ろうとしたのです。

それから一つの考えが浮かんだのです。つまり、フェルトリネッリ社は旧ソ連の反主流派や、〔ギユンター・グラスといった）新しいドイツ人や、ラテン・アメリカの作家たちの出版社であるという考えが生まれたのです。〝グルッポ六三〟においてフェルトリネッリ社が有していた重みは、限られた金額で寄与するパトロンのそれに過ぎなかったのです。当時は万事が僅かの金でなされていましたし、誰も大金を家に持って帰ろうと考えてはいなかったのです。私たちの集会は市役所から費用の一部を支払ってもらっていたのです」。

——その冒険はどういう結果に終わったのですか。それが終わるというのは当然の成り行きだったのでしょうか、それとも誤解や誤りがあったのでしょうか。この件については厖大な文献があります。各人がそれぞれの証拠、それぞれのテーゼ、それぞれの判断を示してきましたが、これらについてのあなたのご見解は？

「結果はテロリズムに終わりました。バレストリーニもフェルトリネッリもテロリズムに終わったからです。テロリズムの選択に関して、グループは割れたのです。私は進歩的立場を取りました。私は共産主義者ではなかったし、むしろ社会主義者でした。私は家族の中に反ファシスト的伝統を持っていた少数者の一人でした。私の父はごく近くに生活しており、（どうしても免れ得ない年代にいた）私に、モロトフ＝ヒトラー協定という、三九年のドラマを体験させてくれたのです。

父は私の政治的教養を刻んだわけです。なにしろ、私は十一歳のときから、もう疑うことを学んだのですからね。

共産主義者たちに対して、私はいつも批判的態度を持ち続けてきました。このことは、〝グルッポ六三〃の経験において私に大いに役立ちました。とはいえ、このグループでは、フィデル・カストロと回想録に関して契約を結ぶことになるという冒険もありました（これは出版されることはありませんでしたが）。この本は、六〇年代に想像されたすべてのことと同じく、血と鉛の大鍋の中で止んだのです。

このグループの内部に危機が起きたとき、私は同時に、パディッリヤの友人として、キューバ革命の悪化の目撃者でしたし、いわばフェルトリネッリ社から解雇されていたのです。フェルトリネッリはトリアッティ主義の無政府主義的・批判的立場を放棄していたのですから。このことは私の立場をも決定しました。なにしろ、グループの内部や、『クインディチ』誌の内部で、私は反フェルトリネッリの、したがって、反バレストリーニの立場にあったからです（私は相変わらずバレストリーニの友人ではあり続けていますが）。

エコは中間的立場を持していたのでして、このことに私は今なお批判的です。彼はＰＳＩＵＰという一種の小党派に所属しており、『クインディチ』誌のページを六八年代の動きや学生運動に割く必要があると主張していたのです。『クインディチ』誌に、私たちは赤く印刷し、トリーノの学生および他の学生運動によって――当時の言い方を用いれば――管理された、付録をつけて発行したのです。私たちはこの雑誌の一部を学生運動や六八年代の動きに割いたのです。しかも、私たちは干渉することは控えねばなりませんでした。こういう態度は多くの知的放棄を招きました。このことに対して最初の衝突が生じました――ジュリアーニ、マンガネッリは反対しました。ジュリアーニはその最初の一人でして、彼は『クインディチ』誌を去り、またグループからも去ったのです。

その後、別の衝突がありました。私とエコとの間でも衝突したのです。最後の集会の一つにおいてのことでした。私は或る期間、政治的ではなくて、知的な革命を何とかしてやりうるという幻想を抱き続けました。当時、私は『エスプレッソ』誌のために、『長いナイフの夜』のなかにこのグループが入り込んだという記事を書きました。私はこの闘いが、皇帝に対して謀反を起こしたローマ軍団同士の間での闘い〔内ゲバ〕みたいだ、と書いたのです。このグループは激しい衝突に陥ったのでして、それは、後に起こるであろうこと、六〇年代の者たちがテロリズムの夜に終焉を迎えることになる有様、の前兆だったのです」。

——サングイネーティ、エコ、リーヴァや、仲間たちが官庁的文化にとってひどく怖い存在だったのはなぜですか。ある時点では、「コッリエーレ・デッラ・セーラ」紙の中にほんのちょっとだけ組み込まれましたが、まさしくほんのちょっとだけでした……。

「怖かったというのは言いすぎです。『コッリエーレ・デッラ・セーラ』紙の中に組み込まれたのは、私たちが誰をも怖がらせなかったことの一例です。エンリーコ・エマヌエッリは知的で開放的な人物でしたが、その彼が或るとき、三面記事の責任者になり、文学特集版がつくり出されつつあった当時の雰囲気を想起する必要があったのです。当時の大成功は特集版——『イル・ジョルノ』紙の文学欄——だったのです。ガエターノ・バルダッチがこういう文学欄を始めたのですが、これはもはや三面記事ではなくて、書評からなる別のものだったのでして、アルベルト・アルバジーノのキアッソへの旅行記事で支配されていたのです。こういう記事は、その他の新しい編集法をも含めて、『イル・ジョルノ』紙を成功させたのです。

『コッリエーレ・デッラ・セーラ』紙は『イル・ジョルノ』紙への反攻を行う任務をエマヌエッリに託したのでして、それでフェルトリネッリ社から一冊の本を出していて、(私がこの出版の擁護者の一人として)私もよく識っていたエマヌエッリは、アルバジーノを除き、グループの残りの全員——つまり、フィリッピーニ、ジュリアーニ、グリエルミ、マンガネッリをすべて取り上げるつもりだ、と言いにやって来たのです。私は二十行を、他の人びとは四十ないし五十行を書きました。でも、私たちの協力は少し、ほんの少しの間続いただけです。

私たちはジャーナリズムに不慣れでもあったのです。それで、私のが載ったのは二十行ですが、書いたのは九十行で、そのうちの七十行がカットされたのです。こうして、すべては一巻の終わりでした。なにしろ、それは少々人為的な作業でしたから。エコはどうやら、書くことを引き受けなかったようです。この点に関しても議論がなされたのです——つまり、『コッリエーレ』紙上に書くか書かないか、という点についてです。

当時には、やはり重きをなしていた人物がいたのです。なにしろ、バレストリーニはつねに新しいものや出口を探していたのでして、彼は『コッリエーレ』紙の操作を、地盤獲得のための大きな戦略と見なしていたからです。しかし、すべては特別な悲劇もなしに終わりました。

『コッリエーレ』紙の内部で反動が生じ、エマヌエッリとは合意に達しなかったのです。アイェッロとフェッレッティはこのエピソードをあたかも重要であるかのように語っています。このとき、私たちは『クインディチ』という、私たちの新雑誌をつくろうと欲したのです。同誌の中心ページにはカレンダーがあり、そのなかには、聖者たちの名前の代わりに、私たちは文学賞の審査員の名前を書いたのです。私たちは発見したのです——イタリアには三百六十五人以上もの文学者が存在し、それぞれの賞〔の審査〕により給料をもらっているということを。そのうちもっとも多くの額を受けとっていたのはカルロ・ボーで、彼は今日もそうですが、四十の審査に参加していたと思います。見てのように、私たちの意図は、『コッリエーレ・デッラ・セーラ』紙上に書くのとは、相当に異なっていたのです」。

当時についてなら、リーヴァは何時間でも話すことであろう。彼にとってひどく幸せな時期だったとか、大きな緊張の時期だったとか、いやまた、ひどく苦い時期だったとか。たとえ数多くの対照で引き裂かれていようとも、かつてはグループに存在していた連帯感も、すっかり氷解してしまったのだ。各人がそれぞれの道を歩んだし、残酷ですらある論争とてもなくはなかった。ある人——エンリーコ・フィリッピーニ、アントニオ・ポルタ、アドリアーノ・スパートラ——は亡くなった。他の者は消え失せた。まさしく当時の雰囲気を吸い上げたり、それを転倒させたりすることにより、エコは全世界で〝エコ事件〟となった。彼が小説家だと想像できたろうか。リーヴァは〝ノー〟と言っている。当時から彼に思い浮かぶエコのイメージは、「遊び仲間、ユーモリスト、初期の記号学者」のそれだという。一つの世代全体にとっての真の枕頭の書たる『開かれた作品』や、「哲学史を反語的、からかい半分の四行詩節で書こうとする試みだった」『韻文による哲学ものがたり』の著者なのだ。フルートを奏で、風刺詩を書いていた機知に富む人なのだ。ほかのことはとても考えられなかったのだ。

だが、リーヴァはそれほど驚いてもいない。〃エコ事件〃についての彼の評価は、編集者的、文化的であるとともに、私的でもある。

「『バラの名前』と『振り子』は成功に値した本です。それらはたいそう面白いし、私がすぐに驚いたのは、これらがイタリアや外国の、その他の本とは異なる読者を獲得したからです。

『バラの名前』はエコが自分自身のために書いた小説であり、すべてのことから──彼がトマス説を研究し、ガララーテのセミナーに参加して聖書のコンピューター化の初期の練習を行っていたときから──生まれているのです。『バラの名前』は自分自身との賭けだったのですが、それは私たちに無関係な、二十歳の世代──私たちの息子たち──の本となったのです。

『フーコーの振り子』は大変楽しく読みました。エコが好きなことを言っているにせよ、〃グルッポ六三〃が生まれたあの雰囲気の一部分がそこには出ているからです。つまり、出版社や、彼が出版社を物語るときの反語的な調子──それが変貌し、セナート通りのボンピアーニという小出版社から、その後のボンピアーニがファッブリ、モンダドーリ、リッツォーリのような大出版社へと移行し得たこと──が現われているからです。この小説は私にはたいそう気に入りました。

『バラの名前』は私と個人的な関係はあまりありませんでしたが、『振り子』は逆に、私が参加した話なのです。私はバル・オレステ──今日ではピラーデと呼ばれています──に行ったことがありますし、アレッサンドリアには私も行ったことがありますし、はたしてついて来たのか否かは知りませんが、あの少女たちと夕べを過ごしもしたのです」。

――最後にお尋ねします。出版で成功する人は、幸運な錬金術師のようなものです。鉛から金を取り出そうとする人びとは大勢いますが、ただ一人、もっとも幸運な人だけが、それに成功するのです。いったい、この幸運は正確には何なのでしょうか。こういう幸運では、偶然によるところが大きいのでしょうか、戦略によるところが大きいのでしょうか。

「偶然によるところはゼロ・パーセントで、残りは戦略、能力、知力によるものです。無意識の戦略によるものです。エコが世界最大のベストセラーを書こうと考えた、と私は言っているのではありません。彼が『バラの名前』を終えて、ゲラを友人たちに読ませ始めたとき、（ジュリアーニから聞かされたことなのですが）彼ははなはだ不安気な書状を友人たちに寄こしたとのことです。

〝ご意見を聞かせてください、私には何をやったかよく分からないもので〟、と彼は書いていたのです。とはいえ、彼は、無意識な大きい戦略をもっていました。なにしろ、彼はずっと以前から自分の読者をゆっくりと獲得しつつあったのですから。『韻文による哲学ものがたり』から、『開かれた作品』や、さらには『論文作法』に至るまで、彼ははなはだ首尾一貫して一本の道をまっすぐに進み、少しずつ読者――彼の読者――をつくっていったのです。

その後、彼の小説が出たとき、彼が以前に書いていたすべてのことは『バラの名前』の中に注ぎ込まれたのでして、彼は敏感な鍵盤を弾いたわけです。

エコの歩んだ道を再び振り返ったとしても、人は彼がほかのことに取り組んでいる姿を想像することはできないでしょう。人がやれるのはそういうことなのであり、それで十分なのです」。

アンジェロ・グリエルミ――彼に《それを見たのは誰か》の番組に出演してもらいたい

アンジェロ・グリエルミは、〝グルッポ六三〟と呼ばれたあの多種多様ではなはだ知的な仲間を主人公にいただく遠い出来事を〝歴史化する〟ことに大きな自信をもっている。

これはもちろん、最近になって、このグループへの慎重な称賛が広く行われたり、たとえ形は異なろうと、古い連帯感を存続させるために会員たちの会合が提唱されたりしたために生じた一つの慣行なのである。もちろん、このグループの確かさはそれなりに〝古〟く、それは六〇年代初頭の雰囲気に遡る。当時は、イタリア文学の支配的体制に対しての異議申し立ての調子は、あらゆる手段を使っての、ものすごく火照《ほて》ったものだったのである。最近アルフレード・ジュリアーニ本人も認めたように、バッサーニやカッソーラのような作家たちはいとも簡単に〝新リアーラ〔前出。六六ページ参照〕たち〟と呼ばれて、名声を落としたのだった。そしてもちろん、グリエルミのしっかりした原則は、いつも〝敵対的な〟文学批評家としての、また、第三チャンネルのディレクターという高名な任にある、最後まで〝光の当たった〟指導的なイタリア放送協会の、文化的・職業的なその経歴の中に刻み込まれているのである。

だから、グリエルミの回想によると、このグループがもっていたプログラムは「ただ一緒に作業し、各人に属する発見や練り上げを集団的に検討したり突き合わせしたりすることだけ」だった。そのうちでももっとも活発だったのは、サングイネーティ、エコ、ジュリアーニ、バリッツリおよび彼本人だった。

彼らを結びつけていたものはとりわけ、イタリアにおける文学および文学研究の地方的な閉ざされた性格への嫌気と、「今世紀のうちに、フランクフルト学派や、プラハ・フォルマリストたちや、構造主義や、プロップと昔話、等々……をもって、文学、そしてより一般的には文化をつくったり考えたりする方法を改新してきた、ヨーロッパ文化のはるかに強壮な」雰囲気に窓を開きたいという強い願望とであった。

よく蒸し返される、たぶんモラリスト的な批難、つまり、〝グルッポ六三〟の各成員が力を得たのは、集団的経験の総合的な一押しの力によるのではないかとの批難に関しては、グリエルミははなはだ明白な考えをもっている。こういう批難には彼はびくともしない。寝台車の中の前衛ということが言われたのだが、現に各人は「まったく威厳のあるレヴェルで、すでに（大学、イタリア放送協会、出版社、といった）諸機関——通常、体制を特徴づけるものと見なされている——に組み込まれていました」。もちろん、彼の認めるところによると、彼らが聞き入れられる可能性は「はなはだ高まったのだが、しかしこのことが生じたのは、私たちが抱いていた新しい観念や、私たちが実践していた新しい行動の権威と質のせいでした」という。さらに彼が——確信をもって——付言しているところでは、こうした観念やこうした行動は嫌疑と恐怖を惹起したという。それというのも「それらは体質的にはそれらのもつ意味深長な（革命的な）新しさにおいて受けとめられた」からである。

だが、われわれとしてはグリエルミとともに、あの経験、つまり六〇年代の文化的雰囲気を再構成しようとするときには——永遠の敵たちの論争としてであれ、永遠の友だちの賛辞としてであれ——

形を変えて繰り返される経験に関して、若干の質問を再考してみることにしよう。

——第一に、グリエルミさん、〝グルッポ六三〟の集合には、どれほどの計画性、どれほどの偶然性があったのでしょうか。

「まあ、そうですね、私たちの出会いは偶然的でした。つまり、それは計画的な決意の所産だったのではなくて、時代の必然の所産だったという意味においてです。私たちがアンチェスキを主幹とする雑誌『イル・ヴェッリ』において一緒に仕事をしていた限りでは、私たちの大半の間には知己と友情の関係が存在していたのです。もちろん、アンチェスキのこの月刊誌において私たち全員が働いていたという事実は偶然的ではさらさらありませんでした。周知のとおり、この雑誌は当時、あまりに地方的な伝統に条件づけられ続けていたイタリアの文学のみでなく、文化の、革新と刷新という目標を追求していたのです」。

——では、ウンベルト・エコに触れることにしましょう。あなたと彼との最初の関係はどのようだったのですか。あなたはやはり当初、イタリア放送協会で働いておられました。そのときに彼と識り合われたのでしょうか。

「いいえ、私がエコと識り合ったときには、彼はもうイタリア放送協会を辞めていました。もちろん、グループの仕事にとってのウンベルト・エコの貢献は、彼の器用さに相応のものでした。とりわけ、説明の明白さや——決定的に革新的な——理論的省察の信憑性を具体例をもって例証する能力のせいで、彼はこのグループの出会いにおいてだんだんと重宝になっていったのです」。

――パレルモ会議の主題だった、実験小説の定義においては、エコが練り上げた〝開かれた作品〟なる概念は重要だったのでしょうか。

「実験小説は言語が内容よりも優位に立つという立場を擁護することにより、あまりに狭い限定を拒んで、さまざまな読みへと開かれていったのです。この意味では、エコの『開かれた作品』は進行中の傾向を支持することになりました。ただし、よく銘記すべきことは、『開かれた作品』をもってエコが提唱していたのは、実験小説にとってのみならず、昨今の、古典であれ前衛であれ、いかなる作品にも当てはまる理論――その定義の度合が何であれ、読者の数ほど多くの読みに作品は適しているという理論――だったという点です」。

――ではどういう理由が、あなたたちをもっとも結びつけたのでしょうか。また、どういう理由があなたたちを離散させたのでしょうか。

「私たちがいくども――たぶんこのインタヴューにおいても――言ってきたように、私たちを結びつけていたのは、当時イタリアで流行していた、文学および文学研究における閉ざされた地方性への嫌気と、ヨーロッパ文化のはるかにより強壮な雰囲気に窓を開けたいという強い欲求とでした。ヨーロッパ文化は今世紀に、フランクフルト学派、プラハ・フォルマリストたち、構造主義、プロップと昔話、等々をもって、文学、そしてより一般的には文化をつくったり考えたりする仕方を革新してきたのです」。

——あなたたちは相互にはなはだ相異していたと言われがちではありませんか。なのに、実際上、何であなたたちは結ばれていたのですか。年齢、対抗欲、文化的な新しい関心のせいでしょうか。

「実をいうと、エネルギッシュでもあった対話的な交換——それは私たちを特徴づけていた、新奇なものへの欲求を共有しつつも、立場の相違上、正当化されるものでした——を別にすれば、私たちの間には正真正銘の亀裂はありませんでした。このグループが六八年に解散したときには、おそらく、その機能と役割をやり尽くしていたのでしょう。あえて申しますと、私たちは一種の革命の中にいたし、またそれに巻き込まれているように感じていたのです。ところで、六〇年代にはありうべき唯一の革命は上部構造にかかわるものでしたし、したがって、私たちの特殊な場合には、言語の境位にかかわるものだったのです。この上部構造に反対行動を起こせるようになった六八年からは、私たちは自分らの立場を運動に任せ、各人が独自の個別的なインスピレーションに従い、(今度は一切の付加価値なしの)文学作業を実行するために、私たちは身を引いたのです」。

——また、このグループのさまざまな人物(とりわけ、政治的な人物と文学的な人物)は六八年革命や「クインディチ」誌の経験とともに爆発したとも言われています。こういう機会におけるエコの立場はどうだったのでしょうか。彼は媒介役を買って出ようとしたのでしょうか。

「グループが実際上、分裂したとき、私たちは銘々それを阻止しようと努めましたが、これはいわばイデオロギー上の確信――つまり、このグループがまだ発展の機能を有していると各人が信じていた――のせいというよりも、当時までかくも実り多くて有益だった作業の構造が崩壊するのを見たくなかったせいなのです。この機会にエコは当初、開きつつあった穴に対処しようとしましたが、その後、この悪化が還元不能なことを書き留めたとき、第一番に、グループの（というよりも、当時最大のコンセンサスを享受していた『クインディチ』誌の）解散を（投票に掛けた上で決めることを）提案したのです」。

――（エッセイスト、記号学者、コミュニケーション研究者としての）エコの先行活動において、小説への移行を予見させうるようなことは何かありましたか。あなたは文学批評家として、小説家エコについてどうお思いですか。

「小説家エコは、彼本人にとっても一つの驚きだったのです。もちろん、結果論になりますが、彼およびグループ全体が練り上げていた組み合わせ法を空想力をもって適用することによって、彼が得られた結果に到達したことに、私たちとしては驚くには及びません」。

最後に。最近、まさしくグリエルミがディレクターを務めているネットワークにおいて、例外的なインタヴュー――エコが大衆社会についてアドルノとお喋りしていたもの――をわれわれは再び（もしくは初めて）観たことがある。エコは自身もテレヴィ番組を担当したのだったが、もうそれを辞めてからずいぶん年月が経っている。質問の矛先《ほこ》を文学批評家ではなくて、ＲＡＩ（イタリア放送協会）3のディレクターに向けてみる。エコの多才さ、マスメディアへの彼の共感（これはアドルノとの遠距離のインタヴューによって確証された）は周知のところである。現在なら、ディレクターとしてエコをどの番組に出演させたいのだろうか――「アポストロフ」、「ドメニカ・イン」（「文学的接岸」を編成替えした番組）、「ノヴェチェント」、「それを見たのは誰か」、等のうちで。

するとと、グリエルミはためらうことなく答えた。「私としてはエコがやってよいと明言するものなら何でも出演させたいです。ただ残念ながら、彼はどのテレヴィの仕事もやるつもりのないことを明言しているのです」。

われわれはすべてが欲しいのだ

〝グルッポ六三〟の活動は続行して、『クインディチ』誌の創刊（一九六七年）につながる。この雑誌は当初月刊だったが、後には、隔月刊となった（文学の理論と実践を扱ったが、社会問題や政治問題にも深い関心を寄せていた）。当時ははなはだ動揺していたのであって、六八年の学生による異議申し立て、（パリから、バークレーやプラハに至る）「国際的な同時代的蜂起」の時代だったし、どんなに用心深い人びとをも専門の避難所から外へ押し出したのだった。六八年革命は賛美されてきた生活モデルを転覆させ、油の染みを市民・政治社会のあらゆる層へ拡大させ、一つの酵母菌となって、その後の数年間、異なったやり方で発酵させることになるのである。

当時はすべてのことが議論に付された。何ものも政治の支配やヘゲモニーから免れはしないように思われた。文学をやるとは、どういう意味なのか。この簡単な質問――とはいえ、個人的・文化的な過去の体験や、各人の進行中の経験に浴びせられた質問――に関して、「クインディチ」誌は分裂するのだ、それも治せないほどに。

この雑誌に協力していた人びとのうちの一部（ジュリアーニを頭とする）は、政治に汚染されることなく、固有の専門分野内で執筆の破壊的な力を理論化したが、別の一部（学生運動の文書類を雑誌に発表させたバレストリーニが、そのリーダーだった）は、文学活動と政治とを同一視したのだった。エコはこれら二つの立場を次のように総合したのである。「階級支配への異議申し立てはもちろん革命的な実践を通過するが、階級文化（Kultur）というこの特殊な形の支配への異議申し立てとても〝やはり〟、文化に関する論議を通過する……。こういう問題はすべて、政治的である。だから、イタリア文化の革新は政治的次元で記録されるし、伝統的出版社が拒否され、ガリ版刷りの普及が見られるのも、政治的次元においてなのだ」。

こういう対立は、もはや縫合することが不可能だった。なにしろ〝グルッポ六三〟（またはその残存者）の経験を横断的に切断したからだ。「クインディチ」誌は閉じる。一九六九年のことだった。

次のインタヴューでは、ナンニ・バレストリーニがこの刺激的にして苦悩に満ちた時期の各段階を振り返っている。

ナンニ・バレストリーニ――政治ではエコは媒介者だった

ナンニ・バレストリーニは今でも〝若者の〟抗議行動のパワーを完全に保持している。政治への関心は持続しているし、政治に無関心な者、職業ライターのみをこととしている者、決して汚染されることをしない、美しくて清純そのものの人物に対しての批難は持続している。

六八年革命、異議申し立て、この時期の前衛が合流していた「クインディチ」誌の終刊で頂点に達した、六〇年代の経験は、今なおはなはだ活発に燃えつつあるのだ。この時期は引き続き、バレストリーニが長い間協力したフェルトリネッリ社で閉じられたのだが、この時期について彼が書いた本『出版者』（*L'editore*）は、大いに議論されるとともに、激しい論争の的ともなったのである。だが、われわれは厳密に文学的な領域から出発することにしよう。「それは結成されつつあるゲリラ隊のようでした」、と彼は冗談まじりに、ジュリアーニ、グリエルミ、バリッリ、サングイネーティ、ポルタ、パリアラーニ、ずっと前から――バレストリーニがずいぶん若くて、接触を求めていた五〇年代初期から――識っていたエコ本人を擁した〝グルッポ六三〟の同盟を再考している。エコとの友情のおかげで、彼はボンピアーニ社に加わったのだった。未来の『バラの名前』の作者によって、「小さな仕事のために推薦されたのです」という。

このゲリラ隊は混成隊だった（「マンガネッリをアルバジーノにどうして結びつけることができたでしょう？」）。この世代は今では五十歳を超えているが、彼らは（バレストリーニはさもその重要性を強調するかのように一語一語ゆっくりと）「一世代ないし数世代前の人びとに全般的・集団的に対抗して、彼らの多くの恥ずべき大罪を非難していたのです」。文化的な後退と孤立に対しての正真正銘の闘いだったのだ。この点では、バレストリーニの立場は、われわれがすでにインタヴューしたサングイネーティやグリエルミのそれとあまり異なってはいない。

だが、このチームワークにおいて各人に割り当てられた役割はあったのだろうか。ある者が計画、プロジェクト……の話をした。しかし、バレストリーニが火に水をかけたのだった。彼はたとえば、友人会合の組織の面だけに自己を限定していたし、その後は、リーヴァやフィリッピーニと一緒に、友人たちの多くの書物の出版（彼が働いていたフェルトリネッリ社からの）を支援した。そのほかにはいかなる役割も果たさなかったし、いかなる専門的能力も持ち合わせていなかった。

エコは他のすべての人びとと同様に〝何でもできる〟人だったし、しかも「広く有名になって」もいた。彼がはなはだ有能な学究であるとともに、好奇心、進取の気性、真の柔軟性（それはマスメディアの諸問題に対して発揮されていた）という、二重の性質によるものだった。「彼は超然とした、ほこりまみれの大学教授ではありませんでした。この点ではいつもずっと同じままです」。

この〝ゲリラ隊〟に対しては、出版的、文化的なパワーへ登りつめるために——あるいはたぶん、引き続き、ややせせこましくも、権力の別形態たる、政治的ヘゲモニーのために——結託した部隊として機能している、といつも意地悪屋たちが批難した。しかし、グリエルミはこういう批難を不当なものとして、僅かなやりとりですでに打ちのめしていたのである。では、バレストリーニはこれに対してどう対処するのだろうか。

「こういう批難には、すでに回答されたものと記憶しています。私たちがパワーを欲しがったというのは事実でありません。それはすでに手にしていたのです……。要するに、これら大半の人たちはすでに文化産業、出版業、テレヴィジョン、その他の組織の中に組み込まれていました。それらは大きなパワーではありませんでしたが、もっとそれ以上を求めることはしなかったのです……」。

——そうだとすると、あなたはそれは正当な批難ではなかった、あなたたちは敵どもが思い描いていたよりもはるかに純粋だった、とこう主張なさるのですね。

「こうした人びと同士の関係は、《何かを入手するためにお前を助けてやる》という、マフィア的な絆では決してありませんでした。今日の私たちの状況を観察するに、各人がそれぞれの地位を得ているのは独力によるものであって、共犯関係の網が打ち立てられていたからではないのです」。

――よく理解させてもらいたいのですが、あなたたちが望まれたのは、文化的ヘゲモニーだったのでしょうか、それとも――別のことではありますが――政治的ヘゲモニーだったのでしょうか。

「とくに六八年以後は、これらの人たちの一部は政治に無関心ではないが、それとは離れているという態度を示しました。直接政治活動をしたがらないという意味ではね。逆に、他の人たちの大半は政治的な、しかも国会外の活動に再び戻ったのです。たとえばエコ自身は、いつも社会参加の擁護者ではありましたが、ある政党の〝政治家〟の姿をとることは決して望まず、文化政策を実行しようと欲したのです。私たちは誰もこういう選択をしませんでした」。

――ということは、政党的な意味での政治的支配ではなくて、文化的な支配ということですか。

「あなたが何らかの立場に立てば、どうしてもこれらの立場は現出せざるを得ません。これは文化的支配です。この意味では、私の思うのに、あのやり方は結局勝利を収めた、つまり、欲していたものを実現するのに成功したのです」。

――でも政治では、『クインディチ』誌の有名な分裂騒ぎがありましたね。バリッツリとグリエルミとの間、あなたとマンガネッリとの間には当初、ほかにも緊張があったのですか。

「正直、あまり憶えていないですね……。でも、バリッリとグリエルミのことは憶えています。グリエルミに関しては、私どもは文学的枠組みをあらあらしく打破しなければなりませんでしたが、逆にバリッリに関してはゆっくりとした前進がありました。その後は、綿密な事柄について別の論争がありました」。

——政治ではエコはどのような動き方をしていたのですか。彼が政治的に距離を置いた、とさきほど指摘されましたね。

「彼は国会外の立場に立っていましたが、それほど過激主義者ではありませんでした。六八年以後、彼は〔共産党〕〝宣言〟の立場になり切ったのです。左翼の立場だったのですが、左翼の党派に対しては批判的だったのです」。

——断絶はどのようにして起きたのですか。

「六八年以後『クインディチ』誌はその働きとパワーをすっかり使い果たしていたものですから、ある時点では、学生運動の発言を載せる唯一の新聞となりはてていました。ある人たちはこの選択に同意していましたが、他の人たちは、こんな状況を続けるのはもちろん不可能だと考えていました。こうして、だいたいこんな結論に行きつきました——私どもの信じていることを一緒にやれない以上、もうこれを中止しようじゃないか、と」。

――でも、あなたの仲間は学生集団の政治闘争のテーマや文書を受け入れることにそれほど反対していたのですか。

「一部だけが反対していたのです。だいたい半分ぐらいに割れました。でもこの雑誌は何かを一緒にやるために生まれたものですから、一部を排除しようという考え方は受け入れがたかったのです。『クインディチ』誌は共通の財産だったのです。その後、私は政治的関心と密着した別の雑誌をつくりました。でも、いろいろの理由で、はなはだ生命の短いものでした……」。

――どういうものだったのですか。

「『仲間《コンパーニ》』と言うもので、ただし出たのは二号だけです。私と同じ立場にあった人たちはみな、一つの点で同意していました。つまり、満場一致でのみ、『クインディチ』誌は何か別のものに変わりうるだろうと。この立場では、エコも私と同じ考え方でした」。

――これはポイントですね。エコはその状況でどう行動したのですか。彼の立場はどうだったのですか。

「彼は『クインディチ』誌のライン（文化と学生との対話）に未来がないと考える人に同意していました。とりわけジュリアーニとマンガネッリは反対していましたし、こういう連帯に反対していたからです。一致が欠けていたし、前にも申したとおり、雑誌の目的もだんだんうすれていったのです」。

——では政治家としてのエコの進展をどうお考えですか。つまり、七〇年代、あの欲望の年代〔エコの著書のタイトル〕においては？

「彼は社会の動きにいつも注意していました。彼は判断するための大きな感性と知力をいつももっていました。学生運動に対しては強く批判しました。私自身は彼の学生たちと立場を共有していましたから、この批判は間違っていると思ったのです。学生たちの立場は父を持ちたいという探求——『僕たちに賛成して欲しい、僕たちと一緒に歩いて欲しい』——だったのに対して、はなはだ面白かったのは、彼は道の仲間である代わりに、自分の頭脳で考える人、『心の仲間』だったという事実です。彼の言うことに同意できないことはよくあったのですが、彼の判断にはいつも大いなる知力と大いなる知的真摯さもあったのです」。

——あなたはとりわけ政治参加に没頭されましたが、逆に、エコはエッセイストや寄稿家の活動を展開しましたね。これら二つの契機には類似点がありますか。

「私が〝労働者のパワー〟として国会外の集団の中で活動していたときも、私は支配的な役割をしてはいませんでしたし、いつも一介のインテリだったのです。私はヘゲモニーをもっていなかったし、そこではちょっと見ていたり、注意深く覗き見したりしていて、もっと近づいて興味深いものに触れるように駆り立てられたのです。私は批評家でも、理論家でも、エッセイストでもないですから、事柄の中に生きざるを得ないのです。同じものはエコにも興味があったのですが、彼のは理論的・思弁的な興味だったのです。彼は少し距離を置いて熟考したり、新聞や本に書いたりしていたのです」。

――今度は作家に移りましょう。作家エコについて簡潔できちんとしたご判断をお願いしたいのですが。記号学者・エッセイストから、国際的成功を収めた小説家への進展をあなたは予見しておられましたか。

「いや、この成功は誰も予見していませんでした。彼本人もね。彼が『バラの名前』を書いていたとき初めてそのことについて彼と話したのを憶えています。その後に起きたことは、誰も想像できなかったのです」。

――六三年グループに加わっていたとき、彼が小説を書くものとあなたは予見されていたのですか。

「率直に言って、考えてはいませんでした。そんなことが私の脳裡に思い浮かぶことは一度もありませんでした。彼はいつもたくさんのことを書いていましたし、創造的な人ではあるにしても」。

創造的な人。バレストリーニの判断には、〝仲間〟の古い連帯性が感じられるが、しかし、それ以上の何かも感じ取れる。今日を支配している評価が。それは友情を超えて、確証されるものなのだ。たとえば、バレストリーニに二重の理由で「ひどく気に入った」『バラの名前』を読むという肯定的な確証。一方では、エコの文化的特徴に関して彼はこう言っている――「これは前衛、物語芸術、マスメディアに専念している人の完璧な作業であって、それはすべてを混ぜ合わせることにより、そこから、言語の面、マスメディアの面、観念の面でも完全に機能する産物を引き出している」、と。

要するに、それは完全なマシーンなのであり、「それゆえ多くの人びとをいらいらさせたかも知れません」。「もっとも堂々たる」ベストセラーを産み出す（ここに第二の理由がある）完全なマシーンなのだ。

「これまで――とバレストリーニは付言している――私たちがもった広大な読者層は、後で恥ずかしくなるような、恐ろしい本を読みたがっている。あるいは、何も理解できない『ユリシーズ』のような、はるかに知的と見なされている本を読もうと決心し、それから立腹して、『俺はばかだ』と言ったりする」。だが、エコに関しては、話は別なのだ。彼の小説を組み立てているさまざまな教養レヴェルが「平均的読者にさえ読みうる十分な能力を授けているし、これは心づけともなるのだ」。とにかくエコのおかげで「心づけの雨がいたる所に降ったのだった。読者の趣味やレヴェルの上に。これらは改善されているから、今では新しくてより複雑な読解の準備もできている（し、あるいは、できるであろう）。またかつての友人たちの上に。彼らの間には「胸の張り裂けそうな分裂が多々あったとはいえ、相互の友情の絆が」残存しているからだ。また、イタリアの良書の上に。これらは今日では、エコ以後、外国で出版社を前よりも容易に見つけることができる。「典型的な事例はマンガネッリのそれである」。

最後にバレストリーニの本人の上に。彼の小説『不可視なる者たち』においては、七〇年代およびテロリズムの雰囲気をかもし出している。エコはこういう小説にも手を貸したのか。

「個人的には彼の判断と彼のはなはだ知的な読解とは私に有益だった」。

欲望の年代

七〇年代に大学の中に広がっていた不安――いくぶんかは六八年の不可避な逆流でもある――は、不確実と危機のもっとも一般的な感情の鏡であった。社会的匿名性、しばしば後戻りのない政治的選択の年代だったのであり、これらを印象づけた実に象徴的な二つの死は、イタリア社会の中に一つの分水嶺を陰気に記すものである。一九七二年ミラノでのフェルトリネッリの死と、一九七八年ローマでのモロの殺害がそれだ。フェルトリネッリはセグラーテの鉄塔の上で爆発することにより、自らの行動の革命的な野心を証示した。赤い旅団はモロを殺害することによって、この国を悲劇的にマークした季節のエピローグとなった（もっとも尻尾《しっぽ》切りはまだたくさん残ったのだが）。

だが、政治的・社会的な危機はこの十年間に関する話題を終わらせはしなかった。たとえば、読書の目録は絶えず増大していき、水平線には新しい読書――教養を積もうとして、万事に飢えた人――が現われていた。もっとも必要とされたタイトルのうちには、政治学や社会学の評論があり、逆に文学書――とりわけイタリア作家たちの小説――はダメージを受けていた。

二十年間に二つのベストセラーが生まれた。エルザ・モランテの『歴史』と、ロッコとアントニア（つまりマルコ・ロンバルド・ラディーチェとリディア・ラヴェーラ）による『翼のある豚』とである。

両方とも際限のない論争をかき立てた。前者はむしろその伝統的な語り構造のせいで、後者は青年読者層――しばしば国会外的〔共産党に対立的〕だった――のために、通常は伝統的な読者層に向けられているセックス面で疼かせるような話題を利用したり、アッピールさせようとしたりしたせいで。一九七五年十一月一日から二日にかけての夜にオスティアで起きたパゾリーニの暗殺は深い反響をかき立てた。『ごろつき』や『乱暴な生き方』の時代から、この作家は六三年グループの代弁者たちの側からは論争の的だった。

この年代に、元は六三年グループだった人びとは自律的な道を歩むのであり、彼らを結びつけていた仮説は今やなくなっていた。とはいえ、個人的な関係は多くの場合に緊密だったし、たとえ職業上・文化上では違ったところに身を置きながらも、文化的な親近性は保持され続けていたのである。サングイネーティは当初はサレルノで、後にはジェノヴァで教えたし、グリエルミはイタリア放送協会の管理職に就いていたし、フィリッピーニは出版界を去って、「ラ・レプッブリカ」(スカルファリの創始になる新聞で一九七六年一月十四日創刊。平均十万部の売り上げがある)の編集に加わったし、ジュリアーニは芸術大学(ダムス)に入り、リーヴァは「エスプレッソ」誌で文化部門を担当し、バレストリーニは完全に政治に没頭して、当初は〝労働者パワー〟に、後には労働者の自律を求める立場に近いグループに加わった。エコは芸術大学に足場を置いて、きちんとした大ジャーナリストとしての姿勢を強化し、また「エスプレッソ」誌のコラムでは正真正銘のオピニオン・リーダーとしての立場を強化した。これについては、週刊誌の副社長を長い間務めており、文化的組織化の諸問題に特に敏感だったネッロ・アイエッロが以下のインタヴューで回想しているとおりである。

都市全体が語っている

ネッロ・アイェッロ——ジャーナリストに百点満点を

ネッロ・アイェッロは、とりわけ「モンド」由来の、啓発された、戦闘的なジャーナリズムを代表している。このジャーナリズムは、多くの作家たちにとって跳躍台としてしばしば役立ってきた。ウンベルト・エコもそれら作家の一人である。とりわけ「エスプレッソ」誌上でここ五十年間書いてきた記事がなければ、エコはエコでなかったであろう。つまり、ジャーナリスティックな発言の彼の輝かしい多くの本は生まれなかったであろう。しかも、それ以上のことも。つまり、後に『バラの名前』や『フーコーの振り子』の読者となった、彼の読者たちが〝教育〟されはしなかったであろう。

アイェッロはこの現象について声高に省察している。彼は「ノルド・エ・スド」(北と南)紙の新聞記者からスタートし、後に「モンド」に移った。このときの路線——彼のグループが代表していた「イデオロギー的とは言わないが、文化的な」——は、「この国の一握りの少数者の」それだった。

今や範囲は増大した。つまり、関心(文化的必要性、消費、といったように拡大してもかまわないであろう)は大衆の形を取っているのだ。エコのケースを省察するとしたら、これは何を意味するのか。アイェッロにとっては、その意味は、十五年、二十年、二十五年前のエコの読者が「何百倍にも膨張した」ということなのである。

もちろん、これは極限状況である。比べようがないのだ。「イタリアだけではなくて、たぶんヨーロッパにおいても、インテリの新聞記者（こういう論争をかもす表現を用いたければ）がこれほど膨大な数的成功を収めたことはないでしょう」。したがって、彼の小説の数百万の読者たちのうちには、「かつての『エスプレッソ』の読者たちや、彼らの子供たちもいる」との仮説を提起しても道理が立ちうることになる。

そう、エコの読者は何も月からやって来たわけではない。昨日のことと今日のこととの間には連続性が存する。この連続性はエコの作品への愛着、彼の〝ジャーナリストとしての〟出発点に基づくものなのだ。「エスプレッソ」誌の副社長として、アイェッロはエコにとってのもっとも安定した対話者、ときにはもろもろのテーマへの正真正銘の発注人だったのである。

――あなたはエコの気質が優れて〝ジャーナリスト的〟だとお考えですか。彼の通俗化傾向は、彼の書いているいろいろの新聞に役立ったのでしょうか。今なお役立ちうるのでしょうか。

「ウンベルト・エコはたんにコラムニストとしてばかりでなく、一流のジャーナリストだったし、現在でもそうだと思います。現在でも『エスプレッソ』誌上に書いているそれ（ミネルヴァの小袋）をも含めて、彼のいくつかのコラムは大変生き生きしており、ジャーナリスティックですし、この著者は周知のユーモア、繊細なタッチ、知性のほかにも、三面記事、時事問題に対して感性をもち、注意を払っています」。

――インテリは新聞・雑誌の上に、あるいは新聞・雑誌のために書ける、と言われます。あなたのご意見では、エコは〝上に〟書くのでしょうか、それとも〝ために〟書いているのでしょうか。

「エコは新聞・雑誌の上にも、ためにも書いているのです。彼は前にも述べたように、一流のジャーナリストであるのですが、そのほかにも、イタリアばかりのジャーナリズムのみならず、マスメディアと呼ばれているものの諸傾向への目きき、批評家、解説者でもあるのです。こういうものの研究者でありますから、したがって二つのことを同時にやっているのであり、新聞・雑誌の上にも、新聞・雑誌のためにも書いているのです。次にインテリという用語に関してですが、あえて申し上げますと、最近エンゾ・フォルチェッラはこの用語を字引きから廃止する必要があると主張しました。つまり、進歩的な第三次産業の進出のせいで、もうインテリである人とインテリでない人とが区別できませんし、また万人がインテリではあり得ないことが考慮されなくなってしまっているのです」。

――あなたはその意見に同感されるのですか。〝インテリ〟はどういう言葉にかえるべきなのでしょうか。

「私は同感です。この用語をほかの言葉と取りかえるつもりはありません。ただし、言語学者、ジャーナリスト、数学者、物語作家でもあるという一人物の職業を指し示すことのできる用語があれば別ですがね」。

――エコは何年も「エスプレッソ」誌上で活動してきましたし（そして今日でもそれを続け）、マスメディア、テレヴィ、コミュニケーションに関する諸テーマではオピニオン・リーダーの働きをしております。彼の別の側面――記号学者、教授、物語作家――に関してはあなたはどう判断されますか。

「私は職業的な歪みに左右されたくはありませんが、思うに、この側面が彼の最良のものでしょう。でも、記号学の専門家、講座主任教授としての彼の活動に関しては言うべき特別の言葉がありません。私の力に余ることですから。ただ、想像力による彼の書物に関しては、それらを読みましたし、才能豊かで、ときには楽しく、ときには共感し、ときには読みにくい、と思いました。でも、エコの基本的な気質は目撃者やジャーナリストのそれだと思います」。

――もう一つ。あなたがそれらの論説を読まれたとき、彼が物語作者になるとお考えでしたか。そういうことを予見させるような何かがあったのですか。

「私はそれらを読むだけでなく、きちんと整理したり、タイトルを付したり、印刷したりしていたのです。当時から、彼が物語作者になることは予見できました。彼は生まれつきの物語作者ですし、彼の一番美しいこと、もっとも愉快なことはすべて物語のねたになるのです。また、彼の論争、スタイル上の彼の精密さ、風俗や言語学についての彼の味わい深い覚え書きはいつも、何か語り的なものに端を発しているのです」。

まるで蛇が尾を噛むかのように、話は「この世代の空想力の」作家がほかには誰も「獲得することに成功しなかった」成功に戻るのだった。まったく信じがたいことだったのだし、おそらくこのことが「不当にも、そしてときには下品にも、エコが心ならずも自らに招いた嫌悪の情」の原因だったのだろう。

社会学者たちのいろいろな研究や解釈は大いにけっこうだが、アイェッロはこういうタイプの読解のための手段を持っていないと主張した。ただし、彼は一つのことをはっきりと念押ししたがった。「もちろん、特権的でエリートだけのものと思われてきた或る文化地帯に入り込もうという、増大しつつある読者層の何らかの渇望が存在しているのです」。「エリートの主知的傾向」(人によってはこれを大衆スノビズムと呼んでいる)の流布した欲求が『フーコーの振り子』とか、ロベルト・カラッソの『カドモスとハーモニーの結婚』のような書物に特別なカリスマを授けているのだ。かつては考えられなかったほどのたくさんの読者の群れを、それらの書物は引きつけてきたのである。

これははたして良いことなのか、悪いことなのか。買い手と読者との関係は変わるのか、またどの程度？ アイェッロは羽目を外しはしなかった。この現象はあまりにも現代的なことであるから、より長期にわたる分析はできないという。結びとして、彼は言った、「現代化された市場の或る段階では、ただステイタス・シンボルと見なすだけの理由で、(たぶん使いもしないであろう)道具を備え付ける買い手が存在するものです。こういう現象が書物でも確かめられるとしたら、私はあまり自慢することはできないでしょう」。

別の道を通ってではあるが、われわれが到達したのは、本書でいくどとなく提起した仮説だった。

つまり、エコの小説を買った人と真の読者とには不均衡があるのだ。これも一つの事件ではある。こんなことは『山猫』や『歴史』のような、ここ数十年間のイタリアの他のベストセラーでは起きたことがなかった。

黄金の夢

ボローニャに設立された、美術・音楽・演劇の諸学の大学コース、ダムス（Dams）は一九七一年に遡る。これは新しい大学であって、教員は〝男爵〟の基準ではなくて、外からも円熟した能力の基準によって招かれたのである（元の六三年グループのコロンボや、ジュリアーニのケース）。それは膨大しつつあるうえに、混乱した一つの大学に組み込まれたのであり、そこでは六八年革命由来の影響が、古い特権のみならず、知識伝播の伝統的モデルをも潰していたのである。

大学の中を動き回っているのは今や学生の群れなのだ。彼らはもはやブルジョア的な根もなく、六〇年代の同僚の確信も持たずに、新しい道を探し、自らの未来に腐心して苛立っている。ダムス——当初からエコもそこで教えていた（ミラノおよびフィレンツェで教鞭をとった後で）——は、伝統的には教育に入っていなかった分野での専門への要求に応えようとしていた。

ダムスの経験はここで二重の証言を通して回想されることになる。第一はその創始者で、ギリシャ学者のベネデット・マルズッロのそれであって、彼はその計画や出くわした多くの困難を想起している。それから今度は、エコにはなはだ近い教授オマル・カラブレーゼ。彼はエコと多くの学問的興味を共有しているのである。

ベネデット・マルズッロ――読者をそのように殺してはいけない

ローマ第二大学のギリシャ文学の教授で、古代研究の権威者の一人ベネデット・マルズッロは、数々の論著の筆者であり（なかんずく、アリストファネスの喜劇をラテルツァ社のために編んだ）、物語ったり、焦点合わせをしたり、精密化したりしている。彼の言葉にはときどき後悔が感じられるし、またときにはダムスの経験に対しての或る種の悲しみや、またときにははなはだ専門的な知識所有者の正当な傲慢さが感じられる。また、ダムスの壮大な〝理想〟（彼はこの定義を拒んでいるとはいえ）に進んで参加したのだった。つまり、「すべての芸術を、他の諸学と同等の権利をもって、いつも放逐してきた大学の砦の中に」受け容れようとしたのである。

ダムスの名は必ずしも澄んではいないイメージ――〝体験したもの〟、役わりの混同。提案の曖昧さに基づく奇異な大学、まったく気の置けない教授たち、芸術的野心、といったそれ――を喚起させるかも知れない。誤った、もしくは偽りのイメージが浅薄な評価によって流布させられている。たとえば、アリノーヴィがダムスについてマスメディアで流したものは、さながらいろいろの面で未解決の推理小説にそっくりである。

ダムスはなかんずく〝理想〟なのであり（多数の困難、官僚の妨害、学界の嫉妬のなかで実現されたのである）、それはベネデット・マルズッロによってはっきりと情熱的に例証されている。彼の騒々しい行文全体についていくのは困難だし、これらの困難、これらの妨害、これらの嫉妬が元のダムスの理想を悪化させて、彼をいつ、なぜ圧倒したのかを理解するのも難しい。また、こういうすべてのことにおいて、彼のように、貴族的知性をもった気質がどれほど作用したのかを理解するのも難しい。こういうことは大事なポイントではない。マルズッロは正真正銘の最近の〝推理小説〟のように、彼の〝創造〟の一部始終を物語っているのであるが。音楽・演劇研究所の遺骸の上に、言わば〝偶然に〟生まれたダムスは、マルズッロの発意で、「きちんとした経営のそれと言うよりも、むしろ発明・創建の作用」により、形を成したのである。ヒエラルキー的・官僚的な大学の中で、多くの紛れもなく〝作り上げられた〟一流の教授団が、呼び集められたのだった。そして、そのなかにはまさしくウンベルト・エコがいたのだ。「彼の存在は、きちんとした専門に基礎を置き、ある面ではやり過ぎるほどだが、またとりわけ面白くもある、鋭い文化的感受性に動かされた、確かに実験的なチームには、欠かすことができなかった」。

　当初の高揚した決心から今日に至るまで、橋の下にどれほどの水が流れ去ったことか！　当然ながら挫折感をもって、マルズッロはサンタ・ルチーア教会の数々の変遷を語っている。ここは彼によって、美術・音楽・演劇の三方面の諸学に共通の、理想的な不可欠の具体的〝場所〟として見定められ、ただちに活用されたのだった。けれども残念ながら、この計画は——あまり固執しても無用なのだが——一連の惰性や災難のせいで実現されることは決してなかったのである。こういう惰性や災難はマルズッロの経験に深い傷跡を残したのであって、彼は今日ではダムスを離れているし、当時のこの〝創造物〟に対してかなり批判的でもある。「でも、骨組みは二十年経っても、がっしりしており、機能している。それの悪化をそそのかすような、下心のある、もしくは意地悪なさまざまの反対、困難にもかかわらず」。

ダムスからエコへ。マルズッロは多くの光と影に満ちている。エコとの関係は「彼の寛大さ、彼の情感は、具体的な情愛そのもの以前に、ひどく強くて愛情深く、これらは万人の認めるところだ」。私的な服喪が連続していたとき、エコは彼のごく近くにいたのであり、「のんきなボローニャで私の傍にいた数少ない人びとの一人」だった。「計画を立てたり、言わば挑発したりして、私たちはたいそう楽しんだ」とマルズッロは想起している。だが、未来の『バラの名前』の作者は、ダムス創設者の奮闘の傍でどのような態度を取ったのか。

「ウンベルトはたんに学生たちに対してだけではなかったのですが、情熱的、知的で、やや挑発的なシンパでした。彼はいつもコンセンサスを得ていましたし、思うに、演劇、映画、等のような、端的に享受できる、より分かりやすい学問があったにもかかわらず、彼はダムスでもっとも有名だったでしょう。絶えざる陰謀のなかでの真の戦闘——なにしろ戦闘が行われていたのです——にあって、ウンベルトはいつも（彼の性向に従って）むしろ防護されていました。ときには解決策をもって出席しましたが、これらは毒舌家からは曖昧で仲裁的だと言われるかも知れないようなものでした」。

——教授としてのエコの活動をどうお考えですか。彼と学生たちとの関係は？　学生たちは彼にスターのように従っているのでしょうか。

「教授としてのエコはただ魅力的なだけです。彼は学生たちにとっては（人間的にも）しっかりした一つの基準点なのです。若い協力者たちの充実した一群——今日では大半はイタリアの多くの大学での同僚や予言者になっています——にとっては、彼はダムスと同一視されるに至っています。ダムスなる言葉が発散させてきた魅力が、容易に彼に集中してしまったのも、彼を特徴づけている知的・文化的な資質からして当然であって、これらは広く認められております。ただ、時として彼はこれらの資質を乱用していることもありますが」。

——この輝かしい記号学者と出くわされたとき、将来の小説家を想像されましたか。『バラの名前』には驚かれましたか。

「いいえ、別に驚きませんでした。今でも思うのです、ダムスのこの例外的な経験が想像力にもっとも刻印された人物、それはウンベルト・エコだ、と。彼はこの演出の最良の〝役者〟だったのです。今でも私が抱いている疑い（他人にとっては一種の解放的な確信）は、彼が身を任せてきた学問——疑いもなく彼はそれのもっとも明敏な精通者です——は、彼には一種の娯楽だったのではないかということです。これは、ウンベルトの知性や気分さえもがたゆまず活動するための中心軸なのです。

彼ならパラツェスキとともに、『楽しませておくれ』と言うことでしょう。『バラの名前』から『フーコーの振り子』に至るまで、彼の娯楽は私には、彼に——正確にはどういう非礼をしでかしたのかは分かりませんが——侮辱を働いた者に対しての一種の復讐に見えます。私たちのうちの誰かが（しばしば功績以上の）押し付けがましい報いを享受したとすれば、それは彼だったのです。小説家ウンベルト・エコは、私には別に驚きではありません。彼を知っている者にとっては、彼の小説は要するに冗談っぽい決闘ということになるでしょう。ウンベルトは寛大だが微笑する精神の持ち主、善良を装い、陽気にさせる物語作者、逆らえない語り手なのです。〝娯楽〟へのこういう性向の明白な印は、すでに『ささやかな日記帳』の中に現われています。五〇年代の『ささやかな日記帳』を同僚、とりわけ哲学者たちの警告にもかかわらず読んだことは、私にとっては啓発的な驚きでした。この優美な小冊子には、洗練された文学的徴《しるし》があるのです。イタリアという地方にあって（私たちの文学はどうしても地方的になります。自己満足の絶えざる発言、相互の追従にもかかわらず）、私はウンベルトがこういう機知に富み洞察力のある随筆をもって、社会学的な異例の感性を示しているだけではなくて、文学的な確かな刃先をすでに持ち合わせている――反語的で、しばしば風刺的であり、本質的には語り的であって、続きを持つように運命づけられている――ように思われたのです。ですから、『バラの名前』には私は驚きませんでしたが、しかし『バラの名前』が楽しんでいる露わな傲岸さには私は反感を覚えたものです。地方の売り込み屋がまたも顔を出しており、つまりは、あふれんばかりの成功はそれの正当な結果なのです」。

――あなたは『バラの名前』に対してたいそう厳しかったのですね。どうしてこういう否定的裁断を繰り返されるのですか。どうしてこの小説を受け入れられなかったのです？

「この本はあえて言いますが（彼本人も誇りにしているのですが）、コンピューターで作ったものだからです。エコは本の作り方を熟知しているものですから、彼だって本を組み立てることができるのだということを自ら実証したかったのです。彼は文学的産物の成分、方策、秘密を知っているのです。ですから、読者を犠牲にしてそれのびん詰め食品――透明で、味のない代用品――を試験管内で実証しているのです。ウンベルトは真の文学的才能を持ってはいません。どんなに生硬な〝物語作者〟でも、彼よりは上です。彼のやっていることは、実験室の大げさな操作ですし、このふざけた見せびらかしは反発を感じさせるだけです。彼は読者に何らの敬意ももっていないように見えます。このことが私を深く苛立たせるのです。私は自分を一介の〝たんなる読者〟と思っています」。

――『振り子』に移りましょう。モラーヴィアは大きな教養作品の背後に微小な小説が潜んでいると主張しています。あなたはこういう判断に賛同なさいますか。

「私にはエコの第二の行為は疑いもなく第一のものよりも進歩したように見えました。ある面ではより巧みにさえなっておりますし、ある個所（私的な手掛かり）では、興味深く、〝ポスト・モダン的〟になっています。

『バラの名前』は実質上そうでしたが、連載小説的な粗悪な文学が今度は、若干の個所では、哀歌的な魅力を備えた、洗練された夢想（rêverie）となっています。コンピューターで作られた（はたして本当でしょうか？）部分――要するに日記的な部分――には、異例な魅力を備えた、強力な瞬間があります。ただし、これが小説であるのかと言えば、前作同様に、私はそのことを否定します。この操作は意識的、欺瞞的であるだけに、それだけいっそう苛立たせます。エコは熟練した、狡猾な魔法使いですから、彼に訴えて来る患者たちの（僅かな）悩みごと――つまり、読者の期待、普通の読者の〝期待の水平線〟――を知り尽くしているのです。

彼は読者に先んじ、読者にへつらい、読者を騙しているだけなのです。彼は疑いもなく前作と平行的に、ある型の小説へと前進したのですが、しかるべく〝革新し〟、より現代的にし、しかも産業の尺度に則って、悪魔的に手はずを整えているのです。事態がこのようであるということは、ルチャーノ・ベリオとの最近のインタヴューが証明しています。ベリオが同調しているように感じており、その作業モデルを考慮せずにはおれない（彼はこれらのモデルを自分のそれと同一だと認めています）、イタリアの三、四名の文学者のうちに、まさしく『フーコーの振り子』のエコがいるのです。

文学的な質や、ありうべき成功を別にしても、この作品は〝開かれた〟計画に関する限り、未来の小説、むしろ、ジョイスと一緒の作業モデル――小説なき〝小説〟――を代表しています。偶然性が支配しており、霊感や非‐因果性は限定的なのです。ベリオのシンフォニー、作曲も同じような〝運まかせの〟要素に支えられており、まさしくこの用語こそどんぴしゃりなのです。

このようなことを言うのには当惑を覚えるのですが、私と同じ考え方に立てば、歴史家――殊に古典古代の――ならば、〝新しい〟発見が飾りに付けている〝運まかせ〟に対しては反応しないし、それらを受け入れたり、理解したり、評価したりすることができない、と容易に反論できるでしょう。

ところが、実は古典的作品とても、無を考慮して、無から生まれているのです――できるだけ性急に、たまさかに。逸話を一つ出しましょう。メナンドロスは百以上もの作品を書きました。興行師が彼に、約束の喜劇はいつ手渡してくれるのかと尋ねると、彼はこう答えただけでした――《喜劇はもう出来上がっている。ただ詩だけ欠けているんだ》、と。彼がもともと散文で書いていたからというのではなくて、彼がその〝創意〟をきっぱり固まらせた瞬間がまったく運まかせだったからなのです。創造されるときの原理は、いつも運まかせなのです。そのことを意識しさえすれば、市場の要求よりもむしろ、内的な要求に合致するのです。

もう一つのことも確証しなければなりません。つまり、ウンベルトは（洗練された、嘲笑的な狡猾さをもって）書物の作り方、とりわけ売り方を知り抜いているのです。表面上は無邪気で、無防備な彼のような人物にしては、仰天させるようなやり方で、他のところで語ったことがあるのです――一種の、イタリア製ウッディ・アレンさ、と」。

――じゃ、あなたはエコに対して、文学にはもうこれ以上損害を及ぼさないで、ただ教育にだけ没頭することを勧められるのですか。

「いいえ、そうではありません。何よりもまず第一に、私はアドヴァイスを与えたりしません（し、彼もそんなものを受けはしません）。第二に、彼は文学にいかなる損害をも及ぼしてはおりません。わが国で準備されるありきたりの文学は年ごとに、概して低下しており、暗澹《あんたん》たるものになりつつあります。ある意味では、それはウンベルト・エコの（陽気な）知性、（あまりにしばしばおおまかな）教養によってあがなわれているのです。

でも、他の機会に私はすでに指摘したことがあるのです――彼は哲学者に戻ればよい。彼は素敵な哲学者であるし、かつてもそうだった、と。

ウンベルト・エコの最上の本はどうみても、彼の卒論――偉大な学校において練り上げられた産物――『聖トマスにおける美的問題』です。エコが言わば伝統的な分野を棄てて、（手短に言うと、彼に面詰されているように）他の岸へと移行したときにも、彼はこの本を再版しましたし、そのなかでも同じ問題はただトマスのそれ——ただし、自分のアクイナスに世俗的に引き戻されています——だけなのです。いずれにせよ、依然としてこれはもっとも首尾一貫した彼の文化的所産なのです。

この著作のその後の版には、ひどく目立った付録が付いています。そこでは、(五〇年代の)研究においてすっかり適用された歴史的方法が、より現代化された方法——構造主義や記号論——、熟考された、教育的な考察で検討されています。ここがエコの最良のところなのです。私としては、彼が(何と言うか)〝マッチ〟遊びに没頭して、週刊誌の〝袋〟——私はもう読んでいませんが——の中で興じたり、楽しませたりする振りをするのを止めてもらいたいと願っています。失礼ながら」。

マルズッロ教授は語り終えた。どうやら、エコが友情、共同の闘い、相互の敬意にもかかわらず、実は〝別の自我〟だ、と言いたいのであろう。この敬意はどうしても疑い深いものとなっているし、この〝別人〟なる定義は自分自身、実現されたこと、実現できなかったことをよく理解するのにきっと役立つことであろう。この場合には、芸術、文学についての異なる考え方が作動しているのであり、マルズッロはそれを、メナンドロスを引用しているときの答えの中ですでにはっきりさせていた。意識は「市場の要求というよりも、内的な要求」なのだ。これはつまり、どんなに温かい想い出でも埋めることのできない距離が存在することの印であろう。マルズッロが当初のエコの〝鋭敏かつ透徹した〟習作を回想しつつ、この永遠の同僚 - 友人 - 競争相手に向かって、こう結論できるのも決して故《ゆえ》なしとしない——「ああ、ウンベルト。君の去年《こぞ》のささやかな〝日記帳〟、ただ気品あるはにかみのためだけだったあれは、どこへ行ってしまったのかい」。

オマル・カラブレーゼ――エコは万人のため、万人はエコのため

オマル・カラブレーゼは一九七一年からダムスで教えている。この年に初めて、創設者ベネデット・マルズッロ、フランチェスコ・アルカンジェリ、ルチャーノ・アンチェスキの理念に基づき、ボローニャで美術・音楽・演劇の諸学の学士課程が誕生したのである。イタリアの大学にとって新しい一つの理念であって、これは現代の文学士課程をより一新させようとするものだった。「これは専門家への需要に応えるというよりも、供給だったのだ」、とカラブレーゼは語っている。

主人の道は無限だ。当時フィレンツェ大学建築学部で教えていたエコのような学者は、「この時代にはすぐれて破格なインテリだったものだから」、理論上、学界では進んでいろいろに利用される覚悟ができていた。だが、彼はダムスにやって来るや、その名前をボローニャの学士課程に結び付けた。それというのも、「マルズッロはコミュニケーション部門を優遇したかった」からである。エコは当時、この分野でもっとも人格的に信頼できる人物だった。彼と一緒に、ルイージ・スクワルツィーナ、ナンニ・ロイ、レンツォ・ティアン、フリオ・コロンボもやって来た。

だから、ダムスの出発は大変に宣伝された。これは当然のことだった。つまり、ダムスは新しい大学、もはや現実から遊離していない、もはや埃まみれでない大学のイメージのように思われたのだ。だが、これに関しては若干の誤解も出回った。たとえば、ここに行けば役者とか監督になれる、といったような。到着するや、ダムスの計画に参加できなかったけれども、エコは「ダムスを演劇術のア

カデミー、もしくは文芸のアカデミーの一種の支部たらしめてしまうような、この誤解を晴らすことに」貢献したのだった。

当初から一番若い教授カラブレーゼは、記号学という、水先案内人的な学士課程の水先案内人的な科目を教えていた四十代の輝かしい教授と連帯して、文字通り教室を一杯にしたのである。すぐに彼の授業について神話が生まれた。だが、エコと学生たちとの関係はどうだったのか、また今日ではどうなのか。カラブレーゼに一つの回想、一つの逸話の中でそれを要約してくれるようにお願いすることにしよう。

「エコは学生たちといつもはなはだ豊かな関係を保っていました。彼はダムスで教えたもっとも有名な人物の一人であったにもかかわらず、自分の時間と自分の能力を最大限に提供したのです。今日でも（二十年が経過しました）、彼は週三日ずっと、ボローニャに留まり続けています。また、エコと特別に恵まれた関係を保ち続けた一連の世代もあります。もっとも恵まれた世代はもちろん第一世代でして、これら青年の世代（今では成人になっていますが）のうちの幾名かは有名になりました。たとえば、レナート・ジョヴァンノーリはSFに関する好著を書きましたし、イザベッラ・ペッツィーニはいろいろな本を著わしましたし、ほかの多くの人たちは外国へ出掛けて有名になりました。この第一世代は、今日では三十～三十五歳になっています。

さらに別の二つの世代も、常に有能な青年たちから成っていたのですが、彼らが課程に参加したのは出世のためではなかったのです（エコのもとでは、その偉大な精神性のゆえに、その後出世するために研究することなどはほとんど考えられません）。エコは改善主義者であり、彼と一緒に研究する人びとに対して、知識、探究への熱意を授けるのです。これは、エコと学生たちとの関係のもっとも素晴らしい部分です」。

――他の教授との関係についてはどう言われていますか。

「同僚たち、とりわけ、学問、関心として近い人たちとの関係もうまくいっています。でもしばしば共同作業班で研究しているとはいえ、グループ・ワークはやっていません。とにかく、エコは公的な人物ですから、彼は当然もらうべき学界のコンセンサスを、もはや受けていないこともしばしばあるかも知れません」。

――このような〝近くにいた〟年月の間に、何を学ばれましたか。〝同僚としての教授〟からであれ、人間からであれ。彼はあなたに何を授けてくれましたか。

「その返事は難しいです。というのもエコと一緒に仕事をしたり研究したりしながら、彼の弟子には決してなれないからです――これは実に面白いことなのですが。げんに彼がやったことを引き継いでいる門下生は一人も居りません。彼ができるのは、他人に対して、その人の持っている関心分野をつくり出すことだけです。個人的には、彼が私にくれた大きな友情は、時を経るにつれてだんだん強まりました。彼のほうでも、私を最良の友だちのうちの一人と思ってくれていることを願っています。専門的には、私が学んだのは大いなる真摯さです。私はエコのように真摯であるかどうかは分かりませんし、とにかく、彼がもっているようなあの絶対的な厳格さに到達するのはいつも困難なのです。

彼は物事を言ったり考えたりする際のオリジナリティのある探求という考えや厳格さとか、逆に、そうでないものを小箱にしまったり、ごみ箱に捨てたりする仕方を私に教えてくれました。

これは重要なことです。とりわけ、真に発見すべきことに比べて、あまりに知的産物が多過ぎることの時機には。若造の私が彼に与えたものは皆無ですが、でもたぶん、大学に居ることのもっとも屈託のない、もっとも陽気な習性は、彼がいつも持っていましたし、これは彼が若者たちに取り囲まれていることにより、いつまでも保ち続けることができたのです」。

——七七年は、とりわけボローニャにとって重要な年でしたね。エコの反応はどうだったのでしょうか。

「この反応ははなはだ複雑で、しかも私たち二人の間で違ってもいました。なにしろ、私はこの頃共産党にひどく肩入れしていましたが、エコはと言えば、いつもより独立的だったからです。彼も左翼の人ではあったのですが、より独立的だったのです。彼は特別なグループの内部で仕事をすることは決してありませんでしたし、ましてや党派の中でそうしたことはありませんでした。ひょっとして、何か小さなグループには共感を抱いていたかも知れません。私たちを（きっと私たちだけではなくて、当時のダムスの教員全体をも）結びつけていた共通点は、一つの運動を見ることだけでした。その運動には私たちは或る種の新鮮さを発見していたのですが、知っていたのは唯一の学生運動だったものですから、六八年に比べてひどく違った要素のあることには気づかなかったのです。ですから、理解的な探究と、対抗的な形態とが同時にありました。私たちはかなり老いていましたし、歴史についての違った記憶をもっていたのです。

また或る時機には、七七年の運動がひどく間違った方向に進んでいるようにも見えました。私が言っているのは、テロのことではありません。この運動の暗黒面（ある人びとはこう名づけていました）は、あまりボローニャにはなくて、パドヴァにあったのです。私どものところにあったいわゆる創造的エリアについては、逆説的ながら、それがひどくマスコミに依存するのを私たちは好まなかったのです。宣伝の言葉をしゃべっているように見えたからです。これは私たちには驚きでしたし、ひどく私たちを狼狽させました。その後はもちろん、非合理主義に面くらったのです」。

――ダムスは徐々に解体していき、当初の計画のほとんどをなくした、と言われています。あなたはどうお考えでしょうか。エコはダムスを救うための、何か処方箋を持っていたのでしょうか。

「ある人びとにとってはダムスは一つの計画だったのかも知れませんが、私たちは、たんなる一つの研究計画に過ぎなかったし、ある教員は学士課程に適合させることができませんでした。必要ならば、こういう学士課程や文学部の中で、私たちが銘々はたして独自の研究所、独自の部門のための計画をもっていたかどうかを調べる必要があるでしょう。実のところ、ダムスのどの教授もこういうレッテルから離れていたのです。とりわけ、ダムスというのは書類上の名称であって、抽象的なものなのです。ですから、ダムスなる計画は存在せず、あるのはただ研究課程だけなのです。エコは確かに今日、ダムスなる学士課程の中でコミュニケーション的方向の理念を実現させ始めておりますし、彼の研究所を持ってもいます。逆に、私は芸術史研究の一新に寄与する計画の方向に身を置いてきました。これらは二つの異なる計画でありますが、両方とも実現されつつあります」。

――エコの国際的な名声があなた方の学士課程に何らかの影響をもたらしたのでしょうか。たとえば、志願者の数を増やしましたか。

「幸いなことに、大学に登録する者たちは、この大学の教授陣の成功とは無関係です。いかなる影響もありませんでした。より多くもより少なくもありません。エコは実際に試験を受ける学生よりも多くの学生を抱えている少数の教授の一人です。普通はその逆なのですが」。

――この名声に関してですが、あなたによれば、エコほどに偉いかも知れないけれども、幸運に恵まれていない数多くの教授たちからのありうべき嫉妬から、彼はどのように防衛しているのでしょうか。

「そんなものにはまったく無関心だと思われますし、また彼はまったく防衛してもいません。彼は若々しさと無邪気さとを維持してきた人物です。もし誰かが（彼だってそんなことはよく分かっています）いろいろと嫉妬を持っているなら、どうぞ持っていてください、と言って、彼はそんなことにかかわったりはしません。私見では、低級なバッシング、不誠実なことがあれば、彼も何らかの苦痛を感じることでしょう。でも、率直に言って、彼は防衛することが必要ないほど自分自身に自信がありあまっていますし、とりわけ彼は嫉妬の感情を知らないのです」。

以上が、ダムスの冒険でエコの仲間だった教授の話である。彼はまた、学生、他の教授たちとの関係や、この大学での経験の意味をも明らかにしてくれた。この経験は大いなる野心とともに始まり、その後たどった道は当初の計画に比べてひどく変形したとはいえ、縮小されたわけではないのである。今や言葉が待たれるのは、『フーコーの振り子』を読んだ最初の人びと（マリーア・コルティ、アルベルト・アゾル・ローザ、ウーゴ・ヴォッツリ、マリーオ・アンドレオーゼといった面々）のうちの一人の、友人である。実際には、反応と情緒を吟味するためにエコが選んだ正真正銘の〝モルモット〟のことだ。つまり、オマル・カラブレーゼの反応や情緒はどうだったのか。

「このうえなく大きな不安。エコはそれを喜んでいました。彼の判断によれば、彼はそれを十分に読み取っていたのです。それは書物全体を着想させる感情でした。彼はそれを挑発させようと欲していましたし、おそらく、本を書くときに彼自身がそれを味わっていたのでしょう」。

時の経過とともに、その判断は富化していった。第二の小説について、カラブレーゼは特に言語（「快く響き、美しくて、奥深い」）やテーマを評価している。彼にとって、それは勇敢な本なのである。なにしろ、「要するに、この国や西洋世界の世俗文化に対する脅威たる非‐合理主義的文化への攻撃であるからです」。『バラの名前』に関しては、彼は慎重で、この作品は「教養やプロットの博学な一大操作ではあるのですが、言葉を忘却しています」。エコは中身だけの実験に没頭していたから、文章は「一本調子です。なにしろそれは間違って中世風の書き方を模倣しているからです」。

結びとして、二冊とも「直観的にはいざ知らず、対比不能」であるので、カラブレーゼは言語の観点から『振り子』のほうを好んでいる。しかし、〝この友人〟はここでとどまるのだった。用心深いせいか？　否、警戒という基本行動なのだ。「友だちは自分自身の友だちに対しての批判を書くべきではないし、書評を書くべきではないのです」。

あまりに知り過ぎた男

八〇年代になると、政治的・社会的舞台は激変する。この時代には、政治的無関心、無意味なこと、〝レーガン的快楽主義〟が幅を利かすようになる。国家的なパノラマとしては、民間テレヴィの猛烈な飽和が見られ、国営テレヴィとともに、徐々にあらゆる空間を占めるに至るのだ。テロリズムが最後の足掻《あが》きを見せ、スパドリーニやクラクシといった世俗内閣が生まれる。

文学面では、伝統的な物語芸術の消費のようなものが危機に陥る。六〇年代に生まれた作家たちは新しいリズムを保持するのに苦労することになる。いつものように、もっとも効力を発揮したのはアルベルト・モラーヴィア。一方、イタロ・カルヴィーノの神話は『パロマー』と死後出版の『アメリカ講義』でもって、イタリアでも外国でもいよいよ固まっていく。レオナルド・シャーシャはその著書やジャーナリスティックな書き物によって、公式の〝真理〟に対しての迷惑な、しばしば逆流的な証人としての天職を強めていった。

タブッキ、デル・ジューディチェ、トンデッリ、デ・カルロ、パッツィ、ロードリといった、若くて無遠慮な新しい作家たちが登場している。彼らについてはいろいろと、やり過ぎるくらいに語られている。物語芸術とともにスペースを占めたのは、チタールティやマグリスといった名前にすがったエッセイ類である。だが、文学の観点からすれば、まさしく八〇年代の初頭に生じた真の事件は、『バラの名前』だったのだ。

これまでわれわれが追求してきたのは、一人のインテリ、エッセイスト、大学教授（ここでも彼は巻き込まれたあらゆる経験において常に目立った位置を占め続けていたのだが）の道程だったとすれば、今やわれわれが直面すべきなのは、真の思いがけない曲がり目なのだ。『バラの名前』はイタリアでセンセーショナルな成功を収めたのであり、まずはストレーガ賞により（エコはエンゾ・シチリアーノに勝ったのだった）、次には国際的な成功によって再流行を見るのだ。この成功はイタリア市場にもはね返ることになり、何年にもわたり（以前には例のない現象ながら）『バラの名前』はベストセラーの首位を保ち続けるのである。

だがこの時点で、数字に注目するのがよかろう。イタリアだけで売れた部数は今日のところ約二百万部である（ペーパーバック、読者クラブ、ハードカヴァーを含めて）。『バラの名前』は三十一カ国で訳されており、売り上げ総部数は千万部の大台を超えている。

エコの告白によれば、「船一杯のお金がわが家に到着しようとは、思いもしなかったことだ。ボンピアーニ社とはたぶん三万部くらいは売れるだろうと話し合っていたものである」。とにかく、この数量は仰天させるし、予想できないものだったとはいえ、この成功は偶然だったのではない。なにしろ、エコのエッセイや学術書——（もっとも流布しているものを挙げれば）『ささやかな日記帳』、『開かれた作品』、『終末論者たちと保守十全主義者たち』、『不在の構造』、『記号論』——はしばらく前から多くの言語に翻訳されてきているし、合計では、『バラの名前』以前の翻訳は六十以上に及んでいるからだ。要するに、エコは何年も前から仕事をしていたし、彼の名前はどこでも知られていたのだ。彼の格言は、「軍曹の仕事が与えられるまでには、伍長の仕事をしなくてはならない。急に元帥の地位に登るのは大きな間違いだ」というものである。

同じことは『フーコーの振り子』でも確かめられる。一九八八年十月に発刊されるや（ただし、あらかじめいろいろと推理小説などのテクニックを弄していた）、この本は数カ月後には六百万部売れたし、いろいろの翻訳も再流行することは確実視されている（ちょうど一九八九年秋に出た合衆国での英訳にすでに生じたように）。今日のところ、翻訳が出たのは、ブラジル、ドイツ、オランダ、ノルウェー、スペイン、メキシコ、コロンビア、アルゼンティン、スウェーデン、デンマーク、英国、ポルトガルである。

このエコ事件を探るために、われわれは彼のごく近くにいた三人を選んだ。一人は彼の友人にして作家ドメニコ・ポルツィオ。エコに関して数年前から人間的・文化的な正鵠を射た横顔を描いてくれてきた。ポルツィオはまた、『バラの名前』を最初に読んだ一人でもあった。

第二はラファエレ・コルヴィ。作家で出版人（ヴィットリーニとともに出発し、カムーニア社という、独自の活動に行き着いた）の彼は、出版社社長として、エコを説得して（テレヴィにおける旧い友情のおかげもあった）、ストレーガ賞に参加させ、後でこの賞を獲得させたのだった。

第三はマリーオ・アンドレオーゼ。ボンピアーニ社の現社長として（元はサッジャトーレ社における経験を生かして）、『振り子』を最初に読み、その出版の販売促進活動の戦略を樹立したのだった。

ドメニコ・ポルツィオ——ウンベルトは家具《ポット》がすべて

　ウンベルトへの称賛を棚上げにしておくわけにはいかない。友情があり、しかもそれは強いものであって、人生のそれぞれの時機に試されたものなのだ。だが、友だちはいつも称賛し合うとは限らない。ただし、ドメニコ・ポルツィオには疑念はない。ウンベルトは「僅かな人びとしか持たないことだが、自分の天職に没頭している見本なのです。誰でも彼から、仕事に対してのこの献身、自らの学識、自らの教養の内に存する職人的な力を学ばねばなりません」。友人として、彼はウンベルトの同僚たちの間に広がっている嫉妬のメカニズムについて知っているのだ。われわれはポルツィオにちょっと——噂とかローマの陰口とかを——ほのめかすと、彼は少々心配そうに微笑して言うのだった、「私はいつもウンベルトに笛とフルートを贈ったのですが、今日は彼のためにナポリのサンゴのきれいな角笛を〔魔除けとして〕見つけてあげましょう」。

　他方、こういう嫉妬にはそれなりの理由があるものだ。「今世紀イタリアの大詩人の一人ウンガレッティは一度として、ちゃんとした印税をもらわなかったのに、一冊の小説が何億をも儲けさせうるなどということを認めるのは難しいのです」。

　エコへの友情と称賛は、三十年も以前にミラノで生まれたばかりのテレヴィ・スタジオの時代に遡る。イタリア放送協会の〝内部〟で、コロンボとエコとの間に協力が生まれたのであり、またその〝外〟では、ポルツィオと、「イン・リブレリア」と称する毎週の番組のせいで協力が生まれたのだった。その後、夜のパーティを共有したり、書物の紹介が行われたり、同じ本を愛読することや、同じような経験をすることから連帯感が生まれたりしたのである。

ポルツィオは当時から、この若い友人の博学にひどく魅せられたのだった。これは体験されたもの、つまり「物事への知識から」生まれた「のではなくて、知られ、そしてそれから、仕事の中で練り上げられる大量の物事から」生まれたものだった。エコとともにときどき文学の研究会、円卓会議を計画したりした。

立脚する出版社では彼らは異なっていた。つまり、ポルツィオはリッツォーリ社、その後モンダドーリ社に移った。エコはと言えば、彼はイタリア放送協会から、直接ボンピアーニ社に付き、ここでの彼の仕事ははなはだ顕著なものがあったし、「イタリア文化の更新に大きな貢献をし、さまざまな学問分野――精神分析をも含めて――の書物を翻訳させました。エコの最大の貢献はまさにこのこと、つまり、現代化と、現代化の迅速さにありました。彼は貪欲な、多言語を解する、注意深く、記憶力豊かな読者だったのです」。彼は当初は、物語作者の才能を有するとは思わず、せいぜい短篇作家のそれぐらいしかないと考えていた。「私の確信では、彼に短篇を要求すれば、何なくそれをやり遂げ得ただろうと思います。彼が口先で語っていたことを紙に書くだけでよかったのですから」。

彼は読者だっただけでなく、ユーモアに満ちた、並外れてしゃれっ気のある会食者でもあった。彼はさまざまなタイプの小話のコレクションを持っていた――イタリア、フランス、アメリカのそれらを。決して下品ではなかった。「彼の主張では、小話は誰も発明できない。それらは民衆の文化や、アイロニーから生まれるのです」。この点で彼を助けていたのは、諸言語を話せるという彼の大きな能力である。彼は英語、フランス語、ドイツ語、スペイン語をマスターしていた(「スペインでは彼がスペイン語を喋るのを私は知っています。ポルトガル語を話すかどうかは知りませんが、きっと喋るでしょう」とポルツィオは友人の憶い出にすっかり圧倒されながら、コメントするのだった)。

だが、小話へのこういう能力はたんに、彼の陽気で、あけっぴろげな性質、仮借ない敵たちから責めたてられる或る種の愉快な遍歴書生風から生まれたに過ぎないのだ。それとも、別の何かなのか?ポルツィオは後者の、より深い説明のほうを選んでいる。エコは記号学者だし、記号学は記号の科学であるし、ここからして、「さまざまな言語における言葉の意味、意義、書法の使い方への好奇心」、〃ミネルヴァの小袋〃でもしばしば見受けられるもの……が生じている。

だが、ウンベルト・エコの最近の小話は? ポルツィオはまたしても微笑した。選び出すのは厄介らしい。よくよく考えてから、こう話しだした。「二、三年前のことですが、クリスマスのときに、そのためにすっかり盛装した彼にマンゾーニ通りで出会ったのを憶えています。彼は言ったのです、『この小話を聞いてくれ』と。二人の少年がいて、一人が『でも君はクリスマスのために御子イエスの所から何を運ばさせるのかい』と言うと、もう一人が答えて、『僕はピンポンをプレゼントしてもらうよ』。すると最初の少年が凝視して言う、『兄でもいるのかい』――『いや』――『だったら、ピンポンで何をするのかい。遊ぶには二人いなくちゃならんぞ』。『ほんと。君の言うとおりだ。で、君は何を頼んだのかい?』――『何か分からないが、広告を読んだのだが、ひどく素敵なものなんだ、タンパクスと言ってね、広告だと、これでスキーをしたり、泳いだり、テニスをしたり、サッカーをしたりできるんだとさ』。この小話は下品じゃなくて、とても楽しいものです」。

――ですが、議論がひどく博学で、面倒な……ときでも、エコはいつも愉快ですか？

「まあ、聞いてください。ある日、ウンベルトの家へ出掛けて、こう言ったのです、『ねえ、ちょっと一緒に来てくれよ。ラテルツァ社のために、君に関して会見記事を書かねばならないのでね』。私は間違いを犯さないために、きちんとした彼のビブリオを求めたのです。そして、一緒に彼の書斎に入りました。そこにはいつもはタイプライターがあったのです……が、もうありませんでした。代わりにコンピューターが置かれていたのです」。

――それは何年前のことですか。

「四、五年前です。そのコンピューターはたんすの上に置かれていました。その部屋がどうだったかは申し上げませんが、とにかく書物はすべて床に置かれてあり、彼は床で作業をしていたのです。その間に彼が説明してくれたことは、その部屋に一台、別荘――彼が買いたがっていた修道院みたいなもの――に一台、ボローニャ大学にも一台のコンピューターがあるのです。三台とも同型のものか、とにかく互換できるものだそうです。ミラノで一冊の仕事をしていて、出掛けねばならなくなる。すると、フロッピー・ディスクを取り出して持って行き、ボローニャで仕事を続行するのだそうです。

私は彼に尋ねました、『でも、こんなことをやる時間をどうやって見つけるのかね？』（エコは大学の授業をサボったことは決してないのです。一回も。）するとエコは言いました、一日のうちにやることをずっと調べてきて、空き時間を記録したのだ、と。これらの空き時間をきちんと組織立てたのです。これらの時間を組織立ててみて、彼は万事のために時間が見つかったのです。彼はてきぱきやりますし、記憶力も抜群です。実際、大きな記憶力がなければ、文学や学問において成功を収めることはできません」。

――でも、あなたのお話はビブリオのことでしたね。

「彼がプリンターでプリントすると、四十四枚くらいのものが出てきたのです。第一枚目は彼の著作集の文献目録で、他は彼が世界中の大学でこれまでに行ってきた講演、セミナーでした。それらはオーストラリア、日本、カナダ、合衆国にまで及んでいました。

こんなことをお話しするのはどうしてかというと、作家ウンベルト・エコの成功は、彼が世界中の大学のキャンパスで、記号学の講演を行ったり、ジョイスや聖トマス・アクイナスについて語ったりして、かち得た驚くべき成功に負うている、と私は思うからです。彼の講演はきっとたいそう面白かったに違いなく、そのため、この並外れたイタリアの弁士の反響《エコー》はあらゆる大学に残ったのです。彼が語った小話はみんなを――彼自身をも――おちょくることのできる、面白いものだったのです。『バラの名前』の成功は、大学キャンパスで生まれた成功だったのです」。

――『バラの名前』にたどり着きましたね。あなたは最初の読者ではないにしても、最初に読んだおひとりでした。読んでみて、どんな反応をなさいましたか、何を考えられましたか。何らかの成功を収めるか、収めるとしたらどの程度の成功を想像されたのでしょうか。

「いいですか、今、すべてを説明しましょう。ウンベルト・エコは私に電話をして言ったのです、『ちょっとお願いがあるのだが、私は小説を書いたんだ。あんたは出版界にいる。私が出すのはもちろん小説なんだが、でも二、三人の反応を探りたいんだ』。そして実際、彼は私を出版のためのテストに選び、それから、大学の学生も一人選んだのです。ほかの人びとが誰かは私には言わなかったのですが、たぶんフリオ・コロンボはいなかっただろうと思います。当時、彼は言ったのです、『一つだけ頼みがある。よく読んでくれたまえ、とりわけ、この本が私の学問的経歴を破壊するかどうかを教えてくれないか。つまり、記号学者としての私がこんな物語をすることは、逆効果になるかどうかを』。そこで私はこの本を注意深く、しかもあまり期待せずに読んだのです。これは馬鹿当たりする本ではありませんでしたし、彼はそれをボンピアーニで出版させたのです。決してモンダドーリ社に渡すことはしなかったでしょう。最後に、私は彼に答えをしました、『いや、あんたの経歴をだめにはしないし、あんたのイメージが壊されもしない。いい本だし、楽しい本だからね』、と」。

――それがすぐに好きになったのですか。

「ええ。そして彼にも言ったのです、『これはとりわけ、アングロサクソン圏、英語のあんたの友人たちの間では喜ばれるだろう。こういう細かさ、こういう遊びがとても好《す》かれるからね』って。でも、私は彼に注意もしました、『いいかい、あんたが少々やり過ぎたところもあるよ。ラテン語の話が多過ぎる。少し減らしてはどうかと思うがね』、と」。

――彼はそれに応じましたか。

「いや、私が言ったことは少ししか聞き入れなかったのです。ですから、私はその原稿を彼に返し、オリジナルのコピーを取っておいたのです。後から彼が加えた訂正もいくつかあります。当時のボンピアーニ社の社長はディ・ジューロで、この人ははなはだ優雅で、はなはだ洗練されており、私と同じナポリ人でした。彼は私に電話してこう言いました、『ねえ、今ウンベルトの本の部数を決めなくちゃならんのだ。あんたは友人だ』。そこで、私はこう答えたのです、『ねえ、ウンベルトの「論文作法」は十万部売れたし、これはあんたの出版だったね。ところで、これら十万の若い読者のうち、せめて半分がこの小説を買わないとでも思うかね。私は五万部を印刷し、市場には三万部をハードカヴァーで出し、二万部をペーパーのまま邪魔にならないように取っておくことを勧めるよ。この本は九月に出るが、夏以後、クリスマスの頃にもし売れるようだったら、もう印刷済みなのだから、製本するだけでよいわけだ』。すると彼は言いました、『うん、それはよいアイデアだね』。ところが、二十日後には彼はすぐさま製本し、すぐに別の版を作らねばなりませんでしたし、クリスマスにはもう十万部を超えていたのです。ですから、私もディ・ジューロも間違ったわけです」。

――では、エコ事件に移りましょう。エコ事件を正当化するのはどういう要素なのでしょうか。言い換えると、彼の数々の要素のうち、どれをもっとも決定的なものとお考えですか。

「このご質問にうまく答えるためには、私がラテルツァ社の本のために書いたエコの成功についての物語風エッセイを数語で要約しなくてはなりません。私は想像してみたのです。二〇〇〇年頃に(これはSF物語なのです)、田舎のあの素晴らしい別荘の会合に彼が友だちを招待し、私もその友だちの一人として招かれている。そこにはバラの名前というバラの極美な栽培がなされている。ただし、エコはわれわれとは一緒できない。それというのも、スペインの『パイス』紙記者(女性)がマドリードからやって来ていて、彼にインタヴューすることになっているからです。

ところで、二〇〇〇年頃の質問とは、『エコ先生、すみませんが、「バラの名前」の成功の理由は何なのでしょうか。こんなことを申し上げるのも、成功の理由がいろいろあるからです。きっとたくさんのことが共存しているのでしょう。たとえば、大勢の殺人が企てられる一種の推理小説であることとか、一種の対抗傍観者――つまり、探索するシャーロック・ホームズ――がいることとか。対話の簡単さや、要領を得た記述の妙とか。だから、読者は言わば慰労されるし、面白い推理小説を読んだばかりか、中世の教会や正面玄関がどのように建てられていたのかを学びもしたという感じを持つことになります。こういう程度の成功があったとしたら、それを言えても取るに足りません。私だってその理由は分かります』。ところが、ウンベルト・エコでさえ、その理由は分からないのです。この質問に対してウンベルト・エコは答えられないでしょう。

たぶんイタリアの成功を決めたのは、この本が出たとき少なくとも十万の若い読者《ファン》がいたことによるのかも知れません――つまり、『論文作法』の購入者全員とか、『ささやかな日記帳』を読んで満足した人びととかが、イタリアの成功を決定づけたのでしょう。国際的な成功は、彼がほうぼうの大学でとても有名だったことによるのです。これは大学の成功、それも魅力ある人物の成功なのであり、このように面白いタイプの人は立派な本を書くしかあり得なかったのです。私たちはみな、ウンベルト・エコに恩恵を受けているのです。どうしてかと言うと、『バラの名前』というこの射出装置《カタパルト》の後ろで、イタリア文学、エッセイにおいて何が起きているのか、と興味が持たれることになったからです」。

——今度は『振り子』へ移りましょう。あなたのお考えでは、『バラの名前』に比べて、反響はより大きいでしょうか、より小さいでしょうか。

「反響は劣ります。複雑な作品だからです。ですが、はるかに見事に書かれています。第一作は作家としての彼には大きな経験でしたが、第二作にははるかに豊富な語りの知恵があるのです。『振り子』が同じ大衆的成功を収めるかどうかは分かりません。要するに、私たちイタリア人が一種の絶えざる陰謀と不可避なP2の中に生きており、みんながおそらくは超独裁者、超悪魔の破壊、創造を企んでいるという考えは、魅力的であっても、ややあまりに哲学史的な考えであるからです。

『バラの名前』では、中世の大修道院とか、血気盛んな修道士たち、大罪者たち、といった名状し難いものがありました。それからさらに、ボルヘス、老ボルヘスがいました。思うに、聖トマス・アクイナスの後では、彼がもっとも恩恵を受けている作家はボルヘスでしょう。『振り子』の中にある集会のこの話とても、ボルヘス流です。実際、ボルヘスには、まさしく『集会』と題するはなはだ見事な短篇もあるのです」。

――エコの読者たちは、彼のパーソナリティといかなる関係を持つことになるのでしょうか。

「私見では、イタリアのエコの真の読者は二十万人以上はいないと思います。つまり、『論文作法』の読者の二倍です。ほかの人たちは現象に捕らえられたのです。彼らは『バラの名前』を買って、楽しかった。なにしろ、それは面白い推理小説なのですからね。読まなかった人たちは映画を観に行き、映画で彼らは捕らえられ、そのうちには買って読んだ人もいたことでしょう。大半の公衆はこう言うでしょう、『とうとううまくお金を使ったわい。映画にも本にも騙されはしなかったのだから』、と」。

ポルツィオのような友人は――まさしく友人として――少しばかり心配しているのかも知れない。彼はエコが「トルコ人みたいに煙草を喫ったり、飲んだりするのを」止めてもらいたいと望んでいるのであろう。エコはもっとわが身を大事にし、とりわけ彼を訪ねてくる若者たちにあまり時間を費やさないようにすべきだ、と。ところが、彼の受けたカトリック的教育のせいで、彼は若者たちと一緒に気晴らししないではおれないし、「それは彼にこの成功を与えてくれた社会に対しての一種の道徳的義務なのだし、この成功は最大の富をも意味している」のである。

だが、賛辞だけを行うことはしないでおこう。エコの欠陥は何か。彼は不治のナルチシストではないのか。彼はピエルジョルジョ・ベッロッキオが最近非難したように、我慢のならないくらい博学で学究的なのではないか。ポルツィオの認めるところでは、「彼はいつも喋っており、やり過ぎるくらい主人公となっています。でも彼は、若くて、まだ億万長者でなかったときでも同じように振る舞っていたのです」。

それに、彼はお金を投資する術《すべ》を知らないのだ。ポルツィオは彼に子供たちのために二つのマンションと、もう二つの小さいマンションを買うように勧めた。「後者を賃貸しし、その家賃で共益費を賄う」ようにと。しかし、無駄だった。また、彼にファン・ゴッホの絵を買うように勧めたが、これも無駄だった。彼は絵画には情熱がなかったし、「最近買った書斎」以外にはマンションに投資することもしなかった。彼は家具《ボット》だけを信頼し、そこにのみ投資しているのだ——永遠の親友ドメニコ・ポルツィオには悩みの種なのだが……。

ラファエーレ・クローヴィ——漫画とは、何と情熱的なものよ

ズアーヴ・パンツをはき、ウンベルト特有の「奇妙で哀れを誘う」、はなはだ田舎風の髪の毛をした若者をどうして忘れられよう。実際、かつて公衆の面前で語っていたウンベルト・エコのことを彼は忘れはしなかったのであって、この人物が「いささか恐怖に襲われているように見えた」ときに覚えた、この人物への好奇心を想起するのだった。当面の主人公、つまり、当時はまだ若者だったラファエーレ・クローヴィ——作家、詩人、編集者——はエコのことを決して忘れてはいなかった。「私は道端で拾い上げられた一人だったのです」。つまり、彼は当時ミラノの放送協会の若い職員だったエコやコロンボによって（正規のコンクールの後で）若者のための番組に呼ばれたのだった（この番組は当時、みんなの興味を引きつけ始めていた……）。

この実験のために選ばれた五十名のモルモットのうちには、法学の一年に入学しながら、ひそかに文学に情熱を燃やしていたクローヴィのほかに、「風変わりで哀愁に満ちた」もう一人の女性もいた。彼女は郊外出身の、やはりおずおずした、少々落ち着きのないミラノ人であって、エナメル皮の靴をはき、長い白ソックスを着用し、スカートは膝まで達していた。その女性とは、「私と同じように、流行遅れに、髪の毛を後ろに垂らした、かなり臆病な」カルラ・フラッチのことである。

これら三人（記号学者エコ、出版者クローヴィ、バレリーナのフラッチ）に関しての前史的な憶い出は、いくどか笑いの対象となった。その後、彼ら全員にとって晴天が訪れたのだった。クローヴィはヴィットリーニのいたって若い協力者だったし、『メナボー』誌の有名な特集号を編集し、そこで前衛研究のための資料を供給したのである。この号では、後に『開かれた作品』となるエコのエッセイの一部が公表されたのだった。同じようにカトリック教育を受けたエコとクローヴィは友人となり、いくども会っていたし、もっとも活気のある文化的本部たるエイナウディ書店にくる主人公でもあった。二人は多くの好奇心を共有していたが、そのうちには（濫用されている用語を使えば）マス・カルチャーへの関心があった。エコは漫画を好み、クローヴィは逆に推理小説が好きだったので、イタリア放送協会に自分を招いたシャープな職員の内にある「並外れた知性——これはまた、空想力と想像力をもつ知性、すなわち、想像力による文化の練り上げでもある——」を当時から評価していた。

クローヴィはイタリア放送協会（ミラノ支社長）や出版界で長く働いた。彼は人間のことに通暁しており、作家たちに助言する術《すべ》を心得ており、必要ならば彼らの文章を修正する術《すべ》も心得ている。

——ウンベルト・エコについて知性のほかに、ここ数年でもっとも感銘を受けられたのは何でしょうか。

「私はいつも彼の大変な教養、並外れた明晰さ、想像力、驚くべき記憶力を羨ましく思ってきました。エコの記憶力はコンピューターを使う以前から、いつもコンピューターのようなものでした。当時はそういう道具は存在しませんでしたが。こういう彼の並外れた記憶力は豊富な文化的記憶装置を利用することを意味しますが、このことがエコをして（〝理工科大学〟のヴィットリーニ以後）何百というはなはだ若手の対話者たちの注意を自分に巻き込むことに成功させたのです（また、彼の大学での経験もこの意味では模範的でした）。

エコの成功は遠くからやってきた、時とともに成熟した成功だったのです。彼のエッセイは次々と、あらゆる文化人たちの興味を刺激しました。『ささやかな日記帳』はすでに六〇年代にベストセラーとなりましたし、ついで『論文作法』は七〇年代のペーパーバック部門で第一位の大ベストセラーとなりました。エコはいつも自分の読者を維持し続けましたし、彼が増やしたこの厖大な消費者タンクは徐々に国際的にまでなっていったのです。六〇年代以降、彼はドイツ、スペイン、アメリカ……といった、国際的文化との対話を模範的に続行したのです。彼のうちには、大学者、大啓蒙者、大研究者が共存しているのは明らかでした。この成功は以上のように説明できるのです」。

——ですが、エッセイスト、卓抜な知識人の殻の下には、物語作者の強靭な中身が隠れていたのでした。あなたはそれを予見できましたか。

「彼が『バラの名前』を書いたとき、ある意味では小説が不意に出てきたのです。(私も含めて)みんなは、読んでいる本が何百人もの読者を魅惑することになろうと気づいていました。ちなみに私には、しばらくの間はこの本の成功を管理する楽しみがあったのです。

私はボンピアーニ社の社長でしたし、エコがストレーガ賞にノミネートされるものと確信していたのです。この本を出版した出版部長はヴィットリオ・ディ・ジューロでした。

私が社長になったときは後の段階だったのでして、本はもうすでに本屋に出ていたのです。私は(今も申したように)エコがストレーガ賞に加わるものと確信していました。私は彼と一緒に連れ立って、彼の成功が高まっていくのを見るのが楽しみでした。とりわけ、彼と一緒に居るのは楽しかったのです。なにしろ、エコは私が識り合ったうちで、(知力でも、思いつきでも、コミュニケーションでも、活力でも)もっとも面白く、ユーモアにあふれた人たちの一人であるからです。

ストレーガ賞の後で、彼と一緒に過ごした幾夜は、ここ数年、出版人として私が生きてきたうちでもっとも底抜けに面白いものでした。すぐ後で、私は映画の権利とか海外の版権とかの初期の契約で調整役を果たしましたし、『バラの名前』が大成功を収めるだろうことをたちまち悟ったのです。

『振り子』が出たとき、批判的な意見や、出版界の情報提供者たちや、ジャーナリストたちや、批評家たちがこの本に対して、嫉妬がらみの、とにかく毒舌的な、一種の重箱のすみをつつく態度や、いささか辛辣な舌鋒を示したとはいえ、私は大いに自信があったものですから、きちんとした批評記事を書いたつもりです。私にはこの本はまさしくナレーションとしてひどく気に入ったのです。『バラの名前』と比べれば、私の楽しみはいささか劣っていたかも知れません。心理的な次元の理由もあるかも知れません。扱われた素材、つまり秘教文化のそれは、特に私を魅きつけたことがかつてなかったからです。

エコの魅力は私から言えば、次の点にあります。つまり、偉大な一記号学者が、小説が死んだと思われていたコンピューター文化の時代に、はなはだ現代的な構造をもって、それを再提示するという勇気を抱いた、ということです。この構造は彼も定義しているように、開かれていて、疑いもなく説得力があったのです。そのうえ、エコは推理小説、連載小説の愛読者にして研究者ですし、私もこの種の文学に興味があるのです。ですから、『バラの名前』においては、推理小説の技巧へのはなはだ精密な模倣に私は魅せられましたし、いわばこの小説は中世の枠組みの中での、コナン・ドイルの追求技巧へのオマージュのようだったのです。

また、『振り子』の中で、彼が十八世紀の連載小説の現実離れした追求との対決を誇らしげにやろうと欲したのを見るのは、私にとって大好きなことでした。『振り子』の中には、『パリの秘密』の作者ユージェーヌ・シュー（一八〇四－一八五七）へのオマージュ――明白なオマージュ――があります。エコは彼のような創造的な空想家なら、新たに『パリの秘密』を書くことができることを証明したのです。彼の場合には、それは一種の国際的なミステリー――読者の好奇心と注意を捕らえることができるもの――なのです」。

クローヴィがボンピアーニ社にいたとき、エコはすでに『バラの名前』で売れっ子になっており、有名な出版顧問だった。このときの彼をどのように憶えているか。あまり攻撃的ではなく、出しゃばりでもなく、つまるところ、ひどく防御的だった。「彼は他の人びとと成功を分かち合う術《すべ》を心得ていましたし、大勢の若者たちが彼らのアイデンティティを追求し、ときには成功をつかむのを助けたのです」。彼は寛大さと知的好奇心とを綯《な》い交ぜにした人物であり、これらが彼からなくなることは決してないのである。

こういうことの証明としては、作家ジョルジョ・プローディの例がある。クローヴィがボンピアーニ社にやって来たとき、エコは彼にプローディともう一度対話を（すでに途絶えていたとはいえ）再開する価値があると言った。なにしろ「天才という言葉に価値があるとすれば、彼は天才だとエコは主張したのです。エコは言いました、《ぜひ彼と会って欲しい》と。それで私は彼と会い、実際に後悔しなかったのです」。

そこから、『ラッザロ』——スパランザーニに関する小説——のアイデア、プローディ（彼も科学者・研究者である）の自伝が生まれた。エコはよく分かっていたのだ。「いつものようにね」、とクローヴィは言葉を閉ざしたのだった。

マリオ・アンドレオーゼ——手の内をお見せしよう

彼は客としてエコの田舎の別荘でエコに初めて会った、というよりも垣間見たのだった。プリンターから五百枚以上が刷り上がったばかりだった。だが、まだそれらを読む時はきていなかったし、マリオ・アンドレオーゼは『フーコーの振り子』の原稿を読んでもいなかった。それから数カ月後に、一九八八年の春に、ついにその時機がきた。ボンピアーニ社の社長として、マリオ・アンドレオーゼはこの小説の最初の〝専門的〟読者となったのである。われわれは彼の二つの印象を、彼に尋ねることにした。約八年後に原稿を手渡したエコについての感じと、初めて読んだ後でのエコについての同じ感じについて。

アンドレオーゼはいつものやり方で、静かに、表に激情を見せることなく答えた。エコはとりわけ「恐怖に襲われている」ように見えたし、それから、〔原稿からの〕離脱と解放感――「この本が出版されたときに確証された」感じ――が現われた。「この態度こそは、作家であるという彼の特異なあり方について詳しく説明してくれるのです」。

本人に関しては、アンドレオーゼの主張によると、第一の読者としての彼の反応は「かなり精神的外傷を与えるもの」だったし、「私は心を奪われてしまい、読書に要する時間の間は読書から離れることができませんでした」。そしてそれから、「作中人物、状況、主題の豊富さ」にひどく巻き込まれてしまったのだった。

どうしてこのように巻き込まれたかというと、小説のそれぞれの新しい章が、予見できる展開とは外れて進んでいったからである。

アンドレオーゼはすぐに考えたのだった、――エコは「読者への決闘」をまたもより以上に強いたのであり、「この本は前作に比べて、注意と熱中とを要求するが、結局のところ、これらは十分に報われることになるのだ」、と。

読者の後では出版社長として、出版の戦略を立てねばならなかった。一九八八年四月に、アンドレオーゼはいったい何を決めたのか。

「これはかなり簡単な戦略だったのです。なにしろ本が私に手渡されたのは四月の初旬でしたので、私はすぐ、秋が出版の好機と考えたのです。目標を定め、すぐに作者に、フランクフルトの書籍見本市のために最初の刷り上がった数部を間に合わせるようにと提案したのです。この点では、本文は（最終稿でも不可避な推敲を除き）実際上、出来上がっていましたから、容易だったのです。エコは小説のメモリー全体を含むコンピューターのフロッピー・ディスクを私たちに手渡してくれたのです」。

――『振り子』の宣伝は机の上でなされたと言われています。これはプロモーションの奇跡だったのですか。本当のことを言ってくれませんか。

「そういう仮定はこの本について流布してきた、しかも今なお流布し続けている数多《あまた》の噂の一部に過ぎません。『振り子』はただ足だけで動いたのです。その足はもちろん長いものでした。プロモーション戦略について私に尋ねられていることに関して、考えさせうるような唯一のエピソードと言えば、それは『エウロペーオ』誌上に載った、プロットについての先走った要約のうちに求められうるでしょう。でも、そこには一切、計算されたものはなかったのです。たんに、この小説の初期の数少ない読者の一人、ウーゴ・ヴォッリが沈黙の指令を破っただけだったのです。友情の試練に、同じ感情が応じてはくれなかった（＝裏切られた）のです」。

――当初の書評の数々にあなたは驚かれましたか、それとも驚きはしませんでしたか。

「この本はとにかく、それが受けた数多くの書評とは関係なく、人気を博しました。初期の書評に関しては、『ラ・レプッブリカ』誌上でのアゾル・ローザのそれははなはだ周到で限定的でしたが、サングイネーティやチターティのそれは容易に予見できるものでした」。

――エコとボンピアーニ社とには、もはや歴史的な関係が出来上がっています。ボンピアーニ社はエコに何を負うているのですか。逆に、エコはボンピアーニ社に何を負うているのですか。

「ウンベルト・エコは作者としての経歴の初めからわが社で出版しており、もうわが社とはテスト済みの関係にあります。この点で彼を超えているのはもう一人の、より忠実な小説家アルベルト・モラーヴィアだけです。彼はほとんど六十年間、わが社の作家なのです。

エコに関してはどうかと言えば、彼との関係はたんに著者と出版社とを結びつけるものだけに限られてはいなかったのでして、彼は編集者、コンサルタントでしたし、いろいろのシリーズを考え出したり命じたりしましたし、出版すべき何十点もの本の助言をしたりしたのです。幸せな関係なのでして、これはちょうど彼とその対談者ヴァレンティーノ・ボンピアーニ――『ジオ・ヴァル』――をずっと結びつけている関係みたいです。二人の数々の手紙は今では一部公表されています」。

――あなたは個人的には『バラの名前』と『振り子』のどちらがお好きですか。

「言いにくいです。両方の小説とも素晴らしいと思います。たぶん『振り子』のほうにより愛着を覚えるのは、後者が書き方の観点からより深みを示しているからでしょう。とにかく、この物語がより以上に私に関係しているのはおそらく、私がそれを最初に読むという特権をもったからでしょう」。

反対意見を出すことにしよう。ある人によれば、『振り子』は『バラの名前』よりも劣ると言う。アンドレオーゼは面白そうに微笑したが、われわれにはその微笑の理由がすぐに分かった。エコのような著者なら、小さくない一軒の出版社を一人できり盛りできるというのだ。「本屋で初日に二万五千部売れ、今日(一九八九年六月)のところ七十万部を少し下るだけの本は、度外れた成功であり、イタリア市場では空前のことなのです」。

問題は『バラの名前』よりも普及が早くて、現在たった(!)週に二千部しか売れていないという点だ。「ドイツ語、フランス語の翻訳が出るはずですが、目下のところ出ているのはオランダ語版だけなのです」。(アメリカ版は一九八九年十月に発行され、これには百万部の売り上げが予想されている)。

ところで、あなたは何を予見されますか。またしても、エコの新しい小説の第一の専門的読者になられるのでしょうか。アンドレオーゼは羽目を外さなかった。エコは目下書きつつあることについては、家族に対してもひどく注意深いし、いかなる予見もできないのである。ただし、一つのことは確かである。「彼は物語るべき話をたくさん持っており、ただ選択するのに難儀しているだけなのです」。

『振り子』の振幅

数カ月のうちに『フーコーの振り子』はほぼすべてのイタリア批評家たちそれぞれに、ここ数年に前例のないほど極端な立場を取らせることとなった。この種のものによく使われる婉曲表現が、この場合には実際上消え失せてしまっている。パンにはパン、ブドウ酒にはブドウ酒と〔ずけずけ物を〕言う率直さは、他の機会の批評では見かけにくいことだった。

正当にも考察されてきたように、本書は集団的な読み方の傾向や趣味を理解するための一種のリトマス試験紙となったのである。要するに、イタリアで小説がどのように判断されているのかを立証するための機会を探すとしたら、ウンベルト・エコの『振り子』は十分にその必要を満たしてくれたのだった。

もちろん、数々の判断のうちから、いくぶんでも信頼すべき傾向を突き止めるのは困難だ。しかしながら、さまざまなレヴェルの判断のうちで、長ったらしい弁護に基づき本書を拒否する人びと(チターティ、アルベローニ)のそれと、本書を好む人びと(コルティ、ミノーレ、チェーザリ)のそれとを区別しなければならない。たった一言で逃げる人びと(ブージ、ベンニ)もいる。

ウンベルト・エコ

「……それはそうと、私の話は精神錯乱のそれなのです、（中略）人びとが本当に想像してきたあらゆる陰謀——テンプル騎士団から『シオンの賢者たちの議定書』に及ぶ——の話なのです。精神的な癌の話なのです……」。

フランチェスコ・アルベローニ

「……エコの本を買う人たちは、それが何を含んでいるのか正確には分かっていません。最近洩れてきたことだけで、それについての漠然としたアイデアを抱いたのです。それを読んだ人はそれがひどく難しく、分かりにくい本だということを確かめることができましたし、そういう人びとの大半はまったく何も理解しはしないでしょう（中略）。ですから、人びとがこの本を買うのは、その中身が何かをおおよそなりとも知っているからなのではないのです。この本を待ったから買うのです。人びとは何カ月も待たされてきたのです。いわば集団的な待ちぼうけだったのです。ちょうど月へ人間が初めて降下したときとか、サッカーのワールドカップ決勝戦みたいに。人びとが本を買うのは、何かを待っているからなのです。そこから或るメッセージを、開示された・もしくは開示されるべき謎を待っているのです。（中略）ところで、本書の中にはいかなるメッセージもありません。本書には情緒はなく、それは言葉の雲みたいなものなのです（中略）。たしかに、流行とか、紳士気取り《スノビズム》といった成分はあります。とにかく、本書は教養のシンボルとなりました（中略）し、マスコットとなりました……」。

アルベルト・アルバジーノ

「……ここでエコはカルドゥッチのオペレーションズ・リサーチを再構築したのです。彼はダヌンツィオやモラーヴィアが、ヴァカンスが近づくと『それじゃ先生、いったいどんな新しい駄作を準備してくださったのですか』と尋ねるプチ・ブルジョアの奥さんたちに向けてやったように、訴えることはもうしません。逆に、彼は博学な正教授の講壇から、世界の大学を卒業しようとしている、また卒業した消費者たち——少しばかりラテン語や諸学問を知っており、中学校を引っ張ってくれている——というターゲットに向かうのです。無教養な人びとを少々怖がらせるような複雑な対象を築いているのです。残りは物語……なのです」。

ステーファノ・ベンニ

「……三十ページで閉じてしまった。退屈さに襲われて……」。

ジョルジョ・ボッカ

「去年、いや二十年前、百年前、千年前はみなさんにおめでとうを申し上げる。イタリアには未来はもう存在しないし、新年のことは考えたくない。さぞかし災難や退廃がのしかかることだろう。もっとも売れた本はウンベルト・エコの十八世紀と中世紀、およびカラッソの神話的な先史時代に見い出される（中略）、ラテン語やギリシャ語の引用は、これらの死語が慈愛深くも蘇えさせられるとの正当な信念から翻訳されてはいない。同じように、アラマイア語とかサンスクリット語のテクストがわれらの友エコによって、今や聖書の羊皮紙を毎晩精読して過ごす彼の幾百万の読者に託されることになる」。

アルド・ブージ

「……（エコは）彼の本の中世修道士なのだ！　彼の十全主義を前にすれば、法王ヴォイティラは反キリスト者となる。また、フォルミゴーニはマットレスの黒豹みたいなものだ……。……ペッソーア、ユルスナール、クンデラ、エコは、出版社が飾り本で恥をかきたくないと望む人びとを捕らえるために帝国を築く土台にした、調子のよいあの中身のない連中に属する……。『バラの名前』。これは小説なのか。エコがその本で与えた損害は、ルカ・ゴルドーニがそのすべての本で与えたそれよりも大きい。そのうちには真実のかけらも含まれてはいない。これは狡猾な本なのであって、成功を予見しており、先験的に読者が選ばれていたのである。私は文学が狡猾であるべきだとか、ソーセージの現象学と関係しているとかとは思わない。社会の実際の切望はそんなことを要求してはいない。でも、私に我慢ならないことは、今なおエコが話題になっているということである。むしろ、今日の悪魔たちのことをみなさんが話してくれれば、そのほうがもっと面白いのに。悪魔たちとは誰のことか。出版物の歯牙、誤植ともいうべき、ベルルスコーニ、ヴォイティラだ。そして私は、もちろん……」。

マリーア・コルティ

「……私のように、数カ月前に読む楽しみを持った者は、この本について喜んでお話しできます。天才的で、とても素晴らしい本ですから。

『バラの名前』とは違って、この第二作を私たちに届けてくれた作者は、主題的・形式的問題の解決を同じく志しており、すっかり円熟した真の作家です。おそらく、文体レヴェルはこの作品ではより高くなっていますし、オリジナルな文体が存在しています。なにしろ、作家の熱意は精神的により一層広くて深くなっていますから……」。

ピエトロ・チタ一ティ

「……私がウンベルト・エコのうちにいつも好きだったものは、道化師的な魂である。彼を傷つけるつもりはないが、アリストファネス、ラブレー、それにきっとドストエフスキーは偉大な道化師だったのだろう。いかなる場所、いかなる空、いかなる深淵でも、道化師的な魂がめまぐるしい哄笑と醜態を振りまいて到達できないところはない。エコは大道化師のすべてを有している。活力、通俗性、無頼漢的行為。アイデアの完全な欠如。自分のグロテスクな姿を鏡の前で笑い飛ばす趣味。一切の信仰の欠如。空虚への恐怖。目の前を通り過ぎるすべてのもの——彼の窓から消え失せたあの天使さえをも——を同化し飲み込む能力。完全な皮相性（中略）。この種の道化師魂には、ほかにもあまり洗練されていないものがいろいろと加わっている。つまり、遍歴書生気質《かたぎ》の匂い、出版社のお喋り、レストランでの教員たちの冗談（中略）が。

今では彼は聖なるものに対しての道化師となっている。まるで冗談が聖なるものの好む言葉ででもあるかのように、聖なるものの告知者や嘲笑家は言うに及ばず、アレクサンドロスのエジプトからテュロスのアポロニオス、魔笛の人物たち、サン・ジェルマン伯爵に至るまで、聖なるものの傍らで踊ったり、爪先で回ったりする、あの一連の秘儀伝授者たち、大神官たち、ぺてん師たち、いかさま師たちの最後の者と彼はなり果てている。エコは謎めいた人物となっている。うさん臭いものに嗅覚が効く、小っぽけな、俗っぽい神として、われわれを秘儀へと誘《いざな》ってくれている」。

セヴェリーノ・チェーザリ

「『フーコーの振り子』はひどく奇抜でアイロニカルながら、信仰の書である。奇妙な言い方ながら、これは深い絶望の小説なのであり、それは感傷に触れることなく、崇高なものに触れることに成功している。この時代の空虚についての卓越した本であって、人がこのことを読み取る術《すべ》を知ってさえいれば、そのことを明示しているのである。それはこの空虚とともに生き、この唯一の容認された時代に成人することを教えてくれる、堅い、金属的な本なのだ。それは大聖堂の上のゴシック彫刻のように、フィリップ・ドルイエの魔神のように、砂漠に対して咆哮しているが、旅の結果やその賭けは、地上の王国の支配、ティフェレット（美）の奢《おご》りに対してのマルフート（真相）の勝利、知的過剰に対しての世界の〝常態〟の勝利なのである」。

アントワーヌ・ガリマール

「……エコにおいて私の好きなものは、意地悪な博学です」。

ジャコモ・マッラマーオ

「……アルベローニや同類の人びとは大間違いを犯している。民衆は彼らが想像しているようなものではもはやないのだ。エコは深底の若干の要求を満足させるのである。モノの表面に留まらないという要求を。少々の冒険と秘教的学説への要求（これは若者たちをして彼のいろいろの書物を求めさせている）を。神秘主義への要求（これは今や哲学の中にまで浸透している）を。こういうすべてのことを考慮しなければ、今日の世界について何も理解できはしない……。」

レナート・ミノーレ

「文学趣味の大衆化という病に愚痴を言う、義憤にかられたインテリたちは、しばしば傘を発見することがある。文学受容（店頭には安価で、ペーパーバックも見られる）に関しての何らかの小論を読んだことのある人ならよく知っているように、本を入手するのには、その本とほとんど、またはまったく関係のないいろいろの理由がありうるものなのだ。流行とか、惰性とか、順応主義とか、選択意欲の放棄とか、の。『振り子』の購入者にあっても、これらの理由の一つでそれを買った人びとがたくさんいることは間違いない。だが、どの典拠もマニア的に列挙したり、パロディーを語り手の意のままにテクストの内でもっとも嘆かわしくて悲劇的なものに変えたりして、表現しようと欲し（かつその術《すべ》を心得)ている異常なテクスト――ここ数年の恐ろしい空虚の中で書かれている――の、百科事典的で、魅力的で、謎めいた性質と、そういうすべてのことはどんな関係があるのか。

書物との関係は常に親密で、個人的である。道端で、『振り子』は読もうとしている多くの人びとを失うことであろう。でも、他の多くの人びと、つまり、まだ雑音と沈黙を区別する術《すべ》を心得ており、その本の明敏さ、知性、絶望のせいであえて危険を冒す気になっている人びとがそれを買うことになるであろう」。

ロレンツォ・モンド

「……ウンベルト・エコが書いた『フーコーの振り子』という小説は、豊富かつ奇抜な博識、痛烈な皮肉、厳しい憂鬱で人の心を打つ(中略)。すべてが使い果たされるマルフート(真相)のセフィロットは、地上の王国であり、そこでは、知恵は『むき出しにされる』し、そこにあるのは唯一の確実性――分かるものは皆無だということ――のみである。

とはいえ、この小説、『振り子』のもう一つの極にはケテル(王冠)が輝いている。この圏域でもっとも燦然《さんぜん》と輝いているのは、一つの名で呼ばれたいという純然たる欲求、根源的な空虚である、神の威厳である。エコの本の示唆の大半は、情念と理性との厄介な振り子運動の中での、これら二つの終点の間の振動から生じている……」。

ジェノ・パンパローニ

「とうとう始まった。あふれんばかりの予想、インタヴュー、先回りした書評、推測、予断がフランクフルト書籍見本市への提出の期待を熱病みたいに湧き上がらせた後で、とうとうわれわれはエコの小説の厄介で不粋な大冊とかかわることになった。この本についてきちんと話すためには、私ははなはだ稀な文学ジャンル――数回におよぶ書評――の復活を要求しなければなるまい（中略）。遊びのためにつくられた本に対しての荘厳な（宗教的？）エピローグを。私の総合的判断は公正なものにしたいと思っている。

エコはあまりに才能に富んでいて、自分を厄介払いすることができないのだ。たとえ繰り返し自ら〝尻の栓を抜け〟（Ma gavte la nata）とふざけてはいても（自信でふくれている者……に対して、その栓を外せば、シュッーとしぼみ、普通の人間に戻ることを言う）。逆に、文学的判断のためには、デ・サンクティス風の彼のもう一つのしゃれを借りることができる――〝才能（文学的なそれ――編者注）がなくとも、想像力は常に創造的である〟」。

リエッタ・トルナブオーニ

「〝けっこう、もう耐えられない。それの名前を聞くだけで、目から遠のく〟というスパートは、この秋の二人のひげもじゃ男、『フーコーの振り子』のウンベルト・エコ、『キリスト最後の誘惑』のマルティン・スコセッシに起ころうとしている（し、もっとも気短な人びとにあってはすでに確かめられたことだ）」。

エンゾ・シチリアーノ

「……現代のベストセラーは飾りのようなもの、何よりもまず持たなければならないものなのだ。それを読むのは第二義的なことである。たまには、読者が〝情報を得る〟のに――ただそれだけである――有用なこともあろう。こうして、書物の購入を決定づけてきた圧力が繰り返し広まることになる。この蛇は自分の尾を嚙んでも、知識や感性の増進には少しも寄与しないのだ。

文学の時間、その性質は、まったく違った歩み方をする。それらは個人の歴史や意識との関係を探し求めるし、この探求において自らを危険にさらすし、また、行動規範、作法、因襲で自らを密封しはしない……」。

誰も私を評価できはしない

戦後のイタリアの文学現象に関して、これほどたくさんの言葉が費やされたことはおそらくほかにはなかったであろう。社会学者、イタリア習俗の観察者、ジャーナリスト、いろいろの何でも屋がみな、介入したのだ。

エコの、このケースはどう説明できるのか？　計算づくの産物なのか、偶然の、才能の、もしくは、こしゃくな幸運の産物なのか。模倣不能なものなのか、それともいくらでも模倣可能なものなのか。文学に関係があるのか、それとも流行に関係があるのか。ここ数年ありとあらゆる疑問が提起されてきたし、あらゆる仮説がなされてもきた。

このまさしく真の現象が若干の批評家、大学教師、オピニオン・リーダー、さまざまな流派の作家によってどのように見られているのかを知るのは興味深いかも知れない。ここに報告するのは、特別な機会にはっきりと拾い上げられた判断の若干である。これからご覧になるように、これらサンプルは広範、異質で、かつはなはだ有用なものである。エコを知るためばかりでなく、彼を判断している同僚たちを少しばかりよく知るためにも。

ウーゴ・アッタルディ

エコが成功したのはなぜか。それは彼が基本的な数々の特質――霊感、思いつき、記憶（専門上のそれも）、正確な判断――を目一杯に用いながら、〃作業する〃ことのできる能力の産物であったことは確かだ。しかも、――多くの人びとが主張しているように――エコは大小のさまざまな流行のヘゲモニーを規定しているメカニズムを理解し用いることができたのである。これが本当だとしたら、彼がそれらを称えたり、同時に否定したりする術《すべ》を心得ていたのも本当なのだ。彼は書く際に、物語る楽しみ、プロットやサスペンスの魅力を堪能した。そして、後で彼が恐れおののかせたり、有罪判決を言い渡したりする異端裁判官を物語るときとか、ドルチーノの信奉者であると告発された下僕に対して、恐怖と勇気の交錯する中で、庶民的な怒りを暴発させながら自分の罪深さを叫ばせるときに、すべての説明がつくのだ――彼の語り行為は力と不安、厖大なエネルギー、あらゆる時代と流儀から離れた、人間の悲劇と真理、といったものが。

ピッポ・バウド

イタリアの一作家が国際的に成功したとは（狂信的排外主義《ショーヴィニズム》抜きに言いますと）、とても歓迎すべきことです。なにしろ、数年前までこんなことはほとんどありませんでしたし、私たちの作家はほとんど、もしくは全然翻訳されてこなかったからです。

この秘密は簡単でかつ複雑でもあります。エコは当初、イタリア以外の読者を想定していましたから、超国家的に考えていました。ですから、彼はひとりイタリアだけの関心事ではない、中世を選んだのです。

アルベルト・アゾル・ローザ

私見では、『バラの名前』の成果と『フーコーの振り子』のそれとを区別するのは可能だと思われる。前者はよりセンセーショナルであったが、後者はあまり猛烈ではなかった。このことから明らかなように、書物の出版‐商業的成功を決める要因は、たとえエコのような人物によって書かれた本であっても、テクストの焦眉性や、読者の態度に左右されるのである。つまり、プロモーションと成果との機械的な演技だけが存在するのではないことを証明している。とはいえ、見事な出版キャンペーンは必ず、ものすごく肯定的な成果を引き起こすものと相場が決まっている。

思うに、二冊は性質を異にしているし、より幸運なものが結局はより成功を収めるのである。だから、マスコミやプロモーション・キャンペーンの内部でも、本の性質と本の成果との間には或る関係があるのだ。

エコの大成功を説明するものとしては（とくに『バラの名前』に関して）、われわれが文化、はなはだ常識に富んだ語り手段、マス・カルチャーについてのはなはだ深く、はなはだ仲立ち的な知識を混ぜ合わせた作家に対面しているという事実がある。こうして、彼はさまざまな読者層の中に同時に成功を見いだしたのだ。すなわち、教養のある層は語り的実験の独創性に好奇心を覚えたし、平凡な層は見馴れない、だがとにかく強力な文化局面に魅きつけられたし、最後に、あまり勉強していない層は小説のメカニズム——推理小説的なストーリー——を尊重したのである。

エコの才能はこれらの要素に大いなる知性で計量したことにある。

私はエコを記号学者として識っていたから、まさか彼が作家になろうとは想像もしていなかった。彼がはなはだ並外れた物語り的成分を有することは常に感じていたが、しかしそれはあくまでも会話のレヴェルで現われていたのだ。エコは魅力的な話し手ではあるが、しかし彼がまさかこの才能を物語作品の中に注入するとは考えてもみなかったのである。

レオナルド・ベネヴォロ

エコのことはずっと以前から、つまり、六八年以前の、一九六三年から六七年にかけてのかなり重要な時代から識っております。私たちはフィレンツェ大学で教えていましたし、彼は文芸を担当していたのです。当時の状況はとても面白かったのです。私たちは大学が変わるように、多くの事柄で期待していました。

けれども私たちは訴訟的な冒険に巻き込まれたのです。一九六八年に兵役を忌避した学生カポネットの証人になったからです。私たちはカポネットが軽い刑罰を受けたのは悪ふざけだ、と言おうとしたのでした。

その後、彼はミラノ大学、私はヴェネツィア大学に移り、ここで私は十年間教えました。そして、互いに会えなくなったのです。

エコは広範な読者層のために面白いことを書く、はなはだ頭のいい人物です。彼は必ず成功するであろう、または人びとの成功を引き起こすであろう、何かを提案するための正しい時機をいつも直観的に探り当てるのです。彼の分野は私のとは異なりますが、『バラの名前』は読みました。これは一哲学者の本であり、緊張と快楽の詰まった本です。

ダリオ・ベレッツァ

私は『バラの名前』におけるアトソンという人物が大好きです。かくも見事にできた作中人物から見るとき、エコに対してはすべてを——成功をも——私は認めてあげられます。

『振り子』をも買って並べて見ましたが、思うに、もう少し待つ必要がありそうです。誰もこの本のことをもう口にしなくなったときに、私は読むつもりでいます。

ジュリアーナ・ベルリンゲール

エコを話題にする場合、彼の本を購入する読者の側に立つ必要があると思います。こういう読者と一体になり、この観点を受け入れたいと思います。量にペナルティーを課すべきではありません。本が一冊売れれば、深い意味があるのです。ただ千部の俗物を追いかけることだけはやれません。読者は現実であって、なにもウンベルト・エコの創出物ではないのです。

『バラの名前』は大好きだ、と言わざるを得ません。エコがアナロジーや正真正銘のシンメトリーをうまく浮かび上がらせてくれているおかげで、われわれのとは遠く隔たっていながら今日にごく近いように見える時代に、私はすっかり埋没した気分になりました。でも、『振り子』にはそれほど感心しませんでした。

これほどの成功はどのように説明できるのでしょうか。私の説は、〝第一波〟のそれです。当初から読者が〝動く〟とすれば、どうしても成功がついてきます。映画にしても、私の一番よく知っている雰囲気はそのようです。つまり、〝第一波〟が決定的となるのです。

エコの二冊の小説をどうしてこれほど大勢の人たちがすぐに読み（または、とにかく買い）だしたのでしょうか。一つのことが確証できます。それはつまり、〝第一波〟が両方の場合とも機能したのであり、したがって、ベストセラーの部数となるのはもう確保されたわけです。

エクトル・ビアンチョッティ

私たちは並外れた遊び精神を備えた、才気煥発なエッセイストとして、ウンベルト・エコを識っていました。

本の世界的成功を前にして、異論を唱えるのはちょっとおかしいと思います。とにかく、この成功（準備された、はなはだ用意周到な成功）に関する限り、『バラの名前』は文学史上もっとも謎めいた本です。この小説は、もともと小説家のではなくて、エッセイストのものである言述によって絶えず遮られています。読者でこの神学的‐中世学的言述を理解した人がひとりでもいれば、ぜひ知りたいものです。ですから、この本はたとえエコがその読者のうちにある微《かす》かな中世ノスタルジーを利口にも計算していたにせよ、途方もない誤解の産物なのです。

フランス（グラッセ社刊）でも——ほかのいずこととも同じく——この小説はよく売れましたが、読まれてはいません。読者はいったい誰なのでしょうか。年に一冊、当たりを取った本——家に必ず置かなければならない本——を買う人に決まっています。でも、映画では同じことは起きませんでした。映画は大して成功しなかったのです。

ミゲル・セヴェーラ・ブラネス

ウンベルト・エコは古い、とても古い人物です。彼はあたかも何回となく輪廻《りんね》を繰り返してきたかのようです。このようにして、彼は世界全体の人びとを知ることができたのです。彼はみんなの違いを超えて、みんなとコミュニケートできるのです。なにしろ、すべての人びとを彼はよく知っているのですから。『バラの名前』ははなはだ不安ならしめる本です。一生のうちで、一つの頭脳の中にこれほど多くの事柄を貯えるのはほとんど不可能です。エコには（コンピューターは別にして）そんなことができるのです。
私の国スペインでも、エコはもうすごく有名でして、二つの小説は評価も高く、読者の賛同を得て、実にうまくいっています。でも、この成功は何に負うているのでしょうか。一つの主たる理由は、この小説がひどく豊富で、ひどく人間的であって、人びとに到達しているという事実にあります。なにしろ（あれほどの教養にもかかわらず）人びとを話題にしているからです。エコのやり方はとても特異なものなのです。あり余る教養が読者とのコミュニケーションや読者の参加を生じさせているのです。読者（一般大衆）は、インテリが想像している以上に多くのことを知っています。たとえば田舎の人びとは、私の国では、エコの教養に調和するような、通俗的で重要な教養をもっているのです。本書の不安にさせるデーターは、中世が何かを知らず、自国の歴史や文化にも属さないが、それでも中世をひどく知りたがっているアメリカにはとりわけ有効です。ありうべからざるルーツへの一種の探求なのです。

フランチェスコ・ブルーノ

二つの特別な状況がうまく嚙み合ったことが、『バラの名前』現象の根底をなしている。エコは多年にわたり、マスコミを支配する原理を巧みに適用しつつ、特別に効果的な――（自らの出現の分量を正しく調合したおかげで）重要人物たちの広範な合意の域に置かれうるような――自らのイメージを構築したのだ。そのうえ（ここに第二の理由があるのだが）彼は科学から文学へ手を貸した人物の著名な実例でもある。

こういう幸運な出会いが彼の神話をつくり上げたのだ。神話はどのようにつくり上げられるのかを、省察してみる必要がある。記憶に新しい最近の例を採り上げてみれば、ジョヴァノッティは天才ではなくて、商売の機械である。エコの場合、神話の成分は以下の事実、つまり、一見したところ文学作品だが、実質は知的内容の作品が売れた最初のケースだったという事実にかかわる。

とにかくこの成功は、それ相応の産物にうまく宣伝組織を適用したおかげなのだが、しかしそれはまた、大方は予見されざることでもあったのだ。一見したところひどく難しく、合衆国の心性とは隔たった、もしくは無縁なテーマや問題を抱えた本がアメリカで広く普及したことに驚いた人たちは多かった。だが、過小評価されてはいけない理由が一つある。それは『バラの名前』の土台になっているのが、直感や手掛かりに頼りながら、個々の問題を確信をもって解決する知性であるという点だ。

そういうすべてのことは、本書の中心人物であるウィリアムにおいてよく看取できる。ウィリアムの背後には、インテリ、記号学者のエコ本人が潜んでいるのだ。もちろん、これはコナン・ドイルのシャーロック・ホームズや、シムノンのメグレーといったような、他の有名な推理小説の主人公たちを明らかにはっきりと下敷きにして構築された人物なのだ。彼らは段階を追って到達される知識をもとに、自己自身や現実を統御できる合理的な人物であるが、これと同じように、ウィリアム - ウンベルトも、知性の尺度や卓抜さを絶えず発揮しているのである。この主人公はしかしまた、独特な特徴を備えている。つまり、安心させてくれる父親の姿を体現している。こういう形姿に対して、アメリカの文化や一般の心理はひどく敏感なのだ。

レーガンが大統領に選出されたのがちょうど『バラの名前』の発行された時機だったというのは偶然ではないように思われる。もちろん、安心感への要求は奥深いレヴェルにまで広がっていたのだ。この本の成功と一大統領の選出とは、かけ隔たっているようでいながら、実は同一のことを意味しているのかも知れない。

フランコ・ブルザーティ

私の印象を言えば、ウンベルト・エコの成功はもっぱら彼の教養、知性、そして（彼が有しており、読者に引き起こさせる）レクリエーションの力のせいなのでしょう。こう言いながら、私が考えているのは『バラの名前』のことです。それというのも、第二作目の成功もこの第一作や、それが国際的公衆に与えた大きなインパクトにたいそう依存しているのではないかと思われるからです。この中世物語は抜かりなく、快く、かつ巧みに書かれていると思いました。たぶんときには、過度の教養を見せびらかしていることもあるでしょう。私はイタリア放送協会のチャンネル2（Rete Due）のために放送権を買いたかったのですが、それはできませんでした。私にとってこれは例外的なことですが、私は小説からインスピレーションを受け取ることはなくて、とりわけ、エッセイ類や詩を読んでいます。私が文学作品から映画をつくりたいと思っているのはただ一つ、トーマス・マンの『選ばれし人』（一九五一年）だけです。エコはとても良い仲間です。

マリアンナ・ブッチック

これは世にも珍しい出来事です。こんな成功はその性質上、謎めいていますし、どんな説明でも部分的にならざるを得ないでしょう。

私に関してはどうかと言えば、私もエコに対しての大衆読者と同じように行動したのです。『バラの名前』では困難なところを克服しようと努めましたが、『振り子』ではあまりに難し過ぎて挫折してしまいました。ですが、読書のためには困難さと複雑さは不可欠な贈り物だ、などと言った人がはたしているのでしょうか。

ピエロ・カンポレージ

私は〝エコ現象〟のことは考えたことがありません。それというのも、『バラの名前』の成功は『振り子』のそれとは異なるからでもあります。十把一《じっぱ》からげにすることはできません。前作の場合は意外で、ほとんど破壊的でしたが、第二作のそれは地固め的だったからです。

エコは私の友人の一人であり、多くの心をもつ一人物です。彼の二つの小説は最高の性質と幸運な符合との産物です。つまり、中世が集団的想像界の中に入り込んでいたのです。現代性の沼から脱出したいという欲求に気づいていたのですから、まさしくみんなの期待していた主題だったと言えましよう。私が言わんとしているのは『バラの名前』のことです。これは学問的なものを通しての空想的なものの巧みな探索、通俗化のための素晴らしい授業なのです。

ダンテ・カッペッレッティ

イタリア文化においてここしばらく、信じうるように見える唯一の成功、それはウンベルト・エコの成功だ。どうして信じうるかと言えば、それが自然な生の歩み、そこから意味、真理を得るべき必要性、に従っているからだ。この場合の〝自然〟とは、最高に人為的なもの、したがって知性が収斂する地点と解すべきである。成功はしばしば情緒的な仮定、(個と集団性が相互に接触し合うときに生じる) 一目惚れの産物である場合が多い。

しかしながら、成功が何かを言うのは、その秘密の手続きからして、不可能だ。われわれはただそれを確証できるだけである。その外的示現を観察したり、それを構成している (もしくは動機づけているかも知れない) もろもろのデーターに分解したりできるだけである。ここからして、数多くのインテリや芸術家の怒りや嫉妬が生まれてくる。彼らはただ一個人だけに幸運な複合的な状況が凝固し、この人物からは追い抜かれ、世に認められないものと自覚するに至るからだ。だから成功というものは、しばしば嫉妬深くて、活力を奪いたいという欲求のなかで、われわれがばらしにかかることがある。エコはこういう邪悪な次元に陥ってはいない。なにしろ、彼は初めて、それのメカニズムも意味も心得ていたからだ。彼は他の人びとには異端と思われたほどに、文化産業の歴史的必然性を研究していたのである。それは良くも悪くもないこと、ただそれこそがわれわれの現実なのだということを、われわれに分からせたのだった。私には、彼がマイク・ボンジョルノとかリータ・パヴォーネの現象に立ち向かう際には、聖トマス・アクイナスに関する研究に劣らず、力を傾注したように思われる。

エコは或る種の〝軽さ〟の印象をわれわれに与えていたとはいえ、同じ分析的言語を用いていた。もちろん、研究されたテーマはそういう外見をつくりだしていたのではあるが。注意すべきは、この研究者が当時、こういう内容を〝真剣な〟注視対象として通させるべく苦心したという事実だ。逆に、まさしくこの点では、洗練された知性と交わした彼の緻密な闘いを発見できるように思われる。

いかに安直に見えようとも、こういう前提から出発しさえすれば、エコの首尾一貫性を理解することができるであろう。この首尾一貫性から信頼性が生まれる。『バラの名前』とか『フーコーの振り子』の成功を保証したのは、メディアにおける現前そのものの賢明な調合、抜けめのなさなのではない。こういう幸運に意味を与えたのは、文化的態度における真正さへの趣味なのだ。エコはお喋りからは離れている。強調すべきは、彼の計算がどうあろうとも、知性や真の賭けであるという点なのだ。われわれのひけらかし行為に関してメディアがつくりだしうるすべてのこと、それは、この行為をひどく単純化することである。だが、エコはこのことを知り抜いている。彼はそういう少数者の一人である。

シルヴァーナ・カステッリ

彼は何年もの間こんなことを私的に教えている——折り紙付きの成功はいつも保険、言い換えると、再保険と結びついている、と。したがって、ウンベルト・エコにとっては、二十世紀の偉大な伝統がすでに体験した、語り、言述、思想のあらゆる冒険を含むもの以上に、安心させる場所は存在しないのだ。これらの冒険はみな高く評価されているし、さらに評価されることになろうから、それらにはどれほどの資本だろうと投下してかまわないのである。

むしろ、〝暗い〟思想——言われるや否や、すぐさま違反と規定されるようなもの——にペンを突っ込んだり、否定的なものを追い求めて頭から跳び込んだり、危険を無視したりするといった見せびらかしをやればやるだけ、それはより一層安心させることになるのだ。

物語の行程、伝統および実験によるそれら行程の複雑な織り込み——こういう露出にあっては、前衛によれば、テクスト（織物）は被告であると同時に裁判官であるし、そういう裁判にあっては、自分のさもしさも苦痛のすべても、限界もヒロイズムも（いかなる確信もなしに）自らさらけだす——を、彼ほど知悉している人は少ない。かつてはこういう冒険や違反はスキャンダルをかもしたのだが、今日では、それらの生命ではなくて、計画、内容、反響（エコー）そのものを回復させることのできる人は、励みとなるのである。

エコが「神は死んだ」という二十世紀の思想に伝統的な語りという実体を付与することに堂々と出

発したのも偶然ではない。見事な石の修道院はそれの具体化された表現――実体――にほかならない。他方、違反は図書館の中に隠れている一冊の本の中に含まれた、人間の思想にほかならなかった。その図書館も迷宮として、できるだけ文学的な割り振りをもって組み立てられているのだ。しかも迷宮は（みんなは『バラの名前』を読んだ今となっては、誰でも知っていることだが）〝怪物〟を住まわせたり、ごまかして閉じ込めたりするのに優れて指定された場所なのだ。したがって、違反はこのごまかしの中に含まれているし、ごまかしは今度は、神性のモニュメント‐実体の中に含まれていることになる。

エコはフーコー（『振り子』のそれではない）をよく読んでいたし、それゆえ、学説が個人を〝言述〟に服従させることを完全に知っており、また「言述の社会的な横取り」をも知悉しているのだ。だからこの場合には、所有権が移行するのである。悪魔のように盲目な修道士から、抜け目ない〝ブルジョアの〟修道士――少々教師、少々シャーロック・ホームズめいている――へと移行が行われるのだ。

こうして、西欧思想の最大の〝ドラマ〟の一つが教育的な一つの大きな遊びと化したのであり、ここでは、もはやいかなる非神話化も抹消も垣間見られず、ただ純然たる還元が見られるだけなのだ。この還元は少なくとも二つの結果を得た――(1)ドラマを追い払うことにより、これを時代の陰気な光の中で、しかも、しばしばポストモダンの知性の電光をもって見せた。(2)スキャンダルと博識、違反と消費、のそれぞれの間の共存を可能にすることにより、収益の多い再認形式を手に入れ、読者との鉄の契約を結んだ。とどのつまり、この読者はもはや〝偽善者〟、〝同類〟、〝兄弟〟ではなくて、消費者、依存者、従属者なのだ。

この契約に基づき、読者はまた、物語のありうべきすべての場所の概観、言葉の虚構(コミュニケートするのをもっとも保障しているところに、実は真相を隠すことにより、その痕跡を失わせるに至っている)——第二の小説の中身——を旅したのである。ここでは否定という表面上の冒険や、イデオロギー的・言語的陰謀の場としてのテクストが、最大限のありうべき通俗化と組み合わされたあふれる博識によって圧倒されている。だから、神の名において若干のページが満たされうる、などとは誰も想起しなかったのである。

エコはすべてを知っているから、知悉していることなのだが、冒険譚というものは決して予見できず、模倣不能でもある物語の冒険へと変形されなければならないのだ。ちょうど、物語のエクリチュールが——作家の大小を問わず——エクリチュールの物語と化するのと同じなのだ。小説の陰謀、これこそがこの本の中に痕跡を留めていない唯一の陰謀の内密の定式なのである。

フランコ・コルデッリ

『バラの名前』の成功は自然な成功ですが、『振り子』のそれは、私見では、予見されたものです。自然な成功というのは、当の小説が一人のインテリによって書かれていましたし、こういう生理的な成功はオリアーナ・ファッラーチの『ひとりの男』と同じく、国際的なものだからです。

エコはインテリや作家たちの注意を小説へと動かしました。『バラの名前』は物語のエクリチュールを再興することに衝動と是認を与えたのです。これが良いことか悪いことかはまた別の問題です。第二のこと。それはエコが一種の中間身分に余地を切り開いたことです（以前は、片方にはいわゆる文学が、他方には通俗文学があったのです）。エコは質のベストセラーと言われるこの第三の道を生みだして、個別作品の本質をより曖昧にし、解読しにくくしたのです。

ディアーナ・デ・マルコ

でかした、よくでかした、とみんなが囃し立てています。でも、私には気に入りません、作家としてのエコは。

彼は頭が良すぎるし、自分の教養をあまりにも冷静に弄んでいるから、私は好きになれないのです。洗練された、無敵の記号学者として、彼は言語が情緒に取って代わりうるものと信じているのです。ですから、彼の言葉遣い、彼の実験室の統辞法は私の血を凍らせるのです。彼の小説は推理小説でも、叙事文学でもないし、ロマンティックでもありません。

チェーザレ・デ・セータ

『バラの名前』が世界中で絶大な成功を収めたことは、あまり熱狂的な読者ではない私の目には一つの謎である。だから、奥底にある私の当惑を解明するのがよかろう。エコには、洗練されていると同時に、推理小説の周知の文学的技巧で構想されている、一つのストーリーを物語るための道具がすべてである。彼はこの機械を知恵と知性をもって組み立てたのであるが、私は個人的にはそれに魅惑されなかったし、納得がいかなかったのだ。その理由は簡単で、おそらく月並みなもの——彼の透明な文体にはそれと分かるアイデンティティがないこと——によるのであろう。私のようにいささか古風な考え方をすれば、テクストの品質はひと目で見分けられ得なければならない。

私の見るところでは、エコはなるほどいろいろの優れた特質の持ち主であるが、シャーシャの一句とか、カルヴィーノのほんの一行とかですぐにそれと見分けられるような、一種の〝サムシング〟を持ち合わせてはいないようだ。だが、私的に私が完全に説明できることは、エコの文体を判断する際に読者として私が乗り気でないのは、以下の事実を考慮していないからだという点だ。つまり、現代のコミュニケーションの世界はまったく違った他のもろもろの影響(テレヴィジョン、フォトストーリー、推理小説、等)を受けてきたのであり、エコはこれらを完全に知り尽くしていて、これらを自分の欲求にうまく屈服させる術《すべ》を心得ているから、私の当惑をすっかり無邪気なものに思わせてしまうほどだ、という事実である。

それにしても、アメリカ人や日本人、セルビア人やクロアチア人、フィンランド人がこれほど深く洗練されたイタリアのストーリーに迎え入れられたという事実は依然として謎である。エコのアイロニーは第一のテクストでは明らかであるし、第二のテクストでは率直に言ってそれは消失しているから、この作者が今やより野心的な決闘にあこがれているのではないか、と私には気掛かりだ。一介の単なる読者に過ぎない(ほかの者ではない)以上、私の考え方はほとんどまたは全然、重みがない。

けれども主張しておきたいことは、めいめいが自分の意見を持って然るべきということだ。エコとの関係に関しては、私は一九六四年から彼を識っている。私はボン大学の奨学生だったのだが、美術史の国際会議に出席していて、エウジェニオ・バッティスティが私と彼の二人の学生オリエッタ・スピリトとエレーナ・カチャーリ（かわいそうに、航空機事故で死んでしまった！）に、フランクフルトの書籍見本市にちょっと立ち寄るように勧めたのだった。私はエコに対してすぐに好感を覚えた――彼の活気、彼のエスプリ、彼の飾り気のなさに対して。こういう性質は、誰でもセンセーショナルな成功を収めれば一変するはずなのに、エコはずっと変えないままできた。当時から以後、数年の隔たりはあるが、私はエコと何回も会った。一九七六年、私が合理主義建築に関するヴェネチア・ビエンナーレ展の準備をしたときには、ウンベルトは開会式のために、彼一流の節をつけて、私に『彼女はカナダに小さな家を一軒持っていた』という調子のよい甘美な小曲を献じてくれた。これは『彼女は連邦区に小さな一軒家を建てた』（*faceva una casetta piccolina al federal*）というカセットになったし、ここでは彼は私の名前（Cesare De Seta）と展覧会のテーマにしゃれをかけていたのである。

エコは美声だし、剽軽《ひょうきん》な空想力を有しており、ばかみたいに興じている。リータ・パヴォーネやマイク・ボンジョルノに関する彼のいくつかのエッセイは、ここ三十年間に書かれたうちでもっとも楽しいものに属するように思う。彼は貪欲な読書家であるが、教養に富んでいる。最後に言及しておきたいのは、彼の同僚（私が、エコと同様にすごく尊敬している人物――美学者のエミーリオ・ガッローニ――）についての、もっとも打ち込んだと言ってよいような会話の中で、彼が私に示した敬意のことだ。

現代の諸問題についてのコメンテーター、万人に知られた作家としての彼において、私に納得がゆかないのは、彼に多くの分野に足を突っ込むことを可能にしている曖昧な背景である。だが、曖昧さが現代社会の一つの条件であることは周知なのだから、エコが現代の欲動の緻密な解釈者であることに疑いはない。

ジューリオ・フェッローニ

エコのロマンチックな成功はもちろん、悪魔的な陰謀‐合流のたまものであり、これによって、質問から示唆される他のもろもろの一切の動機づけ、他のすべてのありうべき原因、結果、理由、動機、説明もろともが、凝固され、爆発させられたのである。

他方、こういう悪魔的な布置のせいで、彼の勝利を可能にした成分・材料の一つ一つの正確な役割を区別することがひどく困難になっている。もちろん、『バラの名前』の第一の成功においては、偶然が大いなる役割を果たしたのだった。こういう〝偶然〟はマス・カルチャーのメカニズムにおける主要な動因なのだが、このことを専門家たちは往々にして忘れがちである。

だが、こういう偶然が働いたのも、エコが裕福な社会の中に地球的規模で蔓延している文化的区分の漠然とした或る種の欲求に立ち向かったからこそなのである。ちなみに、彼は広く見られるあこがれ――過去の歴史を何か無関係で空虚なものと見なしたり、われわれの楽しい現在の流れの帯の上で、〝別の〟遠いすべての経験を陽気なシニズムで平らにしたりしようとする（こういうすべてのことは、記号学者、過去と現代の歴史家としての、彼の権能で保証されている）――を満足させたのだった。
次に、『フーコーの振り子』では、その錬金術‐秘教‐エルメティズム‐オカルト、といった主題群も示しているように、エコが払ったのは、最高の錬金術師・職人である、悪魔への然るべきオマージュにほかならない。

カルロ・フルッテーロ

エコの成功には興味がありませんし、彼の本を読んだこともありません。こういう現象の誘因は文化人類学にかかわるものです。五十年後には習俗の歴史家たちがこの現象を説明してくれるでしょう。

ファビオ・フェルゼッティ

はっきり言って、（本物にせよ、作られたものにせよ）〝エコ現象〟に付随した呆然たる状態に私はびっくり仰天している。
たぶんかなり以前からわれわれの知らなかったことなのだが、われわれの知的権力機構全体のうちで、エコはもっとも旅行した人物、言語、文化、ミクロ文化にもっとも馳染んだ人物だったし、したがって、語のもっとも広くて肯定的な意味での〝市場〟とそのメカニズムを彼はもっとも奥深くまで親しく知り尽くしていたのである。

そして、彼を読んでいながら、われわれはおそらく数年来——少なくとも『ささやかな日記帳』から以降——気づいてはいなかったのであろう、彼がエッセイ的な書き物と物語、ジャーナリズムと研究、博識とコミュニケーションをうまく混ぜ合わせる術《すべ》を心得ているということに。

私にはいわゆる〝スキャンダル〟を見ることがほとんどできないのだ。

中世哲学や通俗文学についてのかくも長期の綿密な取り組みが、むしろどっしりとした痕跡を残したであろうことを予見するのは、容易だったのではなかろうか。

その結果は全員の目の前にある。それは語りの真の気まぐれなのか、それとも知的な粘っこい構築の産物なのか。しかし、よく考えてみると、これの回答は私にはどうでもよいことに思われる。

ナラトロジー学者から(大衆の)語り手へという移行のほうが、それ自体はっきり言って、より興味深いことである。もちろん、連載小説家たちのそれよりも洗練されているエコの小説は、故意に標準化された彼の文体にもかかわらず(あるいはおそらく、そのおかげで)〝中間〟の勝利なのだ。とにかく、読み書きを無数のありうべき読者のために多層化するというのが彼のいつものやり方なのだ。悪くはあるまい。

たしかに、こういうパッチワーク——そして或る面では再生羊皮紙——の相こそが、ジャン゠ジャック・アンノーの映画『薔薇の名前』には欠如している点である。

アンノーは縮約せざるを得なくなって、すっかりより分け、故意に表面的なものにしたのだ。プロット、アクション、キャラクターは保持したが、残余のもの、つまり、隠された意味、暗号化されたメッセージ、等は脇にどけたのだ。だが、われわれはこういう残余のものがそれほど大切だと思うのであろうか。おそらくこの種の態度にこそ、この映画に対してのイタリアの数多《あまた》の批評の呆然たるありさま――これまた驚かせるばかりか、苛立たせもするのだが――の原因はあるのであろう。

きっと『ランスロットとグイネヴィア』を期待していた人もいたのかも知れないが、明らかなことは、むしろジェームズ・ボンドを期待する必要があったということだ。多くの人びとは裏切りだとか、〝低級で〟商業的な読み方だとか、とがなり立てた。だが私には、アンノーの脚色は本にぴたり合致したものに思われる。〝原作者の〟映画を期待するのはばかげていた。映画が〝機能する〟のはなぜか。それは大修道院のような、閉ざされていて、入り込めない世界の中に、バスカヴィルのウィリアムとアトソンというもうすでに〝現代的な〟二人――ある意味ではわれわれの代弁者であるし、観客の代理人でもある――を送り込んでいるからなのだ。ウィリアムは中世の修道士なのではない。彼はコナン・ドイル（や他の多くのもの）を読んだモデル読者なのであり、たぶん、それらをあまりうまく思い出しはしないのだが、それでもとにかくそれらを読んではいたのである。

ですから、映画の大成功に驚く必要はまったくないのです。取り合わせのルールを私たちが認めるなら、この成功は当然のことだったのです。広く流布している〝国際的な〟（これはよくない語ですが）いろいろの取り引きからして、今回の大成功に立腹するのはばかげているでしょう。書物同様、映画も素晴らしく送り出された商品ですし、実際、何らの危険も犯さず、いかなる冒険も犯したりはしないのです。また、誰も彼にそんなことを要求したりはしませんでした。ウンベルト・エコにそんなことを要求した人はいなかったのです。

リヴィオ・ガルザンティ

……友人の編集者は、『振り子』の原稿を読んでから言ったものです、「この小説の後では、どの文学も古めかしく見えるだろう」と。もちろん、これは逆説です。パンパローニが（ガルザンティ社の『文学史』の中で）『バラの名前』は文学の墓石だと言っているのも、一つの逆説です。偉人という者は極めて強力な創造の原動力《エンジン》を持っているに違いないのです。これはエコにもぴったり当てはまりますし、エコははなはだ強力なエンジンを持っています。もちろん、量は質を形成するのには不十分ですが、しかし量がなければ、真の質、大きな規模に到達するのは困難です。エコ本人の証言によると、この作者は自ら多くのページを捨ててしまったとのことですが、このことは私には好ましいことなのです。今日、世の中の作家で、ごく安直な構造をしたベストセラー――アメリカ式であれ、イギリス式であれ――に堕することなく、五、六百ページを牛耳るような人がはたしているでしょうか。

ルッジェーロ・グアリーニ

エコは一般傾向のもっとも目立った実例だ。私見では、今日、世の中の人びとはかつてのように、娯楽とか、感動とか、どきどきするとかのために、または人生は何かを理解するために読書することはもはやなく、それはただ学校風の教育を受けるためだけなのである。エコの本はこういう役割を顕著に引き受けている。彼の本は紙による筋立てであって、それは振動がなく、機械的であり、真のサスペンスがなく、外的、表面的である。

問題は文学の役割である。私は手始めに初期の冒険譚を読み出し、連載小説、『モンテクリスト伯』、『三銃士』に至り、それから、ヴィクトル・ユゴー、さらにはドストエフスキーやトルストイへと進んでいった。よく徹夜したため、半ば眠った状態で学校にたどり着いたこともある。どうしてこれらの本を貪り読んだかというと、時間を燃焼させて、急速に、生の問題的な局面の若干を把握する方途を私に与えてくれたからである。一例を挙げよう。

私はイエズス会の学校に通っていたし、ブルジョアの家族の中で生活していた。支配的な文化が私に教えていたのは、善悪は分離された実体だということだった。ところが、『罪と罰』を読んでみて、犯罪性と健全さとの境界がはなはだ薄いことを発見したし、この発見は私を狼狽させたのだった。文学の力は、共同の信念、ごく当たり前のことに対して、激震を与えることにある。

幼時から私が受けた教育では、愛は結婚とともに終わると言われていた。ところが『嵐が丘』を読んでみて、私は恋愛‐情念という計り難い要素が存在し、これが陶酔させるとともに破滅をもたらしもしかねないことを発見したのだ。こういう悲劇的な愛の要素は、学校でも、家庭でも、私に教えられなかったのである。

私の世代の人びとに文学が授けてくれた機能とは、このこと、つまり、時代のイデオロギーや順応主義を超えて、真理に接近することにあったのだ。

逆に今日、人びとがエコを読むのは、それを読んだと言うためなのだ。今日でも、自ら学ぶということが流行している。『バラの名前』はどんなばかに対しても、社会学に関する四つの概念、中世に関する五つの概念、少々の芸術史をも（なにしろ、この小説の中では大聖堂も話題になっているからだ）手っ取り早く取り戻させてくれる。また同時に、推理小説的な要素……も存在している。要するに、とりわけプチブル（中産階級）の人びとに、最小の努力で、高等文化に接近できるとの感じを与えるような、流行の一切合財が存在しているのだ。

『振り子』は文化的な諸要素の寄せ集めであるが、私見では、『バラの名前』のほうが成功しているように思われる。

ジュリア・クリステヴァ

『振り子』は小説ではなく、通俗的なもろもろの理論の混ぜ合わせです。その意味は何か。何か計画があったかどうか、私には分かりません。たぶん、無意識な計画が私には想像できるのですが、実際にはそんなものはないのです。とにかく、エコは退屈さの鏡を公衆の前に置いたのです。人びとは退屈していますから、彼らの生活、彼らの性的不満の反映である、退屈な小説に出会うのが嬉しいのです。ウンベルトの才能が垣間見させてくれるのは、この退屈の背後にある謎めいたものなのです。彼は読者にこう言わんとしているかのようです――《君の退屈さは小説の中で退屈を覚えるのと同じだ、でも背後には絶対があることに注意しなさい》、と。おそらく、いつかは〝賢者の石〟がこの本の中で見つかるだろうことを私はお約束します。

エコに対しての私の希望は、こういう結果が自然なものではなくて、現代世界の退屈さを弄ぶ一つの戦略であって欲しいということです。とにかく、この本は個人的な不如意の指示器なのであって、それは快楽を話題にするというよりもむしろ、死を忌避しています。多くの人びとにはこういう死への強迫観念が存在しており、これはときには花火を贈ってくれることもありうるにせよ、はなはだ心理を抑制させているのです。なにしろ、それは《私は悩んでいる、私は愛している、私は感じている、いろいろの色彩や音が存在している》と言うことを許さないからです。

ガブリエーレ・ラ・ポルタ

疑いもなく、これは異常で、ユニークなケースです。

これは多くの判断カテゴリーを見直させますし、私自身も自分のもろもろのカテゴリーを再考してみました。エコはもろもろのメディア（もっとも普及しているが、多くの面で私たちがもっとも知らないテレヴィジョンというメディアをも含めて）を文学と関連づけることを教えてくれたのです。彼は六〇年代の、六八年から、ほかのインテリたちには見当たらないような、例外的な先見の明をもって、そういうことをしたのです。

二つの小説は互いにひどく異なります。私には八〇年代の最良の小説に思える『バラの名前』は、読者に筋組み、冒険、陰謀の意味を融和させています。こういうお金は、私たちの多くの小説家――もっとも有名な小説家でさえ――も、もう使うことができず、また使ったこともないものです。

はるかに複雑な本である『振り子』の読者にも、同じ感じは付き纏うかも知れません。これの真の意義に近づくのには骨が折れます。ある小説を話題にした小説の（かなり見馴れた）メカニズムが存在するだけではありません。この小説を生み出した意図にかかわる、より深い何かが存在するのです。つまり、エコはありうべき究極の小説を書こうと欲したかのようです。ただし、この〝究極の〟小説は、未来、未来文学との話を切り開くのでしょうか、それとも、一つの季節を永久に閉ざすのでしょうか。

ジュゼッペ・リシャーニ

『バラの名前』の成功は鋭敏さと建築的能力とを兼ね備えた作家によってつくり出されたものです。彼は得ようとした産物をよく心得たうえで、もろもろの成分を調整し計画したのです。まずまずの学識の深み、広くて多彩な教養の布置の中で、推理小説的なプロットを展開させるというのは、見事なアイデアです。

実際、当初の百ページは出版社の観点からすれば、確かに一つの危険となり得たのです。はなはだ読みにくいものであるし、もちろん、退屈させるようになったかも知れないし、読者を意気阻喪させたかも知れません。ところがそうはならなかった。おそらく、これら狡猾極まる百ページ（『フーコーの振り子』をも参照）はそのように意図されていたのでしょう。なにしろ、これらのページこそが本書の成功をなし遂げるのに寄与したのですから。

しかしながら、よく考え抜かれた賢明なこの構造のうちに、エクリチュールの効果やインスピレーションが欠けているようには思えません。これらの成分がなければ、この成功はきっとはるかにはかないものとなったでしょう。ときには読者も――批評家同様に――間違いを犯しますが、でも一般には、そんなに長く騙され続けたりはしないものです。

ひっきょうするに、ウンベルト・エコによってなし遂げられた作業は、私には、高レヴェルのものに思えます（その理由は、小説というものは程度の大小はあれ、常に、計画と戦略との産物だと私が確信しているからでもあります）。

でも私が不満なのは、私の編集による子供のためのシリーズ――《あったこと、なかったこと》――の中にエコがまだ著者として登場していないことです。このシリーズでは、モラーヴィアから、マレールバ、サヴァティーニ、等に至るイタリアの大物作家たちが登場することになっているのです。このシリーズのためにウンベルト・エコに執筆することを「リナシタ」誌上の記事で今は亡きルーチョ・ロンバルド・ラディーチェも公けに要請していたのです。エコが『バラの名前』でストレーガ賞を獲得した年に。

セバスチャーノ・マッフェットーネ

私は哲学者ですが、『バラの名前』は私が書評を書いた唯一の小説です。私はそれが独特な社会学的価値をもつことをすぐさま理解したのです。

この小説が成功を収めた理由はいろいろあります。第一は、エコがコミュニケーション、つまり、書物を読者に到達させる方法を研究したことです。これはどの作家にも当然な願望ですし、彼は自らの専門的な知識をそれに付加したのです。

第二の理由はより微細で、あまり寛大なものではないかも知れません。エコは読者を高等文化、上級文化の特権世界に入らせようと試みたのです。もしこの仮説が本当だとしたら、この試みは周知のものですし、「エスプレッソ」誌の古いメッセージ――色目使い――ということになりましょう。

第三の理由。エコは構成の仕組みを知悉しているのです。小説の初めの百ページで、私は他の作家たちからの引用を五十個所も発見しました。ヴォルテールの二ページ、次にディドロー、もちろん、アリストテレス、聖トマス・アクイナス、コナン・ドイル……も。まさしくミックス・サラダそのものです。ですから、彼は非人格的な作家……ということになります。彼の小説はみんなに周知の、聴いて心地良くさせてくれる古歌のようなものという結果になります。

最後に。エコの小説で常に中心になっているのは、自由、人間の表現力というテーマであり、あらゆる権力――いかなる隠れた力――に対してもこの自由と表現力を防御することです。二年前の書籍見本市でなされた講演でも、同じテーマを取り上げていました。私は同感ですし、同感せざるを得ません。私とても、合理主義、とりわけ、笑いの側から、こういう隠れた権力に抵抗しているのです。

ルイージ・マンコーニ

エコの場合に決定的なのは、作家の教養を確証するばかりか、読者に満足感を与えもする博識の提供を目論むというやり方である。こういう提供は新聞連載小説の手続きとよく嚙み合わさっている。つまり、エコは低俗文化、美食術（漫画からジェームズ・ボンドに至る）についての、もっとも有名な学者なのだ。彼はまた、もっとも重要な記号学者の一人でもある。こういう二重の理由から、彼は低俗文化と高等文化、アウグスティヌスとジェームズ・ボンド、漫画とソシュールの言語研究が完全に結びつくようなメカニズムをつくりだすことに成功したのである。

最大限の神学的博識を機械にインプットして、哲学的思索を冒険や、プロットに翻訳させるというのだから、実に卓見というべきだ。

しかし、この現象を説明できる理由はほかにもある。ある文化の普及段階では、現下の心性をもっともよく表わしている産物が求められるのだ。最近では、大きな経済的ブームに応じて大きくなった非文盲化の動きは、オスカール・モンダドーリや、『ブーベの花嫁』〔カルロ・カッソーラ（1917—1987）の作品（1960）〕においてはっきりと表われている。言い換えると、レジスタンスから二十年も経っていないのに、レジスタンスに関する大衆小説の大作が現われたのだ。

この二十年間には、イタリアではこの大衆小説がますます普及したから、中身の点でももう少し洗練された大衆小説が必要となったのである。

　第二の大きな非文盲化の動きは、エコの小説をめぐって（またそのおかげで）到来した。この時機にはTVというベストセラーがもっとも急激に台頭し、ピッポ・バウド〔イタリアのタレント〕がイタリア半島のもっとも強力な文学批評家となっていたのだった。こういう状況に呼応して、エコの書物は良質なベストセラーの代表となったのである。

フランコ・マリーニ

文学の部屋を、それも夏のヴァカンスの数日間だけ訪れる、私のようなディレッタントの読者にウンベルト・エコが贈るのは、どういうメッセージなのでしょうか。このメッセージにおいて私が見いだすのは、手術の不安さと、世紀末のこの時を待つ感じである。

　繁栄しているが不安なわれわれの〝第一世界〟においてもそうだが、エコが象徴的に代表している文学においても、われらの文明の経過が次々にわれわれの家、われわれの事務室、われわれの修道院、われわれのアカデミーの地下室の中に送り込んだ、経験と感性の――技術的にも知的にも洗練された――貪欲かつ発熱状態の再来が見られる。

　エコの筋立ての魅力――理性的には私はこれとは個人的態度でも職業上でも隔たっているように感じているとはいえ、すっかり虜になったことを告白しておく――がどこにあるかと言えば、それはおそらく、歴史、われわれの想像界のほうにより一層属している素材を折衷主義的・偽造的に再現したこの仕事にあるのだ。

この意味では、私見ではエコがイタリア文学において果たしている役割は、われわれの社会――技術的・物質的な騒然たる革新にもかかわらず、倫理的・道徳的・市民的価値の一新された世界を練り上げるというテーマではやや停滞しているかに見える――の一般的努力や、一つの高級な世界――目下開かれつつある時代において初めて、世界の南北、富者と貧者、有職者と失業者、〝強者〟と弱者、文士とアマゾンの〝原住民〟といった、地球的規模の諸問題を考慮しなくてはならなくなるであろう――に協力しているように見えるし、そしてどんなに微分化されていようとも、もはや偏することはあり得ないような回答を見いだしているようにも見えるのである。

とどのつまり、エコも自らの仕事にしている一つの努力は、イメージや幻影に肩入れしている現代に足場を据えながらも、われわれみんなが猛烈に引き込まれようとしている現実や、生の充満の中に、真実を探し求めようと目を配ることなのだ。

ニコラ・メーロラ

『バラの名前』の出版は、解放的な効果、言わば、受けを狙った複雑極まる筋の展開におけるハッピーエンドみたいなものを生みだした。つまり、開かれた作品や読者の協力に関する所説のせいで、作家の役割を減少させ、その至上権なる幻影を嘲笑している主たる責任者の一人として通ってきた人物の、まさしく悔悟となったのだ。より精緻な言い方をすれば、決定的な無数の試練への超人的な克服や、常識に対しての無鉄砲な男の最終的勝利……となったのだ。

エコの語りの例はだから、先在の小説の痕跡の中に挿入されうるし、そして、それは記号学者、中世学者、利発なジャーナリスト、推理小説や漫画の非順応主義的な読者、美学研究家、政治的には偏見がなく、文化的には前衛に立つインテリ、現代の論争の腹話術師、私生活のない流浪的聖職者、純粋の理論的空想力、冷笑的知性――遠く隔たった専門の力を生かして今日の三面記事や習慣に切り込む能力という、概括的な結びで終わる――の、その公的なイメージの散乱したもろもろの含蓄を、個人的な説明として、積み重ねているのである。

アルベルト・モラーヴィア

エコに対しては友情と好感を抱いています。私たちは出会うたびに抱き合って挨拶をします。私は彼の成功には意味があると思っており、このことを悪く言う人はその成功の本質が分からないのです。エコは教授とダブった作家ですし、彼の文化的な作業は興味深く、彼の国際的な成功もこれで説明がつきます。

彼の散文は共示的というよりも伝達的です。高度の伝達可能性は、その作家が有能極まる教授であるという事実に負うています。でも、私は彼を縮小したくはありません。『振り子』はモスクワで一息に読み通したのですが、これはその内部に小さな小説を含んだ偉大な大学講義です。同じことは、エコが大学の教養を想像力と融合させた『バラの名前』についても言うことができます。誰でもがこういう本を書けるものではありません。エコは二つの情念――推理小説へのそれと、中世へのそれ

——をもっていましたし、ここから、彼の成功は生まれたのです。『振り子』にはより大学的なものがあります……。小説的な部分が文化的な部分よりも小さくなっています。とにかく、それは成功に値するものです。

一つ大事なこと、それは、エコの成功がイタリア文学の成熟度を示しているということです。イタリア文学が成熟するには、多くの作家たちや多くの可能性が必要なのです。チターティやマンガネッリだけにお気に入りの作家たちや可能性だけとは限りません。

セルジオ・モーリコ

私が思うに（そして文化オペレーターとしての私の経験が確証してくれたのだが）、イタリアにはエリートの文化と大衆文化との間には（克服し難いと考えられてきた）差異がいつも存在しているようである。片や少数の特権者たちを対象にした、洗練された書物が、片や一般的消費のための産物が。これは映画でも生じたのであって、「私が（芸術的）作家を生みだすか、それとも儲かるものに目を向けるか」という（偽りの）ディレンマで麻痺させられてきたのである。

エコは逆傾向のもっとも目立った兆候なのだ（そのせいで、彼はあれほどの成功を収めたのである）。彼は知性が高く、洗練されており、百科事典的であることができると同時に、二千人の決まった愛読者以外の公衆を狙うこともできるのだ。彼がやったように、自分のレセプションを拡大するのは危険ではないのか。こう考えることができるのは、悪意のある人か、嫉妬深い人か、あるいは真に地方的な人か、のいずれかだ。
もちろん、俗化の危険は潜んでいる。だが、エコの場合がそうだとは思われないし、彼は小説を書くとき、いつもコミュニケートする熱意――彼のエッセイでも見せていたもの――を抱いている。だが、彼は流動的効果のためにコミュニケーションのレヴェルを決して低下させたりはしない。それどころか、嫉妬深い人びとも（彼らの感情が台なしになることを分かりさえすれば）、地方的な人びとも（彼らが昔からアルバジーノによって勧告されたキアッソへの旅行をとうとうやることに決意しさえすれば）、いわゆる〝エコ事件〟を研究することにより、いろいろのことを理解できるのである。

傑作をつくるためにはどうしても自分の臍《へそ》について話さなければならないわけではない。小説の力は、創造することのできる読者たちにも潜んでおり、なにも刺激することのできる（しばしば水先案内的な）書評だけに潜んでいるとは限らない。もしもイタリアのきちんとした数々の作家たちがエコと同じように〝敢行〟したならば、おそらく、われわれは第一には言語上の、第二には文化上の、独特な孤立から解放された、より閉ざされざる文学をもつことになろう。

エコが書いている言語は、疑いもなくより国際的な言語――翻訳されることをあらかじめ想定している――である。彼の教養とてもまた、われわれの城砦（傲岸にもいつも吊り橋を降ろしてきた）の囲いを超えている。

ロベルト・ムッサーピ

エコの作品は多くの面で評価に値するが、しかし、一つの文学作品が評価に値するという観点からではないのだ。彼の作品は想像力に由来するものではなくて、無に関しての疲れさせる操作に由来している。つまり、それは原型や廃れた状況についてのたいていは無意識なノスタルジーから習慣的に汲み上げているのだ。

だが、そういうノスタルジーに真剣に立ち向かってはいないし、失われた世界を再現してもいない。そういう世界についての紋切り型で幻想的なイメージを微笑しながら呼び起こしているのである。

一方では、バレストリーニ（つまり、ただの一冊の本も書いたわけではなく、絶対権力を行使しているせいで、作家と自称している人）、他方ではフリオ・コロンボ（つまり、六〇年代に始まった、ひどく過剰評価された悲しい文化現象のマネージャー魂）を含む一群の中の知的頂点をエコが成しているのも偶然ではない。

レンゾ・パリス

エッセイを書くとき、残るものは、披瀝した考えの明晰さとか、たぶんぼんやりした考えを取り出す見事さとかによる、内面的な喜びである。

エッセイが成功するのは、読者が読んで〝啓発された〟と感じ、そのことを喜ぶときである。見事なエッセイの読書からくる喜びは、そもそも何からきているのだろうか。もちろん、エッセイストのもろもろの考えと一致でき、それらの考えがすべて、読者にとってはすでに自ら考えられたこと、すでに舌の先にあったことのように思われるという事実から成っているのだ。要するに、エッセイストの明敏さと知性が称賛されるのである。

逆にエッセイストが難解な書き方をすれば、読者が参照するのは、見事さや知性といった概念であろう。ウンベルト・エコは実に多くのエッセイを書いてきた。

読者が前にするエコのエッセイストとしての自我は、読者のそれよりいつも少しばかり上だが、決してものすごく上ではない——危険な格差を生じさせないためである——から、読者は自分と同じような性格、つまり、自在さ、正気、知的放蕩さ、偏見のない、世俗的で、批判的な眼《まなこ》を再発見することになる。大学時代から〝ミネルヴァの小袋〟〔『エスプレッソ』誌上のエコのコラム。〕に至るまで、エコの調子は変化していない。

それは彼の、神学生的な自我なのだ。彼はいつも客のことを、とくに研究者たちよりも学生一般のことを考えている。エコはいつも学問のパンを分け与えることに大きな喜びを感じているのであり、ちなみに、こういうことは良き教授は当然なすべきなのだ。

神学生的な自我から華々しく成功した彼の二つの小説に目を移してみても、エッセイストとしてのエコの性格がなくなったと主張するのは難しい。またしても、同じ知性、同じ明晰さ、数多くのページを書くように彼の自我を駆り立てた幼児的な好奇心が見つかるのだ。彼の二つの小説の言わば切り口は、見ない人のそれではなく、エッセイ的である。だが、かつて小説‐エッセイの中で言われていたようなやり方とは異なっている。エコはその物語〔歴史〕を縫いつけながらも、自らのエッセイ的な獲得物にしっかり踏み留まったのだ。

ところで、われわれは或る作家のエッセイ類を別の観点から考察することに慣れてきた。私は〝われわれ〟と言ったが、たとえばモーパッサン、ボードレール、前世紀からプルースト、ビュトールに至るまでの今日の、もっとも重要なヨーロッパの小説家や詩人のほぼすべてに対しての、最高の批評メダイヨンを参照してみるだけでも、十九～二十世紀の全世代というべきかも知れない。

伝統を見ても、小説家や詩人が即興的に批評家になったとき、自我とスタイルに区別がないどころか、異なることを発見したのである。もちろん、プルーストの批評とその小説、バルザックの批評とその作品、のそれぞれの間には関係があるのだが、この関係は一方向的ではないのだ。ところがエコになると、この関係の欠乏ははなはだ大きいから、もはやほとんど目立たないほどになっている。彼の小説は一見したところ、批評家としての自我の語りへの適用のように見えるが、ただし、サント＝ブーヴの『逸楽』〔一八三四年に発表した唯一の長篇小説。〕とその外的な批評的肖像との関係とは違っているのである。

私が言わんとしているのは、ウンベルト・エコの小説の背後に、彼のエッセイスト的、百科事典的知性しか見当たらないとはいえ、百科全書派の人びとに見られたような、燃えるような告白、陽気なポルノグラフィーは存在しないし、〝人格〟は存在しないという点である。デ・サンクティスの古い箴言に従えば、人間ウンベルト・エコの影すらも存在しはしないのである。

彼の趣味、彼の読書、彼のそれらを編曲する巧みなごたまぜの方法、彼の典拠――したがって、正気や知性——については何でも見つかるのだが、彼や、彼の私的な好み、彼の生活、彼の情念に関しては皆無なのであって、それらはあたかもプログラム上でのように、紙の形に留まっているのだ。彼がかくも大勢の読者に遭遇するようにしていたからなのだ、とこれを言い換えれば、きっともっとよく分かることであろう。今日の読者は昨日や一昨日の読者とはひどく異なる。彼らは語り手の知性を最高の天賦の才と見なすようになっているのである。

誰かが彼らにこう言ったとする——バルザックは馬鹿だった、ヴェルガは白痴だった、マンゾーニは冷血漢で、社会‐カトリック王党派の現実主義者だった、と。そうすれば彼らはびっくりして、もうこれらの作家を読みはしないであろう。だが、コンピューターを用いた作家に要求されるのは、ただ抽象的な幾何学的構成だけである。では、エコは軽薄なのか。私にはそうは思われない。したがって、新しい読者は百科事典、クイズを好むのであり、情報蓄積を自らの知識で見定めるのである。

『振り子』が出版されたとき、「パノラマ」誌上でのインタヴューの中で、私は小さい文言で言い逃れをした。〃オカルトの虎の巻《ビニャーミ》〃だ、と。もちろん、この小説を読んで、私はひどく退屈を覚えたし、少しばかり頭が変になったのだった。私は『バラの名前』と対照してみたのだが、訳が分からなくなってしまったのだ。なにしろ、情緒というものが一切見当たらず、ただクイズめいたものしかなかったからだ。私はエルザ・モランテの『歴史』を読んだときのやり方と『振り子』のそれとを対比してみて、愕然となった。また、プラトリーニの『メテッロ』や、『レンモニオ・ボッレーオ』については言うまでもない。読者が探し求めているのは、アメリカの数多くの批評家以前に、プルーストのみならず、ムーナンもシャール〔ルネ・シャール（1907-1988）フランスの詩人〕に関する忘れがたい本〔「R・シャールの現況」、『現代』（一九五七年）所収〕の中で言っていたように、情緒なのだ。

私は散文や詩を読むときには、どんなに洗練されていようと、クイズ週刊誌で遊ぶ気にはならない。他方、エッセイストから私が要求するのは、ただ偏見のなさと知性だけだ。私は古風な読者であって、エコの二篇の小説はほとんど全部忘れてしまったが、彼のエッセイ類は何も忘れてはいないのである（これとても私にはひどく衰運に向かっているように見えるのだが）。エコには両面をもったバルトは存在しない。彼はいつも構造主義者のままなのだ。すべては構造主義のせいである。

オレステ・ピヴェッタ

何にもまして、本当のことを言っておく。私はウンベルト・エコに対して際限のない賛嘆を抱いている。そこから出てくるのは終わりのない嫉妬心（「他人の幸福に対して抱く不快感」）であるが、しかしこれはまったく無害である。なにしろ、私には全く力が欠けているからだ。

私がエコに関して賛嘆しているのは、習慣によってすり減らされた方法とか問題をめぐって競うことをほとんどしない、鋭い知性、奇妙なもの——したがって、世界の運命を開示する末世的な単眼鏡として提示されている——への趣向（彼が約二十年前、ミラノ大学建築学部で最初の講義を行ったのもそういうものについてだった。彼は自動車の計器盤、ドアの取っ手、ボタンに関して講義し、拍手喝采を受けたのだった）、とっぴな見方、優しい精神、〔ソクラテスの〕産婆術的なお喋り、原理への拒絶、矛盾への微妙かつ欲得ずくの崇拝、風がどこから吹いてくるかをいつも直感させる嗅覚的な綿密さ、といったものである。

こういうすべての理由から、ウンベルト・エコは自信家であるし、もっとも、聴衆を喜ばしたり引き寄せたりするために迷いを見せることもあるかも知れないが、内奥、深底、心底ではそんな迷いを感じたりはしない人物なのだ。

自信は他のもろもろの価値ある徳の結果であるが、それは現代人、とりわけ、成功者の特徴である。身体的性質（私がエコについて称賛できない唯一のもの）よりも精神的性質のほうが価値があるとしたら、われらが主人公はアルマーニの写真モデルとして登場できるかも知れないし、彼はただ陰喩としてのみ、美男で、背が高く、つやつやしていて、筋肉質で、――また最近では、知性も要求されるから――物思いにふけった、もしくは抜け目のない目つきをした人物の代表とされることだろう。

エコが成功を収めたのは、彼が成功というゴールを完全に設計した、成功人であったからなのだ。彼は六八年の〔革命〕家であるのか、反六八年の人物であるのかといった、思想の臨界（ないし不安定さ）には無関心であって、短気であって、かつ冷淡であり、陰鬱であって、かつ陽気であり、終末論者的であって、かつ保守十全主義者的であり、合理主義者（『バラの名前』）であって、かつ非合理主義者（『フーコーの振り子』）であり、会議主義者であって、かつ君主主義者でもある。彼は二つの段階――「こう言ったからには……認める勇気をもたなければならない」――において展開するレトリックの手続きに従っているのだ。

こういう〝成功の〟イメージとともに、われらの主人公は公衆の前に姿を現わしたのだ。その小説――素晴らしいかひどいかは私は言いたくないが、たしかに（「嗅覚的な綿密さ」は明らか）巧みに趣味や期待を摑み、甘やかし、籠絡し、少しばかり唖然とさせながらも、失望させたり憤慨させたりはせず、概ね逆流（反響ではない）を一切曝くことはなく、（いつも不安にさせる）アイロニー抜きで、正確な時刻通りにマス・プロモーションのレール上を始動している——を通して。もちろん、こういうことは、彼が寄稿している新聞や週刊誌、競合する新聞・雑誌、友人の批評家たち、敵対している批評家たち、の有意義な助力を受けて成功した人物の作品には、当然至極と言うべきである。

みんな——ウンベルト・エコ、新聞・雑誌、批評家たち、編集者たち、等々——は、ますます平板化し無定形になる一方の文化という測深可能な現実の中で動き回ってきた。この文化は先取りだけで満足し、何についても議論せず（またはせいぜい沈黙する）、毒牙によって魅惑され、コンセンサスに教育された読者——なにしろ、彼が頭にあるのはただ一つ、〝成功癖〟だけだからだ——についても議論したりはしない。

アントニオ・ポルタ

……つまるところ、六三年グループの出会い‐衝突から生まれた文学作品が、まさか市場で成功を収め得たとはありそうもないことのように思われる。前衛は市場を、掘り出し物を狙う読者のための、客寄せ文句を付した作品の供給という、軽蔑すべき場所として攻撃してきたからだ……。ヴォイティラが『振り子』について言ったこと——つまり、これがニヒリズムの作品であるという——に私は同意しない。反対に、この作品は人間理性に対しての深い信頼を表明していると思う。だから、この本のフィナーレもひどく重要なのである。

ヴァスコ・プラトリーニ

エコの成功は当然です。なぜなら、彼は昔のことを引き合いに出しながらも、現代人の考え方や生き方を総合的に表現しているからです。

この面からすれば、『バラの名前』は現代社会を代表する少数者の本ということになるでしょう。

ロジェ・ペイルフィット

ウンベルト・エコ? そんな名前を聞いたことがありません。私はマンゾーニに留まったままですし、それゆえに、私のやがて出る小説は『作者不詳《ノンノミナート》』と呼ばれることになりましょう。

ウンベルト・ピエルサンティ

私はウンベルト・エコがコンピューターを使って成功をプログラミングしたのかどうかは知りません。巷間ではそう言われていますが。ただあえて言えば、あらかじめ成功をもくろむのは不可能だと思います。それというのも、成功を決定づける要因はたくさんありますし、読者の反応はなかなか予見し難いからです。逆に、とりわけ第一の小説に関しては、問題の作品の〝構造的な〟、一連の内的要素も、外的な諸要素もともに作動したものと考えています。これらすべての要素のうちのいくつかは確かにウンベルト・エコによって垣間見られ、追求されたものですが、すべてがそうというのではありません。

『バラの名前』は筋やサスペンスを賢明に用いています。これらの要素が大半の読者をいつも魅了しているのです。植物の名称に関してのように、どんなに博学な脱線でも、用語の特別な、〝専門的な〟複雑さにもかかわらず、一息で読めてしまいますが、それは、これらの名称が見事な記述の冴えを見せており（まるで映画の前景におけるように捉えられている、植物の信じ難いような細部のすべてがそうです）、しかも決して衒学的で冗長なものとはなっていません。

イタリア人にとって、エコの散文はむしろ未公開のそれを代表しており、それがはっきり向けられているのは読者たちのもっとも普通な——ただし月並みとか下劣ではない——要請に対してなのです。それに、外的な要因としては、翻訳が基本的なものとなりました。つまり、ひとたび翻訳が開始されるや、まるで最初の水紋から次々と広がる同心円のように、次から次へと跳ね返って行ったのです。

ベニャミーノ・プラーチド

エコ現象は、大衆小説のためにエコが難しい文体、並びに前衛という岸辺を放棄したと非難するようなすべての人びとが考えていることとは違って、説明するのが至極簡単である。五〇年代から六〇年代にかけてのエコの活動の最盛期に、彼はジョイスの『ユリシーズ』のような難しい文体と並んで、通俗小説のような、安直な現実離れした文体のために一つの地位を常に要求してきたのである。

エコのことは六〇年代中葉から識っている。知り合いになったのは比較的最近である。私は十九世紀フランスの連載小説のこれら作家たちの若干を読んだこと、そしてこれら作家に関する彼の論文に偶然出会って、ひどく驚いたことを覚えている。彼は私よりもこれら作家のことをよく知っており、彼らを正しく位置づけ、そして当時から明らかに成功を収めていた彼らの散文を評価していた。エコのこの部分と『バラの名前』との間にはいかなる断絶もないのである。

ただし、彼が作家になるだろうとは私はまったく考えていなかったし、せいぜいのところ、たとえばマイク・ポンジョルノに関しての有名な議論のような、エッセイを書けるぐらいだろうと考えていた。

その後、彼は大当たりの作家となったのだが、その理由は、もちろん彼が自らの成功をもくろんでいたからではない。『バラの名前』は、真面目な教授の気まぐれ、気まぐれな本、として出版されたのであって、彼がコンピューターでプログラミングしたからなのではない（そういう噂が今日広まっているが、これはまったくばかげている）。教養を簡単に手に入れたいという途方もない欲求が広まっているものだから、たまたま彼の小説は中世世界を旅行させてくれることを約束し、その約束を守っただけのことなのだ。これが一つの理由である。『バラの名前』は大いに気に入ったのだが、『振り子』は読むのに骨が折れた。『バラの名前』は〝鉛の数年〟に関する素晴らしい一つの省察である。

エコの成功は他のイタリアの作家たちにも魅惑的な効果を及ぼしたのだが、彼らは嫉妬で心を蝕《むしば》まれているものだから、彼を認めようとしていない。

フランスではエコ効果の後、マンガネッリ、フェッルッチが翻訳されたし、イタリアのものはすべて、主流の産物となった。成功（『バラの名前』のこと）の諸要素が何かと言えば、性急な読者たちにもたやすく教養を飲み込ませてくれるようにしてある、この小説の教養的な骨組み、深みのある文体ではない、一種の安直な文体――反響せず、飾り気がない――、が挙げられる。

私はエコを誹謗する人びとをたいして気にしていない。なにしろ、私に関する限り、エコとアルバジーノに大きな感謝の念を抱いているからだ。五〇年代の終わりに、この二人こそ、イタリア語で、しかもあまり高貴ではないイタリア語ででも書ける、と言った張本人だったからだ。

私は六三年グループ全体のことに言及するつもりはない。彼らは書く術《すべ》を知らなかったし、今なお書く術を知らないでいる。エコとアルバジーノは新しいタイプのイタリア語をつくりだしうることを実証したのであり、しかもこれはつまらないことではないのだ。そういうわけで、たとえ私にエコへの嫉妬心が芽生えたとしても、それを放置することにしているのである。

ジョルジョ・プレスブルガー

エコの成功はいろいろの理由による。まず第一には、大いなる才知でコントロールされた、作家としての彼の人柄。次に、二つの小説では流行の語り成分や話題が完全に調合されている。最後に、エコは中世学に関しての深い知識を開示しており、これによって、さまざまな社会層の読者群に好奇心をそそらせることができたのである。

私見では、ベストセラーになった本は別に悪くはない。ただし、ある本がどうしてベストセラーになったのかは、必ずしも説明できない。たとえば、私のもっとも愛読している本の一冊、『ドン・キホーテ』の出版はすぐさま反応が見られたし、ポウの短篇、バルザックやディケンズの本もそうだった。『振り子』に関しては、『バラの名前』の成功が、この第二作の成功をも引き寄せたように思う。

アメーリア・ロッセッリ

私は『バラの名前』をまだ読み終えていません。この小説はそれほど好きというわけではありません。とにかくあまりにも話題が豊富なので、読むのを中断することにしました。後で判断を下すつもりです。

アメリカで当たりを取った理由は、私には分かりません。四六年以来、私はアメリカに行ってはいないのです。疑いつつも、私はいつも後からベストセラーを読んでいます。カフカでも同じことをしました。私は影響されたくなかったのです。

ジャンパオロ・ルガルリ

総体的に言って、エコは模倣されるべき一つのモデルであり、彼の熱意は絶対に見逃せられないような一つのレッスンです。小説家としてのレッスンとても或る意味では重要です。私が思い出すのは、たとえば、古いルールを尊重した語りの巧みさへの暗黙の喚起です。はっきり言って、第二の〔小説の〕語りはアレッサンドリア気質が強すぎますが、ウンベルト・エコも含めて、完璧な人はいません。他方、こういう彼の誤りを犯す傾向が彼をより人間的で、（二万部を売るために心血を注いでいる）われわれにより近くしており、結果的にはより魅力的にもしているのです。

フェルナンド・サルツァーノ

こんなごみの山が何の勉強になりうるというのです？　説明すると、私がごみだと言っているのは、エコは冗談やおしゃべりを展開するために、カトリックの生活や信条のあらゆる現われを足で踏みつけたという意味なのです。四人の福音書著者たちは彼の手に掛かって、四人の道化師になってしまったのです。ヨハネ黙示録の著者については話すまでもありません。彼は間抜け者の定義をするために例を挙げざるを得なくなって、聖アンセルムス〔(1033–1109)イタリア生まれのスコラ派神学者で、カンタベリー大司教となる。〕とか聖パウロを使っているのです。

ジャン・ノエル・スキファノ

私はフランスでは秘密で拘束されているので判断いたしかねますが、イタリアでならそれがやれます。イタリアではどこでもエコの新著の読者はもう多数になっていますし。このたびの『フーコーの振り子』は、私見では『バラの名前』よりも強力でかつ美しいです。登場人物たちは、世界のオカルト的な知全体を引っぱる捜査を前へ前へと導きます。この巨大な回転は対話の力や、小説の大いなる機敏さで支えられており、この回転がすっかり成就した後には、日本の俳句におけるように、ある丘の美しさが余韻として残ります。ちょうど『バラの名前』では名前が残るのと同じです。夥しい学問、神秘、コンピューターに混じって、この第二作ではエコの前作における以上に多くの情緒が見られます。まあ、とどのつまり、『バラの名前』と『フーコーの振り子』は相補的であることが分かりますし、これらは一種の二部作なのであり、ひょっとして、明日には一種の三部作ができるかも知れません。たしかにエコは小説を組み立てる名人ですし、悪魔的な能力を発揮させているのです……。

エミーリオ・セルヴァディーオ

エコとはしばしば文通してきましたし、「エスプレッソ」誌のコラム「ミネルヴァの小袋」の中に表明された精神分析については彼に若干の異議を申し立てたこともありますが、彼本人はほとんどいつも、私見を受け入れてきました。でも、私は『振り子』を読んでおりません。それというのも、エコの着想源となった素材を私は大変よく知っているからなのです。私がバラ十字会やテンプル騎士団のことを何か知りたければ、〝第一次〟資料に訴えます。エコは私には不要なのです。でも私のこ判断はもちろん、他の読者たちに適用することはできません。彼らは明らかに、エコが大いなる好奇心をかり立てるのに利用した根拠に感動しているのですから。

エマヌエーレ・セヴェリーノ

エコの小説はなぜあれほどの国際的な成功を収めたのか。私には分かりませんし、このことを考えてみなければならないのでしょうが、とにかく、どうして一冊の本がこれほどものすごく成功するのかを把握するのは、容易な問題ではありません。

もちろん、人びとにあれほど気に入った以上、品質は高いに違いありません。私は斜め読みしただけですが、〝イエス〟よりも〝ノー〟です。実は、私は物語体よりも詩のほうが好きなのです。

ウンベルト・シルヴァ

エコが成功したわけは、新しい人物、自分自身を創出することに成功したからなのです。彼は修道士・作家、形而上学者、論理的リズムの証人を創出したのです。個人的には、私は『フーコーの振り子』のほうが『バラの名前』よりも興味深く、より不安にさせます。なぜかというと、『バラの名前』の構造は閉じており、卓抜な着想に支えられているからです。逆に、『振り子』は宙ぶらりんになっており、足場がありません。『バラの名前』時代にもエコは宣言していたのです。「誰かが夢に印を押さなかったのだ」と。ところが『振り子』になって、彼は正反対だということに気づいた、つまり、印とはたんに夢に過ぎないということに気づいたのです。

ナンタス・サルヴァラッジョ

どうして彼のことが？

こういう質問は、アルプスからパンテッレリーア島にかけての、無名の幾万もの作家には一種の拷問だ。五大陸において読書、普及、人気の記録をすべて塗り変えたほどの、どんなずば抜けた点が彼にはあるのか。今日、シドニーから（合衆国の）シラキュースに至るまで、ピランデルロやズヴェーヴォ、レオパルディーやアリオストよりもエコが有名になっているのはどうしてなのか。彼はいったいどういう神を膝の上に座らせたのか。

たぶん説明は付くだろうが、これを認める気になる人びとはほとんどいまい。

ウンベルト・エコはとりわけ、「旅する」インテリなのだ——彼の観念、彼の散文、彼のユーモアが欧米の大きい文学と調和しているという意味で。

彼はモノの作家であって、形容詞の作家ではない。彼は知っているのだ——ことばとは、その上を観念と感情が走るレールみたいなものだということを。彼は愛らしい散文家たち、言葉の演奏家たち、美装本のアーティストたちとは何の関係もない。ボッカッチョとかディケンズと同じく、彼は作家にとって、一つの事実ほど大事なものは皆無だということを知っている。

彼の〝美学〟には何か矛盾はあるか。もちろんんだ。彼の見事な長編小説『バラの名前』は閉ざされた、このうえなく閉ざされた作品である。この作者は開かれた作品について長々と理論化してきたにもかかわらず。

最後に大事なことを付言しておくと、成功は彼の名の中に秘んでいるのだ。こだま《エコ》は素早いものなのだ。

ヴィットーリオ・スピナッツォーラ

『バラの名前』の成功はとてつもないと同時に、予見不能なものでしたが、当初は限られた読者層――エコの最初の小説作品のうちに、ほとんどすべてを、しかもただちに自己認識するであろうような、洗練された読者、本屋に通い慣れた人びと――から始まったのです。次にこの上質の賛同の当初の波が持ち上がったのは、記号学という一つの特殊な学問の学徒たちという、限られてはいるが権威のある一団の賛嘆の叫びのせいでした。エコは斯学の著名な師匠ですし、イタリア内外を問わず、華々しい普及者なのです。

事実、彼の小説は、現実が絶えずわれわれに提起している可視的な、もしくは隠されたもろもろの乱雑な記号に一つの意味を授けているという点で、固有の魅力、困難、誤解に関しての、一つの論説、いわば一つの教訓譚として提示されていたのです。有為転変を遠い過去に置いたのは、系図学的な復権への要求という意図にもとづいているのです。つまり、現代記号学の起源は中世後期という、(神の本質の顕現をいつも看取するのは至極当然のことながら)それぞれの現象的所与が記号として解釈されていた時期に遡らせられてきたのです。

ところが、文化史的な興味をもつこれらの動機に比べて、『バラの名前』の文学本来の価値のほうは後景に追いやられてきたのでした。なにしろ、彼の文体——ひどくのびのびしていて、滑らかであり、目くばせしながら、巧みに着色されている——についてはほとんど論じられませんでした。ところで、ふんだんな学殖、学識の厖大な資料が一歩ごとに展示されてはいても、こういうことは障害にはならず、むしろ知識人大衆の好奇心を楽しませるための刺激となったのでした。

でも決定的な点はと言えば、まるで雪崩効果によるかのように、主成分の大公衆が、それ自体はたしかに読みやすくはなっていなかった作品に熱中するに至ったということです。ここには、広く暗示的な効果を及ぼすもう一つの因子——プロットに重要性が置かれていたこと——が関与していたのです。

『バラの名前』においては、エコは、巧みな筋組構成の重みをより以上にかき立てる語りジャンル——つまり推理小説——の規準を再び採用しています。そのうえさらに、彼は推理小説の色合いを誇張することにより、十九世紀の——まだゴシック・ロマンス以前の——新聞連載小説に典型的だった流血をともなう明暗法のコントラストの趣味をやり直しているのです。こういうマニエリズム的なやり方は、〝ファースト・モダン〟な作家の抜け目のない微笑をもって遂行されています。熟練した読者はそれを、楽しいパロディーという、ありのままのものとして受け取ります。逆にうぶな読者はすぐさまそれに引き付けられてしまうのです。両者ともそれぞれの利益をそこに見出すのです。なにしろエコの本は、新前衛派の経験主義が衰退した後も、ゆったりと間伸びした、まったく長編小説風な語り形式の再帰への広範な欲望を汲み取っているからです。

さらに付言されるべきは、『バラの名前』の、教養あるなしにかかわらず、世論の期待との同調が、ただこれだけに限られてはいなかったということです。中世の作中人物たちの蓄えにもとづき、エコは独断的狂信がたとえよりまことしやかな動機づけを持ちうるにせよ、それでも常にいかに非人間的な残虐行為の結果に至りかねないかということを示していたのです。ここからして、経験的現実への彼の攻撃、アイロニーによって保証された、寛容で、偏見のない批判主義への彼の礼賛には、理性への称揚が見られるのです。

主人公バスカヴィルのウィリアムによって例証される、これら価値の擁護のうちには、知性人、博学者の不変の使命が示唆されているのです。そして見てのように、こういう方向づけは七〇年代に溢れていたイデオロギー上の熱狂や興奮で疲れの痕を留めている文化風土の中で、何らかの教育を受けたすべての階級の人びとの間でこの上なく広く傾聴されることにもなったのです。

アンセルモ・テルミネッツリ

あらゆる本がすでに書かれてしまっている。新しいことは何も創造することができない。世界に対する解釈や解読の自律性として復権を要求される能力たる、自らの創意工夫から着想を得ていた旧い作家が、ポストモダンのポスト作家に道を明け渡すのだ——つまるところ、イタリア語で、ウンベルト・エコを読めばよい。

ポスト作家には創造は似合わない。彼は今やつなぐ人、神々から追放された宇宙のデミウルゴスなのであって、すでに見たこと、すでに言ったこと、すでに書いたこと、すでに感じたことの有限性を際限なく組み合わせることしかできないのだ。

ポスト作家の創造的無力さには、いかなる意志活動でも侵すことができない。実際、一テクストから他のテクストへとぶらつくという秩序づけの原則は、彼の選択の自由なのではなくて、サイバネティックスの蒸留器《ランビキ》なのだ――アブラフィアをご記憶だろうか？　ポスト作家は、機械的手段の崇高な自動装置にうやうやしく敬意を表して、その気紛れな偶発性にひざまずくのだ。そして、それらの休みない振り子運動のうちに、すべてはつながっているのだ。つまり、幾世紀もの間に層状化された図書館が、アブラフィアの誤ったもろもろの考えをコンピューター化するシェーカーの中で、活気づき、もつれ合い、ブレンドされるのである。

注意深い産婆として、ポスト作家は機械の陣痛に優しく立ち会う。この素晴らしい機械はデーターを孕みながら、これを、創造の呪いをずっと昔から無視する人の、あの無菌的な苦痛欠如とともに、出産するのだ。

かつてアーサー・クラッケがやったことだが、今ではほとんど記憶されていない、九十億もの神の名の間を軽々とさすらいながら、ポスト作家は永遠の図書館の中を飛翔しつつ、アブラフィアとの神秘な結婚式を祝うのだ。そして、遅ればせの考えを――かのモンフェッラートの丘の美にはかない愛惜を――献じるとはいえ（ポスト作家たちも昔は起源や魂を持っていたのだ）、おそらくこれは彼らが土に触れるのをわれわれが見た、最後だったのだ。

ピエル・ヴィットーリオ・トンデッリ

多くの人びとは〔不快のために〕鼻をよじったとはいえ、またエコの成功は嫉妬やそねみをたきつけたとはいえ、八〇年代のこの最初の国際的成功はスキャンダルでは決してありません。彼のおかげで、かつてはまったく存在していなかったイタリア文学への関心のメカニズムが外国でも始動したのです。エコというのは、芸術における前衛の向こう側というようなものです。両方の場合とも、私たち〔イタリア人〕が生み出しているものへの大きな関心が見られます。とにかく、この成功は他の諸分野——デザイン、流行、建築といったような——と切り離し得ないように思われます。

マルコ・トルナール

時は一九八〇年九月末の晴れた朝のことだった。私はいつでも思い出すのだが、ある少女と一緒に或る書店に入った。この時期、私は多くのことでふらふらになっていたが、そのうちには、彼女の得も言われぬ美しさもあったのであって、この奇妙な狼狽で私はいつも捉われていたし、しかもそれはしばしば生じていて、まるで鏡の中におけるかのように、何かが私たちの間に作用して二人を似たものにしていたのだが、それでも私たちを互いに離間《りかん》させる結果になったのだった。さらに、彼女は情熱的な読者でもあった。だから、私たちが例の場所の敷居を越えたとき、私は数え切れぬほどの千変万化の感情に襲われたのだが、その場所で何とかしていくぶんかの平安を取り戻そうと思ったのである。

ところが、ある表紙の想外な赤色で突如私たちは釘づけにされたのだ。この驚き――この巧みな着想――に加えて、私たちはそこに見たタイトル、人を引き付けると同時に、ひどく謎めいた『バラの名前』に、さらにそれ以上にびっくりさせられたのだった。彼女、この少女の、不安そうながら暗示的な目つきのことを私は思い出す。私はあの本がほど良い時機に出版されたものだと確信したことを憶えている。

私はウンベルト・エコの本をほかにはほとんど知らなかった。私はエコの『ささやかな日記帳』のページをくって楽しんだのだが、TSG〔『記号論』〕を読み続けようと試みては幾度も失敗していたのだ。私は中世への彼の情熱には感心していたが、オッカム、聖トマス、美学……といったいくつかのいかめしいテーマにはいつもいささかまごついてきた。逆に、アルノー・ダニエル、ヴァルター・フォン・デア・フォーゲルヴァイデ、ディーノ・フレスコバルディ、デット・デル・ガット・ルペスコに関しての彼の書き物を私は切望してきた。したがって、謎、幻影、倒錯の浸透した中世には興味があったが、大体系、注解、大学といったものには興味がなかったのだ。エコは私にとって要するに、あらゆる誘惑から守られた――〝聖識者〟の化身そのものだったのである。

しかし、そうではなかったのだ。私の判断はあまりに性急過ぎたのだ。なにしろ、私はウィリアム師からまだ次の言葉を聞いてはいなかったからだ――「人間を愛する人の仕事はおそらく真理に対して笑わさせること、真理を笑わさせることなのだ。なにしろ、唯一の真理は、真理への狂った情熱から解放されることを学ぶことなのだから」。そしてとりわけ、小説のフィナーレで、この混乱した老修道士の陰気な言葉を、私はまだ聞いていなかったからだ。でも、今はシーンを変え、かつ私のひどく美しい友人＝読者（当時の私にとっての唯一の真実）を打ち棄てることにしよう。

より最近の、世界のカオスがおそらくより我慢しやすい時期に戻るとしよう。他の人びともより傾聴してもらえるし、「恐竜類や桃」を説明したがる人の〝レヴェル〟、メッセージ、情報も、羽音や口ごもりの中に登場している。それだけ、より一層淋しさを感じてもいるのだが。こうして、私たちは人気のない砂浜にやってきた。そこでは通行人は稀であり、午後はよりゆっくり過ぎて行く。そこで、私は『振り子』を読んだ。

よく覚えているのだが、読み続けてゆくうち、統計の確実さのおかげで、至るところ、たぶんこの同じ瞬間にこの同じ本に顔を傾けている読者たちが散在しているものと私は想像したし、このことはベストセラーが与える反感を私に示唆するどころか、むしろ私の心を満たしたのだった。

しかも、この読書に配していた沈黙と空間は、私が読み取ったものと調和し始めたのだ。つまり、語りや、それの背後にある歓びが、さながら波のように前進して行き、そして海から発する絶えざる物音の上に重なり合ったのだった。そのときに初めて、私には海がその動きの拍子をとっていること、それと同時に、海が常にそしてただそれ自身だけであることを理解したように思われた。こうして、他の残余のことは重要性を失ったし、すべての歴史、レヴェル、情報——要するに、すべての迷信——はまばらになったし、これらとともに、一冊の本のページもまばらになったのだった。この本も他の本と同じく、再摂取の意味がどういうものかをきちんと説明してくれてはいなかったのだ。

大した反響《エコー》だ。あまりにも安直なこういうしゃれを用いつつも、われらが作家の人物像が思い浮かんでくる。このしつこくて几帳面な反響は彼のページの上に、われわれが意識しているにせよ、していないにせよ、吸っている空気を精密に記録している。しかも、この反響《エコー》はテレビの人気という端的な鋳型に託されてはいないにせよ、しかしみんなに知られた一つの名前という強みを持つ一つの形象のそれなのだ。

これをいかに説明すべきか。おそらく、一つの回答をわれわれはすでに手中にしているはずなのだ。『バラの名前』（イタリア語版）の表紙の袖の中に、立派な格言が引用されている（その作者は、ウィリアム修道士の明記するところによれば、メルクのアトソンと同郷の或る神秘主義者だという）。それはカムフラージュされた形でこう言われている——「理論化できないことは、物語られなければならない」と。

「話すことのできないことは、書かれなければならない」。われわれとしては、一つの書き物の大成功を取り立てている秘密の理由をよりうまく定義するために、この後者の改変した〔格言〕を試みてはいかがなものだろう。

セバスチャーノ・ヴァッサッリ

大学教師から物語作家への移行については、私はあまり言えませんし、このことはたいして重要でもありません。いろいろな学問の大学教師の多くは遅かれ早かれ、小説を書きたいとの欲求を感じて、これを書いているのですが、そういう小説で、エコのように圧倒的な成功を収めた例は皆無です。（エコがそれを書いたという事実についてではなく）どうしてこれほど成功したのかについて自問してよいとすれば、思うに、この本が彼本人も予見していなかったようなやり方で自己表現したいという、彼の正当な意図にうまく合致したからなのでしょう。

この成功は（部分的または回帰的な成功を除き）イタリアの成功ではなかったのです。それはアメリカの成功だったのです。

『バラの名前』がイタリアで出版されたとき、三〜五週間ベストヒットの分類の中に留まっていましたし、これはウンベルト・エコのように著名なインテリの小説にはふさわしい期間でした。ところが一年後に、アメリカの成功としてよみがえったのであり、そのときの成功たるやものすごいものでした。まったく不躾な私見を申せば（エコがこれに立腹しないよう望みますが）、彼は十分に動機をもって、アメリカ人たちが持っていなかった唯一のものを彼らに与えたのです（彼らはほかのものはすべて持っていますし、世界中でもっとも多く持っている人たちなのです）。では、彼らが持たない唯一のものは何かと言えば、それは中世であり、そしてこれこそは――私見ですが――彼の人生において生起した、思いも及ばぬ要素なのです。その他のことでは、私はエコに深い敬意を抱いています。『バラの名前』も『振り子』も読んでいないので、小説家としての彼は知りませんが、研究者として、社会学者として、文化人として、また人間としての彼は知っているのです。

とにかく、彼はイタリアにおける文学的情景で今日、最良の人びとの一人だと思われるのです。私たちの同僚や彼の友だちの九九パーセントとは反対に、彼の成功は私を喜ばせました。彼は（今日ではもう実際上なくなっていますが）〝エコ事件〟をつくりだしましたし、彼のおかげで、さもなくば売れそうもなかった多くの本を外国に売ることを可能にしました。でも、以前はフランスで翻訳されなかった、気むずかしい作家マンガネッリも、彼の両足でもってフランスに到達したのかも知れないと私は確信しています。

エコ事件は流行に姿を変えて、マンガネッリよりも若い多くの作家たちを売り込むことを可能にしましたし、げんに彼らはその後、部分的には翻訳されたのです。

繰り返しになりますが、結びとして言っておきますと、私は彼の小説を読んでいませんが、エコが好きです。ベストセラーのエコのことは知りませんが、とにかく以前のベストセラーよりはましだと私は確信しますし、このことは私には大変けっこうなことだと思っています。

サヴェリオ・ヴェルトーネ

エコの小説は文学的に上出来ではありませんし、また平易でもありません。してみると、これは一つの統計上の謎であり、言わば数字が数字を食っているのです。成功が成功を呼ぶのです。伝染による売り上げの上昇は理解しやすいですし、ですから、掛け算も理解しやすいでしょう。でも、伝染の病原菌たる、当初の一の位がどのようにして生じたのかを理解するのは不可能です。文化的な示唆なのかも知れませんし、博学な脅迫なのかも知れません。あるいは誰も持っていない趣味が、みんなの選択を支配したのかも知れません。

パオロ・ヴォルポーニ

ウンベルト・エコが或る小説を書いていること、そして、そのために昔の語り規準に従い、それをやり直したり近づけたりして楽しんでいることは、私も知っていました。

ですから、面白くて楽しい小説でもある『バラの名前』が出版されたことに驚きはしませんでした。でも、彼の成功は私にはまったく説明できないことです。この小説の異常な成功は、彼の人柄の魅力、マスコミ人としての彼の巧妙さ、彼の知性、さらにはうっとりさせる――要するに、魔法にかける――彼の能力のせいに違いありません。

それにしても、これほどの成功は私には予見できませんでした。明らかにエコは恩寵に触れた一種の半神です。女神ヘラと女神アテナが彼を好きなところへ連れて行き、彼はこの異例な幸運をもらったのです。

ですが第二の本は残念ながら、少し違います。彼がこの第二の本のあまりにも重いからくりにつまずいたことに、私は驚いたのです。

彼は自分の道が単純さ、幸運、軽さ、創造力、空想力、さらには語りのプロット、推理小説（調子は異なるにせよ）のそれであることを理解しなかったのです。

『振り子』の中に彼はいろいろのこと、時間、煙、機械、登場人物をあまりにも混ぜ合わせ過ぎました。結果、この本はより機械的で難しくなりました。でも『バラの名前』が成功を収めたものですから、この第二作も何百万冊を売らざるを得なかったのです。少なくとも当初は。人びとは不思議な現象に入り込み、これらを理解することを学んだのです。ですから、この小説はいくらか疲労の印を見せはじめ、少し休んだのでして、第一作の異例な成功をもう繰り返さなくなっています。

ですが、エコには何でも期待できるのです。ひょっとして彼がどんなことを想像しているのか誰も分かりませんし、何が飛び出すか分かりません。どんなアテナがフランスからであれ、オリュンポス山の空からであれ、あるいはアメリカの空からであれ、降りて来て、彼を外に追い出し、彼に『振り子』をも二百万部売らせるかも知れません。

彼の活動は文学に関係があるのでしょうか。私は或る程度までは、と言っておきます。

ヴァレンティーノ・ゼイケン

イタリアの最良の天才たちにずっと根づいている自立的な心性がいつも信じてきたのは、大文字の〝L〟をもつ文学（Letteratura）は唯一のものであり、この唯一なる性質は「精神的ないし心臓的な」もろもろの根拠の中に含意されているし、これら根拠の下にあるのは文学的、俗悪的で奇抜な、侮蔑すべき下位ジャンルだということである。

スパイ物語、推理小説、連載小説、エッセイ風小説、これらはウンベルト・エコの作品をより合わせている若干の成分なのだ。

エコは一種の多国籍文学のようなものを考えており、その中身を、多数の言語を有する西洋的客観性において表現しているのである。

ネオ、ネオ、ニャーオ、ニャーオ、ヤーイ、ヤーイといった、あか抜けした時代においてのことなのだ。

エコは、十八世紀の自動人形の有名な製造業者ヴォーカンソン〔ジャック・ド（1709-1782）自動人形の研究開発で知られる。〕から着想を得て、現代の作家たちに対して道を渡る黒猫を組み立てたのだ。この動物は自然な動物とそっくり同一のものであって、ここに驚きがあるのだ。

不可知論的な疑いを抱いているエコは、形而上学の大きな謎が、通例、伝統的哲学によってこの形而上学に向けられているような類いの慣習的質問によってあばかれうるとは信じていない。彼がこれに対して修辞を弄しているのも、謎を通して冒険的な観光を行わんがためなのだ。インディー・ジョーンズだって聖なるもの〔櫃《ひつ》〕を探し求めているのである。

エレミレ・ゾッラ

『振り子』の構成は巧妙であるし、話題運びは緻密であるし、秘教的材料の知識は十分過ぎるのだが、でも小説のためにはほかのものが必要であろう。『バラの名前』にあっては、雄弁家の能力が輝いており、恍惚の隠喩を漸層的に配置している。つまり、ページが歌っている。しかし『振り子』ではこの種の効果は見当たらない。とはいえ、愉快な数ページが私の記憶に焼きついている。

最後まで

裁判風に、われわれは被告弁護人と検察官をもって結びとしよう。

われわれはエコに関して表明された判断の激しさと、これら判断の特徴の驚くべき多様性とをすでに見てきた。今やこの弁護と告訴がこの裁判を極端化することになる。エコの側からは、彼の変わらぬ友人フリオ・コロンボを呼び出すことにしよう。コロンボは（彼本人が語っているように）大学時代からの友人であり、結婚式の立会人であり、自らも明晰な作家でもあるし、文化現象への精通した観察者であり、アメリカ、マスメディアの世界、労働およびその変動の諸問題についての玄人でもある。友人としての微妙な共犯関係を明らかにするのを辞退しているわけではないが、エコとの長期の友誼は特権的な独特の経験なのであり、さりとて、これは友人であるというマフィア的な考え方とは何の関係もないのである。

検察席には、四〇年世代の批評家アルフォンソ・ベラルディネッリが就いている。彼はヴェネツィア大学の現代イタリア文学教授であり、エッセイストにして詩人でもある。

ベラルディネッリは『振り子』を読まずに長い書評を書いた。すなわち、「私が振り子を見たのはそのときだった」という『振り子』の書き始めだけから出発し、こういう異常なやり方を多くの論証をもって合法化している。

したがって、これら二つの対立的な立場は、今、検討しようとしている対象の捉えどころがなくて矛盾した性質をかなりよく要約してくれる。〃エコ事件〃は一つ、百、千の説明がつくのだ。この論争を本書末に象徴的に配置した所以《ゆえん》だ。本書はときには興奮したり、個人的になったり、過激になったりして表明された数々の違った意見を反映させようと努めてきた。だが、以下のこととても、やはり〃エコ事件!〃なのである。

フリオ・コロンボ

フリオとウンベルトが無二の親友であり、すべての点で固く結ばれているということは、周知の事実である。一方(フリオ)が法律を学び、他方(ウンベルト)が哲学を学んだトリーノ大学の時代からのことなのだ。二つの学部は廊下の上の大きなガラス・ドアで仕切られていた。しかし、法哲学という、理想的な接点・対照的たる一つの教科があったのだ。教授は真の師匠ノルベルト・ボッビオだったのであり、彼はフリオにもウンベルトにも多くのことを教えたのだった。

この友情については、ウンベルトはいくども明らかにし、見せびらかしてきた。彼はフリオの本を紹介するとき、「私とフリオとの友情は若干の埋め難くて神経症的な相違の上にその絶えざる調和を根ざしている」と書いた。彼はまた、これらの相違を面白くて楽しいサンプルの内に挙げていた。

フリオも友情を明らかにし、見せびらかしてきた。ある毒舌家はこれをマフィア的な共犯関係だと語っているが、それでもフリオとエコはほとんど気に掛けてはいない。ウンベルトはこう告白しているのだ――「私たちは一緒にいるととても気分がよいし、とりわけ離れていると気分がよい。なにしろ、あらかじめ互いに打ち合わせしなくとも、私たちにかかわる状況への反応の仕方は、まるで台本を互いに研究し合ったかのような具合なのだから」。

今度はフリオが答える番だ。彼は背中を向けたりはしない。この友情の差し引き勘定は？　ほんとうに共犯関係、仲間意識があるのか？　フリオは言葉を吟味し、友人であれ敵であれ、みんなが認めている、あの驚くべき、例外的な口調の流暢さをもって、一つずつ言葉を繋ぐのだ。

「上に立っていると感じたがるほうを選ぶ者や、人格とか知性とかの、並外れた側面に魅かれて選ぶ者がいます。しかしこういうことはみな、統計的局面がないし、長いもの静かな高原も存在しないし、すべては常に変動し上昇中なので、より困難になるのです。

しかも、何を手に入れたかを言うのは困難になりますし、それは告白不能なリストみたいです。ほんとうの結果は、絶えずより高い趣味をもっていつも変動するのだということ、批判的な質問は絶えずより一般性を欠いていき、知識は絶えずよりくっきりしてくるし、参照の地平はだんだん拡大していき、そして、すでになされたことに或る種の幸せな不満足が生じてくることです」。

――五〇年代のトリーノでは、文化的雰囲気はどうでしたか。どうしてエコと識り合われたのですか。

「五〇年代のトリーノは陽気な都市ではありませんでした。でも、仕事はあったし、活発で、研究所の空気を呼吸していました。作ったり、建築したりする意欲があったのです。粘り強く、急いで、この未来は逃げはしないだろうし、厄介ではあっても可能性のあるものだという感じもありました」。また、時間をつぶさずに、未来を苦労しながらつくらなければならないという感じがしていました。

――テレヴィジョンの出現の雰囲気について。これが重要だったのは、どうしてなのですか。

「テレヴィジョンは予期された出来事でした（私たちはともにマスコミの事実や諸問題には強い興味があったのです）し、それと同時に、すごい驚きでもありました……。この驚きは私たちのうちに生じたのです。私たちはすぐさま一緒に働く可能性を受け入れました。ほんとうは別の方向に向かっていたのです（彼は素晴らしい見込みのある、アカデミックなキャリアを歩み出しており、私はたぶん、弁護士であれ、二つのことであれ、同じことをやるつもりでした）。そして、時を失うことなく決心したのです。距離を置いて見ると、この決心は困難な、とにかく奇妙なものではありましたが。でも、新しいことという感覚がいやおうなしのように見えたのです。

そして、当時、僅かな手段でやっていたことと――すぐに分かったのですが――できることとの相違が、すごく大きな魅力に見えたのです。

私が留まったのは僅か、二年以下でした。それからは、私は自分の人生の〝産業部分〟を開始して、ヴォルポーニやオッティエーリと一緒に、オリヴェッティ社のスタッフの管理職で働くことになりました。ウンベルト・エコはもう少し長く留まり、兵役に就いてから、ボンピアーニ社の〝編集員〟になりました。でも、その間に彼の人生には重大な若干の事実が起きていましたし、それらは次々に重なったのです。つまり、澄んだ深い大学への準備、文化的地平が――彼に関しては――その年齢の人にとっては極限にまですでに及んでいたのです。ジョイスへの愛読は、イタリアで翻訳されるよりはるか以前のことでした。ルチャーノ・ベリオやジョン・ケイジはミラノのRAIの音響研究所で自由かつ熱狂的に働いていましたから、彼らとの出会いもありました（ベリオとエコは一緒になって、「ジョイスへの賛辞」を製作しました）し、マデルナ、ブーレーズ、シュトックハウゼンとの出会いもありましたし、その他、雑誌『イル・ヴェッリ』、ジャンシーロ・フェルラータ、ルチャーノ・アンチェスキ、エリオ・ヴィットリーニ、イタロ・カルヴィーノ……への協力もありました」。

――六〇年代のフランクフルト書籍見本市について、当時のエコで何を覚えておられますか。

「フランクフルトの書籍見本市は、当時は若くて好奇心の旺盛なインテリたちにとって、さながらピノッキオにとってのおもちゃの国みたいでした。嫉妬まじりの意外感、イタリアはそのレヴェルに決して届くまいという感じ、源泉、接触を増やしたいという欲望、当時私たちを結びつけていたアルバジーノの表現によれば、《騒々しい《キアッソ》外国へいくども出かけること》への欲求のようなものが。私としてはどうかと言えば、私がすでに暮らしたことがあり、人生においてより多くの驚き、文化においてより画一化を見出していたアメリカに比べて、ヨーロッパの或る種の濃密な差異の立証を覚えたのです。当時、エコは今日同様、みんなの中心にいたのを思い出します」。

――結婚式で、あなたは立会人だったのですね。

「ウンベルトとレナーテとの結婚式は素晴らしかったし、簡素でした。彼はお決まりのスズランの花束を手にし、彼女は若い花嫁の不安で震えるような素振りを見せながら、裁判のように荘厳で、細かくて、ドイツ式の民事婚でした」。

――六三年グループの経験についてですが、エコはどういう活動をしていたのですか、どんな役割を果たしていたのでしょうか。

「六三年グループにおいてエコは〝世俗的〟人物でした。どういう意味かというと、彼は詩人ではなかったのですが、詩人たちの指導をしていたのです。彼は小説家ではなかったのですが、彼らに傾聴していたのです。彼は《天才だが放埒《ほうらつ》》というのではなかったのでして、きちんとした生活をしていましたし、三つの理由で人びとに聴かせることができたのです。つまり、才気《エスプリ》、批判点を摑みとる早さ、そして、ある種の明白な文化的権威、のせいで。

こうしたことをみな彼が常に守ったのは、市民的ないし政治的な社会参加からではなくて、偏向することから、過度の不安と過度の利己主義との間を動揺することからだったのです。彼は（たぶん、多くの人びとに起きたように、無意識に）支配するための手段としての政治的容器を用いようという誘惑には決して駆られませんでした。なにしろ、彼はたとえ陽気なものにせよ、目ざした持続的な活動をもって、強力に、文化的容器に専念していましたし、この容器はすでに注意や尊敬をもって眺められ始めていたからです。

六三年グループの中で、彼は真摯かつ洗練された側の不可欠な成分でした。このことは彼を青年期の純粋な風だけで終わることから守ったのです」。

――エコと政治。一九六八年。『クインディチ』誌の経験は？

「政治はエコの周囲で激しく動きました。でも、エコは決して動じなかったのです。〝公け〟には彼の基準点は平等と自由のそれでしたし、このことは、ボッビオがマルキシズムの終焉について省察するとき、今でも語っています。彼はマルキシズムに関心がありましたが、それは部分的でして、世界についての他のいろいろの解釈ほどではなかったのです。若干の実際の事実、抽出すべき若干の帰結が、彼には放棄不能に思われたのです。そこから彼はだいたいにおいて、決して動じはしなかったのです」。

――エコと教育について。彼は教授としては立派ですか、また、その理由は？　また、彼は学生たちをどのように選び、どのように世話をやき、どのように新陳代謝してやっているのでしょうか。

「大学教師としてエコはその生活上、ただ一つ問題があったように思われます。それは学生の数をいかにして制限するかということです。彼には大きなスケールの学者になりたいという典型的な憧れと、或る種のカリスマ性とが交差していましたから、彼自身を冷静に管理しなかったとしたら、彼は容易に〝尊師《グル》〟になっていたことでしょう。

実を言えば、エコが形成され増大していく過程で、哲学者、理論家、文学批評家、マスメディア学者、権威ある話し手、素早いしゃれの名人、『ささやかな日記帳』や『マイク・ボンジョルノの現象学』の才気あふれた筆者、としての彼を各人がこれらの天分の若干を通して知っていましたし、こういうさまざまな資質や〝パフォーマンス〟の周囲に、さまざまな〝後援会〟が形成されていったのです。ただ、学生たちだけはより完全なイメージを得ましたし、彼らだけがより均質で複合的なエコの全体像を見ていたのです。

ですから、もしも彼が文化水準や批判的要求を毎年毎年高めるために対策を講じなかったとしたら、何百名もの学生に講義することになったことでしょう」。

まったく肯定的なイメージではある。これは当然なのであって、それというのも、フリオはエコの友人であって、彼を深く尊敬しているばかりでなく、フリオにはものごとをポジティヴに見て、恨みとか不和に陥らせはしないという、生来の性向があるからでもある。だが、ほんとうにすべてはこれほどポジティヴなのだろうか。ウンベルトには欠陥がないのだろうか。いや、もちろん、彼にも欠陥はある。フリオの言によると、「最大の欠陥は或る種の自閉症です。エコは自分の内を眺めて、自分を語っているのです」。そして続けてこう言っている、「最良の性質は或る種の自閉症です。エコは自分のプライヴェイトな空間から他のもろもろのものを外に出すことしかしませんし、また、彼ははなはだコミュニケイトしやすいように見えても、それは彼自身のためにやっているだけなのです。しかし、ほとんど彼自身のためだけにそうしているにせよ、彼は決して見逃すことのできないもろもろのアイデアを誇示しているのです」。だとすれば、この場合、とうとう知られたことになる。つまり、彼はもはや自閉症的ではなくなるのでは？「ええ、でもそのとき彼はショーウィンドウを変えるのです」、とフリオは熾《し》天使のように結ぶのであった。

アルフォンソ・ベラルディネッリ

アルフォンソ・ベラルディネッリの考え方は、「ピアチェンツァ・ノート」の時代から「ディアリオ」の現在まで多くのことで結びついてきている、友人の作家、ピエルジョルジョ・ベッロッキオとだいたい同じである。

ベッロッキオのエコに対する反感と真の拒絶は約二十五年前にさかのぼる。それが生じたのは、エコがその対話者に対して、「マルクスの聖なる本文からのどこかしら或る引用でもって、学者ぶって口を閉じた」ときの、公開討論においてだった。ベッロッキオの告白によると、「私はこう考えたのを思い出します。エコは危険を犯さずに得られるところで名誉を探し求める、チンピラの適性をもっているか、それとも、三文の虚栄心に支配されているかのいずれかだと。なにしろ、誰か未熟者の、間違っているに決まった反論でも、悪魔の恐怖にとりつかせるのには十分なのですから」。

今日、ベッロッキオは――ベラルディネッリ同様――この判断を変えてはいない。彼は認めている、「すべてには限度があるのです。エコについて書くのは、彼を読むよりもひどいことなのです。私にはこういうふうにして自分をいじめ続けることはできません」、と。

しかしながら、両者ともかなり自分をいじめてきた。ベッロッキオはその著書『過ちの側から』(*Dalla parte del torto*) において優に三十ページを書くことによって（この本には、まったくプログラム的なタイトル「反響《エコ》はあくまでも反響《エコ》だ……」がついている)。またベラルディネッリは少しも隠すことなく、われわれのインタヴューに答えたり、とりわけ「エコは都市に出かけて、アメリカ人たちや世界中のツーリストたちにピサの斜塔とコロッセオを売った、田舎の狡猾者なのです」、と主張することによって。

——エコの場合は真の事件なのです。自分の周囲にこれほどの物議をかもすことのできた人は、おそらくパゾリーニだけでしょう。

「ピエル・パオロ・パゾリーニからウンベルト・エコまで。イタリアの文化的な大変貌は、二人の固有名詞に還元して、このように要約されうるでしょう。彼らは二つの二者択一的なイメージなのです。二人は真の敵対者です。『バラの名前』が出たとき、パゾリーニに共感していなかったが、今やエコに嫌悪を見出した人は、〝海賊〟パゾリーニならこのような小説について何を言っただろうかと自問したのです。小説家エコの登場とともに、パゾリーニの欠如がなおさら感じさせられたのです。エコ問題は、成功とか失敗とかにはまったく関係ありません。そんなことは、学習したり、半ば学習したりした、新しい大衆の文化的な要求や〝コンプレックス〟の表われなのです。この問題はまた、文学批評——かつては〝戦闘的〟、エリート的とか、前衛的と規定されたのでしょうが——にも関係しています。こういう批評こそは、自らの愚鈍さと臆病さとをすっかり曝してきたのです。はっきりとしたのは、文学の専門家がまるで真の読書経験がないかのように、文学のことをまったく理解していないということ、そして、哲学の教授たちや中世史の教授たちが、多くの歴史家や芸術批評家と同じように、あらゆるタイプの見かけ倒しのイミテーションを買うものだということです」。

――あなたはエコに殊のほか厳しかったのですね。彼の小説がまったく納得させなかった理由、そして、国際的な――第一にアメリカにおける――反響をもたらした、文化上の、出版社の作業全体に対して投げかけられた強い疑念を、約言してご説明頂けませんか。

「エコは〝虚構の〟小説を産み出したのに、みなさんはこれを本物と受け取ったのです。とりわけ、継ぎはぎやパロディーのような偽物をです。彼はコスモポリタンになった知的なイタリア住民の新しい例、典型的な見本です。有名なキッチュー――つまり、もったいぶった文化的ごみ屑――の研究者にして賛美者であるエコは、自らの理論を巧みに実践することに成功したのです。それは有用だったのです。彼が実証したように、八〇年代のイタリア人の老獪さがセンセーショナルなレヴェルに触れることにより、世界の文化は祖父たちが〝悪趣味〟と呼んでいたもの（アルベルト・アルバジーノがその毎回の論説において、そのために訴えたり闘ったりしている、あの失われしもの）にだらしなくも虜《とりこ》になっていることを証明したのです。

ですが、知的な前衛たちが、偽物と真の作品とを区別しない以上は、こういう煩わしくて古めかしい区別は理論上乗り越えられたと規定されてもかまいません。ウンベルト・エコは良いものと粗悪なもの、大理石とポリスチレン、のそれぞれの区別をこのように乗り越えようとする最大の世界的な主唱者なのです。粗悪なものをあたかも良いものであるかのように売ることを可能にした様式としての、イタリアン・スタイルは、ほぼすべて彼のせいなのです」。

――あなたの批判を別にしても、イタリアにおいてだけでも何百万人もがウンベルト・エコの二つの小説を買ったという事実があります。読者大衆にはいつも何か（謎めいた）理由があるものです。これまでに類例のない事象の理由をご説明頂けませんか。

「小説家エコから得られたもう一つの結果はさらにもっと深いものです。それは、公衆の心理、印刷された紙の潜在的な買い手と本屋との関係、にかかわっています。エコはイタリア人たちを文化コンプレックス――質的に〝高等な〟文化に対しての劣等感や文化的欠乏感――から解放したのです。エコは精神分析的な治療を行ったのです。

エコがいなければ、メイド・イン・イタリーは何もなかったでしょう。彼のスタイルは文学的にいえば、すでに申し上げたようにたいしたものではなく、むしろ粗悪です。ところが、これまでは判断力や鋭敏さを有しているかに見えた批評家たちにさえ、彼は凝った、上質のものに映じることに成功したのです。ですから、イタリアン・スタイルは何もただジャンニ・アニェッリ、クラクシ、ジョルジョ・アルマーニ、ジューリオ・アンドレオッティだけに負うているわけではないのです。それはウンベルト・エコ、おそらくとりわけ、彼に負うているのです」。

弁護人は――すでに見てきたように――コロンボの言葉をもって、弁護人の仕事を果たしている。逆に検察官はその仕事をしているのであり、ベラルディネッリは最終帰結にまで明快である――「エコはイタリア人たちから、不十分さの感じや、文化的劣等感を解放したのであり、彼は彼らに、自分自身、ヨーロッパ文化、観光的な常套句の蓄積、を然るべく表示しうることを感じさせたのです」。

付録

『前日の島』について

典拠・間テクスト性・メタ語り的言葉遊戯をめぐって

ウンベルト・エコ
インタヴュアー＝T・シュタウダー

――最後にお会いしたとき、(1)あなたは何でも生涯に一度しかない英国紳士の話をなさいました。そして、あなたが第二の長編小説『フーコーの振り子』を書かれたのもこういう罠に陥らないためだとおっしゃいました。しかも、おそらく第三の小説は必要ないともおっしゃった。とすると、今日、第三の小説をお書きになる明確な理由があったのでしょうか、それとも漠然とした意欲のせいだったのでしょうか。

第二作では私が第二の小説を書けるかどうかという点が挑戦だったのです。第三作ではまあ、挑戦は次の点にありました。《いつも自分は図書館や、博物館や、書物や、文化のことを話題にしてきたが、はたして自然の中だけで展開する物語を語ることはできるのだろうか》と。ですから、ここから、難船や島のアイデアが浮上したというわけです。

――『フーコーの振り子』や、より正確には、この作中に出てくる丘の上の霧の描写についてお話しした際、あなたはこの情景はこの小説において直接の自然観察に基づくほとんど唯一のものだとおっしゃっていました。しかし今回は、こういう類いの部分がたくさん存在するとの印象を確かに持ちました。

そう、それこそが挑戦の意味だったのです。

――もう一つ別のことを質問したいのですが、覚えておられるでしょうか、六年前ボローニャでお話ししたとき、あなたは石の話を一度書いてみたいとおっしゃいましたね。

はい、はい。ちゃんとその話を今度の小説の中に入れました。実は理論的、記号論的議論の最中、私は学生たちに一つの約束をしていたのです。《いつか石がどう考えているかについてのエッセイを書きたいものだ》と。その後、エッセイを書く代わりに、語り要素としてそれを導入しようという考えが浮かんだのです。ただし、自然との関係の限度内で物語を語ろうとの決心の中に、石の話をはめ込むことができたのです。ですから、これが挑戦の第一の動機づけだったわけです。もう一つは、いったん物語を始めると、あとは悪癖にかかるということです。つまり、一つの小説を終えると、すぐさま別のそれに着手したくなるのです。いやむしろ、何を始めるべきか分からなくて、当惑と苦悩の瞬間があるのですが、それでも脳裡に共生すべき別の物語を持ちたいという意欲が湧くのです。

言い換えると、こういう興奮させる局面が生じるのは、六年間この計画が一人の内にあって誰にも知られないという、まったく自閉症的な事実からなのです。麻薬のようなものですね。六年間ずっといろいろな場所へ出かけたり、散策したりしながらも、いつもそういうことを考えるわけです。本屋で見かけた本であれ、レストランで食べた魚であれ、すべてがその計画のためのねたになるのです。

――たとえば、何年もの間、論文の準備をし、ほかのことを探していて偶然、いろいろの書物に出くわすようなものですね。

はい、はい。こういう計画と一緒に生きていながら、誰にもそれは気づかれないのです。ほかの作家たちとは違って、小説が出る前にその断片を私が発表しない理由の一つはここにあるのです。この世界との秘密の関係があるわけです。ですから、あなたの質問にお答えするとすれば、この第三の小説は存在したことになりますし、またおそらくは、長年の間、語りの子宮の中に生きる楽しみのためだけに、第四の小説も存在することでしょう。

――でも、そういう活動をどうやってあなたの大学の仕事と結びつけることがおできになるのです？　小説に没頭するために決まった時間をお持ちなのですか。

いいえ。小説というこのじょうごの中に入ろうとひとたび決心すれば、もうその現場にいるのです。どういう意味かと言えば、たとえば、ソシュールに関する講演をしに出かけるためには、汽車に乗ればよいし、その間に小説のことを考えるのです。同時に、ほかに一万ものことをうまくやり遂げることができます。アムステルダムに行く決心ができるのは、そこで講演会があるからですが、つまるところ、アムステルダムには海洋博物館があることを知っているからです。

ですから、私はかつて或る古本屋で本を見つけたいとの口実の下にアムステルダムに滞在したことがあったのですが、つまるところ、海洋博物館に行き、〝フルイト〟(2)を見つけるためだったのです。その後、とくにこの小説のために私は二週間、田舎に閉じ籠もり、その間ずっと小説の一部を書き続けました。それから、十一月に閉じ籠もったときには他のことをし、さらにまたクリスマスに閉じ籠もったときに続行する、等のことをしたのです。

――イタリアの新聞・雑誌によりますと、あなたは長期にわたって小説を作成中、わりに後になって初めて、あなたの小説の大半の筋が繰り広げられている南洋の場所を訪れに出かけられたとのことでしたが、これは本当でしょうか。

違います。私はほとんど初めてそこに出かけたのです。『フーコーの振り子』が完成したのは一九八八年です。八九年にはこのアイデアが浮かびはじめ、そして九〇年には例の島に赴きました(3)。いつもテープレコーダーを携えていましたが、それはこの島で見つかった一切合財を吹き込むためでした。その後数年、海に出かけて、泳ぐたびに私は自分の小説の作中人物はどう泳ぐだろうかと考えていました。友だちと一緒にリミニでボートに乗ったとき、ボートの周囲を泳いで、小説の中で描写した状況がどういうものだったかを確かめてみたりもしました。

――テープレコーダーについてのこのディテールは私には重要に思われます。あなたは《ノートン・レクチャーズ》(後に『物語の森への六つの散歩』の表題で刊行されたもの)において、すでに『振り子』の準備中にもこの手段を用いたと語っておられますからね。

そう、そう、たくさん録音をしました。パリでの散歩を描写したり、とりわけ、国立工芸学院の描写のために。そこに居て、私が見た機械の数々を少しずつ自ら語らなかったとしたら、そこのすべての機械をはたして描述できたか分かりません。

――でも、同じ技法はたぶんすでに『バラの名前』の中に見られるのではないでしょうか。なにしろ、あなたはそこで、〝現実の時間への〟散歩を描述しておられた。つまり、語りの時間と物語られる時間とを一致させておられたからです。

はい、『バラの名前』の会話を私は図面を眺めながら書いたのです。そして、映画が撮影されていたとき、会話が続く時間は的確だと言われました。その後、フランスの或る女流ジャーナリストがかつて私に言ったことがあるのです、《あなたはうまく空間と距離を取っておられますね》と。

この言葉は私に考えさせました。なにしろ、十分な理論はありませんが、私が最も興味を持っている文彩《あや》の一つは迫真法(視覚的な事柄をどうして言葉化しうるかという問題)であるからです。実は私の女子学生の一人が、ほかでもなく、空間の言語的表現について卒論を書いたのです。ところで、あのフランスの女流ジャーナリストはなぜあんな指摘を私にしたのでしょうか。私の理解では、これはまさしく、空間《スペース》的距離によりテクストの表面を延ばしたり縮めたりするという問題にほかなりません。今後の小説ではそのことを多く痛感しました。つまり、船もあり、島もあるとして、一方から他方へ泳ぐにはどれくらい時間がかかるか。話の長さは何とかして空間の広さに関係づけられる必要があったのです。同時にまた、私は眼前にあったもくろみに注意を払わなければならなかったのです。

他のことよりも或ることを物語るというアイデアは、往々にして一つのイメージから生まれるものなのです。たとえば、カザーレの攻囲を物語るというアイデアはどうして私の脳裡に浮かんだかと言うと、これとてもいつものように、ほとんど偶然に、散策していた際だったのです。フランスのブキニスト（パリのセーヌ河岸《かし》の古本屋）で、ルイ十三世の時代に関する本を一冊見つけたのですが、その本の少なくとも百ページは、私が生涯考えたこともなかったカザーレの攻囲に触れていたのです。読んでみて、私はマンゾーニが『婚約者』の中でそれについて語っていたのを思い出しました。その本はフランスの報道記事を一日ごとにすべて収集していたのです。

その後、私にとって幸いなことには、マドリードでイタリア文化研究所が一日ごとにスペインの報道記事をすべて収めた小冊子を刊行したのです。同じ事件を異なる観点から見るのはたいそう素晴らしいことでした。そうは言っても、もし私がトリーノの古本屋に電話して、「すみませんが、カザーレの攻囲を描いた何かいい版画はありませんか」と話しかけ、「でも、なぜなのです？　カザーレについての本でも書いておられるのですか」、「いいえ、大学でやっている仕事のためですよ」といったやりとりがなかったとしたら、私は出かけはしなかったでしょう。そして、ほらこの版画を見つけたのです（げんにそれは二人が話し合っていた傍の壁の上で、額縁にはめられていた―T・S）。この版画を見ると、一面の平野や、連隊がどう配置されているか、都市の城壁がどこにあるかが分かります。そうなると、例の攻囲を物語りたいという欲求が生じたのです。それでカザーレへ出向く、等々の結果になったのです。

この時点で初めて、一方では島と船との間の類比が、他方ではカザーレと攻囲軍との間の類比が作動して、今回の小説では一種の対称的な構造となっていくのです。絵を見ていて、攻囲された都市が一つの島のようだとの思いが私の心に浮かびました。ですから、今回の小説では他のものにおける以上に、いわゆる〝エクフラシス〟――絵の言葉による描写――という技法を導入したのです。私はたくさんの絵を描述してあります。ろうそくの話をするときには、ジョルジュ・ド・ラ・トゥールのことを考えていますし、窓の中の縫い物をしている少女についての描写があるのは、フェルメールの絵が脳裡にあったからなのです。

――そのほかにもあなたの小説の中には、いつも野菜のすがたを描いているバロック期の画家アルチンボルド(4)への暗示がありますね。

アルチンボルドを挿入するのは、言わば義務だったのです。この種のファンタジーをもっている詩人はたくさんいますからね。驚異というバロック的概念に基づき、非同質的な諸要素をこのように《コラージュ的に描述する》というやり方は当時の精神の一部分を成していたのです。

――一つのイメージを起点にするというやり方は、あなたの今回の新しい小説が『バラの名前』と共有しているもう一つの点のように思います。しかも、あなたは当時、フリードリヒ二世の城や、ベネディクト会の一修道院に言及しておられたのでしたね。

そう、そう。当時もいくつかの実際の場所とか、それらの場所のイメージとかから出発していたのです。たとえば、サン・ミケーレ修道院《サグラ》(5)や、サン・レオ城塞(6)などの。

――今はあなたの小説の典拠について少しお話しすべきときと思うのですが。私見では、あなたの典拠は二群に大別できます。一つは十七世紀のテクスト、もう一つはとりわけ十九世紀の冒険小説です。

そう、それは当然ですよ。なにしろ島や難破のことを考えていたときには、『ロビンソン』からスティーヴンソン、等にかけての、こういう要素を孕んだ冒険小説が全部あったのですから。ポルトガルの難破文学もすべてありました。かわいそうに、彼らはいつも難破していたのです。ですから、大いなる航海経験は難破だったのです。ポルトガル人にとってそれはまさしく一つの文学ジャンルなのです。

ですが、もしかすると、この意味ではこの挑戦はものすごい着想を見いだすことではなくて、異なったやり方で実行することにあったのでしょう。私の難破船の生存者が島に到達したとしたら、『ロビンソン・クルーソー』かミシェル・トゥルニエの(7)『フライデーあるいは太平洋の冥界』のようなものになったでしょう。ですから、私は彼を別の所に置かねばなりませんでした。もちろん原稿の中にはこうした追憶が全部あったのですが、これは遠ざけねばなりませんでした。なにしろ、十七世紀の航海術という、文献の乏しい状況を再構成すべく試みねばならなかったのですから。

重要に見えるいくつかの典拠は、まったくの偶然によるものです。たとえば、私がただちに脳裡に浮かんだものはヴェルヌの『八十日間世界一周』です。でも、私はこれを起点にはしませんでした。私が日付変更なるテーマを発見したのは、まったく別の理由からです。私は島のことを考えていたとき、こんな時計を買ったのです（エコは私に腕時計を見せた―T・S）、《世界時間》の付いたのをね。

この種の時計はみな、《日付変更線》が入っているのです。それで、この時計をセットしたり、弄んだりしていて（ここが正午なら、真夜中はどこか、等のように）、日付変更線なるアイデアがひょっこり思い浮かんだのです。そのとき初めて、ヴェルヌがいたことを思い出しました。でも、彼はこのモティーフをまったく違ったやり方で用いているのです。そのときに初めて、これがピエトロ・マルティーレの物語ったマゼランの船員たちのそれと同じ話だということを私は発見したのです。ある期間、私は航海のこうした初期の報告書をすべて探しに出かけました。彼らがいつも一日後に到着したのだということを発見するためです。逆に、ヴェルヌの主人公は一日前に到着したのです。してみると、これら二つの典拠が話題にしていたのは、遅延とか先回りであって、不動の定点に関するファンタジーではなかったことになります。ですから、そこから私は日付変更へと出発したのです。ただ私が考えていたのは、海洋油田用プラットフォームの上に立ったジェームズ・ボンドみたいな一人の男が、アラスカに来ている場合でした。ただ、そこではあまりに寒かったので、もう一度地図を眺めました。フィジー島を見ていると、南洋の文学やフォークロアのすべてが私の脳裡に浮かんできました。ただし、その場所だけのことです。そして、こういう冒険小説の数々が動機となって、私はその後の、十八世紀の旅についての報告書の複写を探しにかかり、そうしているうち、タスマン(8)の航海を発見したのです。

そのほかの典拠はバロック世界に由来しています。バロックについては私はすでにかなりよく知っていたのですが、今回の小説のために、イタリアの詩人ばかりでなく、なかでもグリュフィウス(9)やゴンゴラ(10)を多読しました。その際に、詩句を書き留めておき、それらすべてをテーマに応じて一緒にしていたのです。たとえば、時計について語っている詩句、太陽について語っている詩句、夜について語っている詩句、というように。

ですから、今これらのノートをもう一度見に行くとしたら、もはや作者の名前も憶えていないバラバラの詩句のリストが出てくるでしょうが、これらは小説の或る状況のために私に言葉を提供してくれたものなのです。

さらには、当時の政治生活や、マザラン[11]とリシュリュー[12]のパリに関する典拠もあります。二つの理由から、たしかに私の脳裡にあったもう一人の人物は、シラノ・ド・ベルジュラックです。片や、太陽と月について書いていた、歴史上の実在のシラノ[13]で、私は彼を空に関して省察する際に引用することができました。片や、遠くのプラトニックなロザンナに恋していたロスタンのシラノ[14]で、これはたしかに、今回の小説に書いてあるような恋愛関係を私に着想させてくれたのです。しかも、私はこのシラノを小説の中では、一部はサン゠サヴァン、一部はロベルトに、言わば《配分》したのです。

そして、シラノを通して私は自分にとってかなり新しい発見をしました。放蕩者たちやガッサンディ[15]の世界についての発見です。ガッサンディのことはすでに念頭にありました。十七世紀には人は自然を前にして何をするのか、と考えていたからです。彼は自然を視覚の観点から、原子の観点から解釈するのです。私の脳裡にはすでにルクレティウスの或る記述もありました。ですから、ほかの典拠としては、モラリストたち（たとえば、グラシアン[16]）しかあり得なかったのです。

それですから、私は十七世紀の多くの小説を読み始めました。ある時点でいずれの翻訳者たちも私に質問してきます――フェランテの船はいつ難破するのか、なぜこれらの海賊はアンドラポド、ボーリデ、オルドーニョ、サファール、アスプランドと呼ばれているのか、これらの名前はどういう意味をもっているのか、と。けれども、これらは十七世紀イタリアの小説から採った名前に過ぎず、いかなる象徴も存在せず、私は当時かなり用いられていた名前を採り入れて興じただけなのです。

また、これらの小説を多用したのは、物語がどのように構造化されたのかを見るためでした。そのほかには、小説の理論家たちとしては、テザウロ[17]（彼の小説論を私はサン＝サヴァンに口述しました）、および他の人びとがいました。そしてテザウロに由来しているものには、隠喩を構築するためのマシーンの描写もありました。

さらには、科学技術的なあらゆる典拠（たとえば、アタナシウス・キルヒャー[18]）がありました。ある時期になって、私は子午線がフィジー諸島を通っていること、この諸島が一六〇〇年に発見されたことを知りました。そしてそのときになって、以前にはなかった、十七世紀を調べたいという趣味が全開したのです。そのときに私は経度に関するあらゆる論争をも研究しました。そこで、フラッド[19]に関する私の研究からすでに熟知していた、《香油の戸棚》(unguentum armarium) のテーマが挿入されたわけです。

――ここにはミシェル・フーコーも関係していますね。なにしろ、彼は著書『言葉と物』の中で、かなり似通った概念をも扱っていますし、あなたはフーコーについては、すでにボローニャ大学のヘルメス的記号過程についての講義において語っておられたからです。

ええ。でも、あの時点ではもはやフーコーは関係ないと言いたいところです。なぜって、私が集めていたのは、フラッド、イグビー、その他の当時の著者たちの本ですからね。また実際、『振り子』の時代に私はすでに《香油の戸棚》の話を発見していたのです。

小説の中に出てくる犬の挿話に関しては、本物なのです。つまり、当時の経度に関するさまざまな計画の一環として、犬を切り開くことも考えられたのです。要するに、これらは最重要な典拠なのです。その後は、いろいろの事柄が鎖の中にはめ込まれることになります。当初はランブイエ夫人[20]のことを考えなかったかも知れませんが、その後、十七世紀を見ていくうちに、今回の小説に打ってつけの《青の部屋》(Chambre bleue) の描写が発見されるのです。

――あなたが『エンチクロメディア』という、十七世紀に関しての〝CD‐ROM〟の百科事典を公刊されたという記事を読みましたが。

ですが、これは典拠ではなくて、まあ、一つの結果なのです。

――ええ。でもおそらく、素材は小説におけるのと同じものなのでしょうね。

もちろん。なにしろ私が小説をもう書いていたときに、オリヴェッティ社の者がやって来て、われわれのボローニャのグループに《〝CD‐ROM〟のための何かアイデアはありませんか》と尋ねたのです。そして思い浮かんだのが歴史の〝CD-ROM〟をつくるという考えだったのです。それから、どの世紀を選ぶかを言う段になったとき、私は十七世紀と言ったのです。なにしろ、傍にはベーコンについてすばらしい卒論を書いていた同僚もいましたから。ですから、われわれは十七世紀を選んだわけです。こういうものが発刊されたのは九三年のことであり、すでに私の小説は大いに進捗していたのです。私の小説の素材が〝CD-ROM〟に役立ったのであって、その逆ではなかったのです。

——今度は、あなたの新しい小説の理解に重要と思われるもう一つのテーマに接近したいのですが。私の印象では、あなたの三つの小説が共有している一つの局面は宇宙の秩序の探求にあると思われます。たとえば『バラの名前』では宇宙のシンボルは根茎《リゾーム》の形をした図書館でしたし、『振り子』では振り子を吊るすべき定点の探求でしたし、そして、あなたの新しい小説では、あなたは地球上の経度を計算するための根底としての〝定点〟(punto fijo)をも話題にしておられます。ちなみに、なぜあなたはこの用語をイタリア語ではなくて、スペイン語で使っておられるのかと私は自問してきました。

文献学的に明確にしましょう。私はどの書評者も"punto fijo"が百八十番目の経線だと信じたのを見ました。実際には"punto fijo"はどこにいるかは関係なく、経度の上で船の位置を測定する方法なのです。私がそれをスペイン語で使ったわけは、セルヴァンテスが『犬たちの対話』においてそれを引用しているからです。同じく、スペイン王も"el punto fijo"を見つける者に大金を約束するとき、それを引用しています。

でも、繰り返しますが、それは宇宙の中の或る点なのではなくて、経度を正確に決定する可能性なのです。こういうわけで、たしかに私の小説は哲学的小説である以上、一人の哲学者がつねに提起する唯一の問題、つまり、宇宙に秩序は存在するかどうかということを話題にできるだけなのです。

去年、《哲学者たちは今日何をしているか》という会合があったローマ・カトリック大学で講演をしなければならなくなって——テーマは《形而上学》でした——私はアリストテレスからハイデッガーにかけての《有》に関して講演しました。そしてそのとき、《有》の堅い地盤は存在するかどうかという問題を提起したのです。この場合、さまざまな議論、たとえば、犬と猫を交尾させても動物は生まれないという考察をすることができます。ですから、明らかに法則が存在するし、宇宙の中に最小の秩序が存在するのです。見てのように、これは私の哲学的テーマですし、小説の中に戻るほかあり得ないのです。

それに、よくお読みになればお分かりになるように、私の小説中のロベルトは世紀の哲学をそっくり考え出し、パスカルを考え出し、スピノザを考え出し、ライプニッツを考え出し、フォントネルを考え出すに至っています。しかし、彼は哲学者ではないので、考え出してからそれを捨て去るのです。ここには言わばヘーゲル的な考え方があります。つまり、《精神をとらえて、それをそれだけで宇宙の中心に置きなさい、そうすればそれは哲学史全体を生み出さざるを得ないだろう》というわけです。

でも、このように典拠のことを話してくると、系統的な探求がなされたかのように見えますが、それは違います。もちろん、十七世紀の典拠を大ざっぱに研究して、この時代の風潮に分け入ろうとしました。その後は、取りとめもない調査をしたのでして、興味の中心はその世界の中に小説まがいのもろもろのアイデアを見いだすことにありました。

犬が一つのアイデアであることは、そのとおりですね。ガリレオの機械はひどく面白かったです。これをつかまえて、これを一つのアイデアにすればよい。水中ヴェール（アクアラングのようなもの）をつかまえて、これを一つのアイデアにすればよい。私が言わんとしているのは、消去法によって、小説のためのアイデアがいろいろ見つかるということなのです。

十七世紀のこうしたすべての科学技術の話のうちに、私は潜水艦や、飛行機の最初の試み、等の記述を見いだしたのです。ですから、第一のアイデアは潜水艦とともにカスパル神父を行かせることでした。もう一つのアイデアは、彼を気球に乗せて飛ばすことでした。これはカルヴィーノの『木のぼり男爵』の最終部分です。ところで、カスパル神父をどうやって消え失せさせることができるか。私は水中ヴェールに関する記述を見つけて、それの中に彼を消え失せさせたのです。ですから、私は十七世紀の文学全体を、系統的なやり方でアイデアを発見するために行っただけなのです。十七世紀へのこの旅は文献学的再構を意図していたのではなくて、それは海賊の旅、つまり、こうしたすべてのアイデアや状況を盗むためだったのです。

――今度はあなたの小説の主人公の人物像について少しばかりお話させて頂きますと、私はロベルトとカスパル神父との関係が『バラの名前』におけるアトソンとウィリアムとのそれに比べられるような印象を受けました。なにしろ、両方の場合とも、事件発展の中心には未経験な若者がおり、傍には年老いた賢者がいて、若者に世紀の科学を説明してやっていますから。

もちろんです。ただし、『バラの名前』の場合、老人はほんとうに賢者ですが、今回の小説では少々狂っていますよ！

――もう一つ、私には重要と思われるテーマに接近したいのですが、あなたの小説の典拠、間テクスト的事象についてはすでに話題にしました。いやむしろ、《ポストモダン》なる用語を用いることができるかも知れません。あなたがまだこの名称を好んでおられるのか、あるいはおそらくあなたがポストモダンの概念を『「バラの名前」覚書』において規定されて(21)以来、発展させてこられたのかどうかは私は存じませんが。

あの古い定義で多かれ少なかれ、私には十分なのです。残りのすべては時間の損失というものです。しかし実のところ、私は目下、《コラージュ小説》の路線を進んでいるのです。おそらく私はポストモダンのメタ語り的局面を少しずつ発展させてきたのだと思います。『バラの名前』は一つの話でしたし、私はそれを物語っていました。しかし、『フーコーの振り子』ではすでにその話は小説がいかに生まれるかをも物語っています。そして今回の場合には、ロベルトが小説の中で一つの小説を構築していますし、このように、私は語り性に関する省察を極限に導いたのです。こういうことは理論上の理由で行われたのではありません。私には言語上の理由があったのです。

なにしろ私は十七世紀の言語をロベルトに話さねばならなかったからですが、しかし、十七世紀の言語だけをしょっちゅう聞くのであれば退屈このうえなかったでしょう。ですから、私が始めた瞬間には、どの言語で書くべきか分からなかったのです。それで、主人公を眺めていて、《おい、何という話し方をするんだい。何と変なしゃべり方をすんだい。君には同意しかねるよ》と言うような語り手がいなくてはならない、と計画を自分で定めたのです。けれども、ときどきこの語り手はロベルトの言語に捕らえられているうち、後でついに断念するのです。

　ですから、メタ語り性がすでに言語上で上演されていたことになります。こういうことは私には自明だったのでして、それはいつも同一化と離脱との間の動揺なのです。この時点では、メタ言語性はメタ語り性にもなってしまいます。そういうわけで、このことは私をして、絶えざる歴史的破壊ゲームをさせる結果になりました。

　ある人は私に申しました、《ときどきはなはだ好ましい人物を登場させておきながら、後でどうしてその人物を死なせたりするのかい》と。こういうことはロベルトの父親にも、サン＝サヴァンにも、カスパル神父にも、そしておそらくはフェランテにも当てはまります。読者が愛着を抱くこれらのすべての人物は、事件発展の中で死なざるを得ないのです。このことは、話をいつも中断するために、私が意図していたことなのです。お望みならば、これを語る可能性または不可能性に関する批判的・風刺的省察として、ポストモダンの枠組みの中に置いてもかまいません。

　私が言いたいことは、今回の小説が机の上で計画されたのではないという点です。それはまさしく《少しずつ》[22] (au fur et à mesure) つくり上げられたのでして、その間、私ははたしてロベルトがマリーノ風、バロック風、あるいは違った言葉遣いで話すことができたかどうかという問題を解決しようと努めていたのです。そのときに、こうした言語遊戯がつくり出されたわけです。

——私の印象では、あなたの三つの小説における語り性の前進的解体を話題にできると思います。つまり、『前日の島』では、『フーコーの振り子』におけるより以上の風刺的な注釈が見つかりますが、この『フーコーの振り子』では『バラの名前』におけるより以上の自己風刺が見いだされ得たのです。

もちろん。それはたとえば、嫉妬のテーマにおいて看取できます。ある島にいる難破した愛人には嫉妬しか現われることができなかったのです。このテーマはまた、私に対してフェランテの話の中の話を着想させました。この時点で、私は嫉妬の現象学をやり始めたのです。嫉妬の本質は何か。それは、起きて欲しくないような話を物語ることです。それから、嫉妬に関するこの省察は語り的構造となりました。ロベルトの小説中に小説が生まれるのは、彼が嫉妬深いからなのです。私たちが語り合っている話は、ほんとうだと信じながらも、嘘であることを期待してもいるのです。

——あなたの小説活動のもう一つの重要局面は、死についての絶えざる省察のように思われます。たとえば、『前日の島』（四三三頁）ではこんな文を読むことができます——《哲学者にとっては、死を正当化するのは容易だ。暗闇のなかに突き落とされざるを得ないということは、この世で最も明白なことの一つだ》と。これは、あなたの私的な態度をも反映しているように思うのですが、そうではないのでしょうか。

私にとって、死に関する省察はいつも、私が哲学者であることの、またもちろん人間であることの、不動のポイントでした。その理由はおそらく、私が二十歳まではなはだ熱心なカトリック教育を受けたからでしょう。良いカトリック教育——《キリスト教民主党》の皮相的なそれではありません——の基本要素の一つは、死に関しての省察です。私の時代には少年たちが演じることになっていた《良き死の実習》があったのです（今日でもそれが実行されているのかどうかは知りません）。それには、死体の硬直についての詳細な描写が含まれており、こういうことが、幼時から刻み込まれるわけです。もちろん、死についての話を聞きたがらない人びともいます。しかし、私はあえて言うのです、《死を正面から見すえて、熟考せよ》と。

ですから、冗談まじりに、と言ってもあまりに冗談半分ではなしに、私は二十五ないし三十歳になったとき、友だちと語ったものでした、《儂の最期の名言はどういうものになるだろうか》と。すると、私の或る友人は言いました、《お前の最期の名言を見つけたぞ。でもそいつは言うまい。それがお前の最期の言葉だったと言うのは、お前が死んだ後のことになるだろうよ》。

してみると、墓碑銘の問題ということになります。私の墓の上に何を刻むか。私はもっとも美しいものを見つけたのです。それはすでにトーマス・ホッブスが用いていたもので、《これは哲学者の石なり》（This is the philosopher's stone）です。

——洒落ですね。

哲学者が最後に発見する真の哲学の石はこれなのです。さらに、私はもう一つ、自分の遺言書の中にも入れるやつを発見しました。それは、トンマーゾ・カンパネッラの『太陽の都』における対話の最後の二つのやりとりで、《待って、待って》、《私にはできない、私にはできない》（"Aspetta, aspetta,""Non posso, non posso"）です。私の三つの小説を再読されるなら、死に関してのこういう省察が絶えずより一層増大しています。私が絶えずより年老いていくせいもあって。

――そのためには、十七世紀は背景としても打ってつけじゃないですか。

うん、たしかに陰気な世紀ですね。仮に小説が十五世紀のコジモ・デ・メディチの宮廷で展開したとしたら、すべてはもっと晴れ晴れとしていたことでしょう。

――もっと別のことも質問したいのですが。《エピファニー》なる用語は新しい小説ではただ一回しか見つかりませんでしたが、『フーコーの振り子』ではエピファニーの概念はまだ中心をなしていましたね。

そう。『フーコーの振り子』にあるのは神秘の堆積でして、それらは後で二つの分解的なエピファニーに（つまり、ベルボにとってはトランペット、カゾボンにとっては丘に）なっています。今回の新しい小説では、ロベルトは連続的なエピファニーの真っ只中に置かれています。彼は日没から夜明けまで常にさまざまな幻影に直面しており、いろいろのエピファニーによってほとんど押し潰されそうになっており、もはや計算することもできないのです。

――あなたの新しい小説で面白いと思ったのは、終わりのあたりのページの脚注にある文献指示です。読者ははたしてそれがほんとうなのか嘘なのか知ることができません。現実と虚構との間の混乱をつくり出すというこのテクニックは、『バラの名前』序文でもすでに用いておられましたし、それはもちろん、ボルヘスに由来するものなのですね。

いや、嘘ではなくて、全部ほんものなのです。要するに、私はタスマンの旅に関してこの類いの嫌疑をつくり出さなければならなかったのです。なにしろ、私は誰かがどうやってロベルトの手紙を再発見することができたのかを説明しなくてはならないのですから。二人がそこを通りがかった、十七世紀にはタスマン、十八世紀には艦長ブライが。けれども、私にはロベルトにリシュリューの死後パリを去らせる必要があったし、この場合にはもう十二月になっていました。船がそこに到達するのに少なくとも六カ月かかったのです。

しかも、私がフィジー諸島を見たのは八月でしたし、私がそこを描述できたのはその月にどういう状態だったかということだけでした。けれども、タスマンがそこを通りがかったのは二月のことだったのです。それで、私はストーリーをすっかり組み換え、ロベルトをもっと以前に出発させたのです。ところがこうなると、彼はマザランと対談を行うことができなかったことになる。なにしろ、まだリシュリューが生きていたのですからね。しかもタスマンは一月か二月のフィジー諸島を見たことになるでしょうが、私はこれらの月の状態は知らなかったのです。さもなくば、私はたとえば、タスマンが後から通りがかったといったような、タスマンに関しての一種の推理小説のようなものをでっち上げなければならなかったのです。ただし、このタスマンの旅に関しては、もはや航海日誌が残ってはいず、大きな謎になっているということを発見したために、私は助けられたのでした。

――さらに質問したいのは、あなたの新しい小説の全般的構造に関してです。ある批評家は、この小説はあまりに異質だと言いました。私としても、あなたの前の二つの小説のほうがより同質的だとの印象を多少もっています。この点については、どうお考えでしょうか。

このことだけは明瞭なご返事を申し上げられません。私は異質な素材を手にしていることを知っていましたし、それらを融合しなければならないことを知っていました。この本を完成したのも、私はそれらの素材がかなり融合したものと考えたからなのです。しかし、読者が十分にそれらが融合していないと思われるとすれば、それは私の責任です。ほかに言いようがありません。私としては、あの世紀はすでに異質ですから、かくも異質な素材を溶け合わすのが興味深いことのように思えたのです。マリーノとかグリュフィウスのような書き方をする人もおれば、ガリレオとかデカルトのような書き方をする人もいます。ニュートンのような考え方をする人もおれば、アタナシウス・キルヒャーのような考え方をする人もいます。ですから、異質性は十七世紀の特色だったのです。私にはただ、海を前にしただけの一人の男の孤独な頭の中にこれらすべての人物を再合流させることは融合の最高点だと思えたのです。でも、彼はこういう異質性を相当苦しまなければならないのです。彼は自分の世紀である《パズル》のすべてのピースを組み立てることができないために、途方にくれているのです。

——読者がもつかも知れない、そういう統一の欠如感はおそらくまた、すでに話題に上った語り性に対してのあなたの遊戯に起因しているのでしょう。つまり、あなたは筋組みはいかにして続きうるか、等のことを本文中で省察したり、風刺的なコメントを行ったりして、物語の伝統的な調和を破壊しておられます。

異質性のもう一つの理由は、私がはなはだはっきりした一つのフィーリングをもっていたからです。つまり、小説の最初の三分の一では、ロベルトは船の上でいつも一歩前進し、それから時間的に一歩後退しており、しかもこのことは、彼が現況の原因を明らかにするまで繰り返されるのです。

——それから、ある瞬間がきますね……。

そう。それから、カスパル神父とともに、絶対に休止した瞬間がきます。この場合、私は何が起きるか分からなかったのです。ロベルトと同じ歩行を繰り返すフェランテの話をでっち上げることにより、私にはまたしてもロベルトに船上で一歩前進させ、それから、時間的に一歩後退させる、等のことが可能となったのです。

――そうだとすると、フェランテの主要な機能は、語り手がロベルトの足跡に立ち返るのを可能にすることにあるのですか。

小説の終わりでは、そのとおりです。しかし私が小説を書いていたときには、そうではありませんでした。では、どうして私はフェランテを冒頭に入れたのでしょう。その理由は、エマヌエーレ・テザウロや十七世紀の他のいろいろな理論家たちの言によると、小説の主たる要素のうちには《瓜二つの人間》がいなくてはいけないからです。それで、私はこういう人間を入れたのです。それをどうやったらよいかは分からなかったのですが。

ところが、小説の第三部の問題を解決しなければならなくなったとき、私にはこの《瓜二つの人間》を使って、ロベルトの過去に立ち返るようにしようというアイデアが浮かんだのです。でも、そのアイデアが浮かんだのはそのときのことであって、以前にはなかったのです！ ですから、構造的には、フェランテの介在はただ、ロベルトによる泳ぎの習得を遅らせるのに役立っているだけなのです。心理的には、私にとって嫉妬のテーマ群をつくり出すのに役立っています。

ですから、いつも机上のプランで出発しているわけではないのです。『振り子』の場合には、私は始めに枠組みのようなものをつくってありました。しかし、今回の小説では違います。存在していたアイデアはただ、主人公がいつも島へ向かって一歩一歩進みながら、決してそこに到達することにはならない、というものだったのです。これだけが明白なことだったのです。

訳注

(1) このインタヴュー「『バラの名前』から『フーコーの振り子』へ——エーコ最新インタヴュー」は『ユリイカ』第21巻第14号（一九八九年）二三六－二四七頁所収。（『ウンベルト・エコ・インタヴュー集』而立書房、再録）

(2) "fluyt" とは、エコの第三作中に描述されているオランダ船のことである（原注）。

(3) 後述されているとおり、フィジー諸島への旅行のこと。この帰りに、エコは訪日したのであり、訳者も大阪で面会する機会をもった。

(4) ジュゼッペ・アルチンボルド（1527－1593）花・果実・動物・対象から成る静物画で有名なイタリアの画家。『フーコーの振り子』中にも登場している。

(5) トリーノ近郊に所在。

(6) 一四七九年にジョルジョ・マルティーニが建造した。カリオストロはここに幽閉されて死亡した（『フーコーの振り子』にも三回出てくる）。

(7) ミシェル・トゥルニエ（1924－　）寓話性の強い作品で知られている。

(8) アベル・ヤンソーン・タスマン（1602？－1659）オランダの航海家で、タスマニア、ニュージーランド、その他太平洋南部の諸島を一六四二－四三年に発見した。

(9) アンドレアス・グリュフィウス（1616－1664）ドイツの詩人、劇作家。聖人、殉教者を素材とした悲劇が有名。

(10) ルイス・デ・ゴンゴラ・イ・アルゴーテ（1561－1627）スペインの詩人、もっぱら教養人士《クルトス》を目標に書いたため、この難解な詩風は〝クルテラニスモ〟とか、彼の名にちなんで〝ゴンダリスモ〟（ゴンゴラ調）と呼ばれた。

（11）ジュール・マザラン（1602－1661）イタリア生まれのフランスの政治家（イタリア名はジューリオ・マザリーニ）。リシュリューの信任を得てフランスに帰化し（一六三九年）、リシュリューの死後、その後を継いで宰相となる（一六四二年）。

（12）アルマン・ジャン・デュ・プレン・リシュリュー（1585－1642）フランスの政治家、枢機卿。ルイ十三世の宰相（1624－1642）として、絶対王制の基礎を築いた。

（13）サヴィニアン・ド・シラノ・ド・ベルジュラック（1619－1655）フランスの自由思想家、作家。『日月両世界旅行記』等の奇抜な作品で有名。

（14）エドモン・ロスタン（1868－1918）戯曲『シラノ・ド・ベルジュラック』で名声を博した。

（15）本名はピエール・ガッサン（1592－1655）デカルトに反対して、エピクロスの唯物論的原子説の立場をとった。

（16）バルタサール・グラシャン（1601－1658）スペインの作家。哲学的内容の著作があり、フランスのモラリストたちの先駆となった。

（17）エマヌエレー・テザウロ『アリストテレスの望遠鏡』を著す。エコは『論文作法』、『テクストの概念』においても、彼のこの著書に詳しく言及している。

（18）アタナシウス・キルヒャー（1602－1680）ドイツのイエズス会士。当代のほとんど全文化領域をカヴァーした大博学者。『フーコーの振り子』でも詳述されている。

(19) ロバート・フラッド（1574−1637） 英国の医者、哲学者。バラ十字会の強力な擁護者でもあった。『フーコーの振り子』でも頻出している。

(20) カトリーヌ・ド・ヴィヴォンヌ・ランブイエ（1588−1665） ランブイエ侯爵夫人。パリのサン゠トマ゠デモ゠ルーヴル街の自宅にサロンを開設して、名士や文人を集め、社交界の基礎を築いた。

(21) 谷口勇訳『「バラの名前」覚書』（而立書房、一九九四年）、七三頁以下を参照。

(22) ジャンバッティスタ・マリーノ（1569−1625） イタリアの詩人。洗練されたその技法はプレシオジテ文学に影響を及ぼした。

＊ 一九九五年一月二十二日にミラノでなされたインタヴュー、"Un colloquio con Umberto Eco su *L'isola del giorno prima.*"

主著の販売部数（一九九五年現在）

『トマス・アクイナスの美的問題』（一九五六年）七〇〇〇部
『開かれた作品』（一九六二年）七万部
『ささやかな日記帳』（一九六三年）一万二〇〇〇部
『終末論者たちと保守十全主義者たち』（一九六四年）六万部
『ジョイスの詩学』（一九六五年）一万部
『不在の構造』（一九六八年）五万部
『内容面の諸形態』（一九七一年）八〇〇〇部
『家の習慣』（一九七三年）一万五〇〇〇部
『一般記号論概説』（一九七五年）三万五〇〇〇部
『帝国の周辺から』（一九七六年）一万五〇〇〇部
『論文作法』（一九七七年）二〇万部
『大衆のスーパーマン』（一九七八年）二万五〇〇〇部
『物語における読者』（一九七九年）二万部
『バラの名前』一九〇万部（世界中では一〇〇〇万部以上。合衆国でも一六五万部）
『欲望の七年間』（一九八三年）五万五〇〇〇部
『鏡論』（一九八五年）三万部

『フーコーの振り子』（一九八八年）六五万部（イタリア国内）
『前日の島』（一九九四年）（世界中で二〇〇万部）

訳者あとがき

エコに関する著書は毎年、数を増すばかりである。それも当初の流行《はやり》の熱病からは解放されて、着実な沈澱を見せつつある。*

本書はエコの第二作『フーコーの振り子』が出てから間もない頃の、イタリアのエコ現象を扱ったものであり、今となってはいささか時代遅れになった感が否めないが、これの責任は訳者たちの仕事の遅れによるところが大である。しかし、第三作が出た現在でも、本書の中の大半の内容はその有効性を実証していると言えよう。

本書の編者たちは、エコ現象を賛否両論から客観的に見ているところに特徴がある。エコに対しては人それぞれの見方ができようが、大事なことは、彼の作品への反応が読者の知的レヴェルを映し出す、言わばリトマス試験紙であるという事実だ。その一例として、フランス語訳者ジャン・ノエル・スキファノの予言（二〇四ページ参照）が、エコの第三作を言い当てているのは注目に値する。

とにかく、第三作『前日の島』という、もっとも磨きのかかった作品が存在する以上、この作品を無視することは許されない。そのため、本書の付録として、シュタウダーによるエコとのインタヴューを収めておいた（「ユリイカ」一九九五年五月号の再録）。いずれ、第三の「解明シリーズ」を出したいと切望している。

今回もイタリア語の難しさには手こずった。当初、谷口単独で着手したが、結局イタリア人との共訳を余儀なくさせられる破目に至った。遅ればせながら、本書がわが国の読者にも何らかのインパクトを与えてくれるならば、訳者たちの喜びは十分に満たされたことになる。

二〇〇〇年三月二十六日　行徳にて

谷口　伊兵衛

＊『バラの名前』『フーコーの振り子』には仏訳のカセットテープがフランスで出ているし、英訳からの録音テープは、三作とも合衆国で発売、わが国にも輸入されている。
第三作『前日の島』に関しても、ドイツとイタリアで大部な研究書が刊行されている（一九九七年）。

「U・エコ『バラの名前』」解明シリーズ

H・D・バウマン、A・サヒーヒ／谷口勇訳

1987.11.25刊
四六判上製
312頁
定価1900円

映画「バラの名前」

ISBN4-88059-111-4 C1098

エコの超ベストセラー小説『バラの名前』は、第一級の記号論学者の手になるだけあって難解を極めている。小説の映画化にあたってのドキュメントであり、小説の記号論的・時代的背景を理解するてだてとなっている。原文独語。

K・イッケルト、U・シック／谷口　勇訳

1988.1.25刊
四六判上製
320頁
定価1900円

増補「バラの名前」百科

ISBN4-88059-114-9 C1098

『バラの名前』にはさまざまな物語類型が織り込まれており、さまざまなレヴェルで解読することが可能である。本書は壮大な迷宮を包蔵するこのメタ小説に踏み込むための《アリアードネの糸》となろう。原文独語。90年増補。

U・エコ他／谷口　勇訳

1988.12.25刊
四六判上製
352頁
定価1900円

「バラの名前」探求

ISBN4-88059-121-1 C1098

「サブ・スタンス」誌47号（『バラの名前』特集）の論文の他、独・仏・ルーマニアの学者の論文をも収めた国際色豊かな論集。計11名の論者がそれぞれの視点から照射している。初期の『バラの名前』研究書。原文英・仏・独語。

L・マキアヴェッリ／谷口勇、G・ピアッザ訳

1989.6.25刊
四六判上製
336頁
定価1900円

「バラの名前」後日譚

ISBN4-88059-125-4 C1098

U・エコの大作『バラの名前』は読者ならびに批評家にほとんど無批判に受け入れられてきたが、推理小説家の著者はこれに異議申し立てを行った。独・仏・スペイン訳も出ている話題作。本邦初公開。付録も収録。原文伊語。

A·J·ハフト、J·G&R·J·ホワイト／谷口　勇訳

1990.4.25刊
四六判上製
280頁
定価1900円

「バラの名前」便覧

ISBN4-88059-142-4 C1098

ラテン語等の引用句の出典を精査し、作品の背景を簡潔に説明する。『バラの名前』を読むとき常に座右に不可欠の宝典といえる。アメリカ版『百科』である。原文英語。

ニルダ・グリエルミ／谷口　勇訳

1995.8.25刊
四六判上製
352頁口絵1頁
定価1900円

「バラの名前」とボルヘス

ISBN4-88059-203-X C1098

『バラの名前』はボルヘスへの献呈本といわれるくらい、ボルヘスとは深い関係にある。著者がアルゼンティン人という有利な立場を生かして、徹底的にこの面を照射した、願ってもない好著。原文スペイン語。

ウンベルト・エコ／谷口　勇訳

「バラの名前」覚書

1994.1.25刊
四六判上製
160頁口絵4頁
定価1900円
ISBN4-88059-182-3 C1098

世紀の大ベストセラー小説『バラの名前』について作家が自ら書いた、貴重な「覚書」。11カ国語に訳され、ポストモダンのマニフェストとして、ヨーロッパではすでに古典扱いされている小説についての、著者の注目すべき発言。

M・トーマス・インジ編／谷口伊兵衛訳

「バラの名前」奏鳴

近刊

『バラの名前』探求の拡大・深化を示す好著。著者も『探求』と重複している。詳細な文献表だけでも、合衆国での反応の大きさが分かろう。『バラの名前』は今や“文化”現象となったことを知らせてくれる。原文英語。

テレサ・コレッティ／谷口伊兵衛訳

「バラの名前」精読

近刊

イタリア人特有の重厚な伝統に裏打ちされた教養をバックに、『バラの名前』を系統的に解説した貴重な一冊。原文英語。

マクス・ケルナー編／谷口伊兵衛訳

「バラの名前」史談

近刊

中世史の専門家7名と、H・フールマンの序説から成る密度の高い論集。虚構と史実との関連に学問的にアプローチしている。原文独語。

トマス・シュタウダー／谷口伊兵衛訳

「バラの名前」縦横

近刊

エルランゲン大学の新進学徒によるエネルギッシュな研究。特にエコの全著作と『バラの名前』との関連を徹底的に解明。数多くの新発見を呈示している。膨大な文献とそれについてのコメントは労作。原文独語。

コスタンティーノ・マルモ／谷口伊兵衛訳

「バラの名前」校注

近刊

小説の梗概、背景的知識を詳述したほか、エコの原典に対して校訂を行い、誤記を一掃する。この種の研究書の中で最も基本的な重要性をもつ、座右に必備の参考書。原文伊語。

〔訳者紹介〕

谷口伊兵衛（本名：谷口　勇）

1936年　福井県生まれ

1963年　東京大学大学院西洋古典学専攻修士課程修了

1970年　京都大学大学院伊語伊文学専攻博士課程単位取得

1975年11月〜76年6月　ローマ大学ロマンス語研究所に留学

1992年　立正大学文学部教授（英語学）

1999年4月〜2000年3月　ヨーロッパ，北アフリカ，中近東で研修

主著訳書　『ルネスサンスの教育思想（上）』（共著）

『エズラ・パウンド研究』（共著）

『中世ペルシャ説話集』

「教養諸学シリーズ」既刊5冊

「『バラの名前』解明シリーズ」既刊7冊

「『フーコーの振り子』解明シリーズ」既刊2冊

「アモルとプシュケ叢書」既刊2冊ほか

ジョバンニ・ピアッザ（Giovanni Piazza）

1942年，イタリア・アレッサンドリア市生まれ。

現在ピアッ座主宰。イタリア文化クラブ会長。

マッキアヴェッリ『「バラの名前」後日譚』，『イタリア・ルネサンス　愛の風景』，アプリーレ『愛とは何か』，パジーニ『インティマシー』，ロンコ『ナポレオン秘史』，クレシェンツォ『愛の神話』，サラマーゴ『修道院回想録』（いずれも共訳）ほか。

エコ効果―― 4千万人の読者を獲得した魔術師の正体――

2000年6月25日　第1刷発行

定　価　1900円＋税

編　者　F・パンサ／A・ヴィンチ

訳　者　谷口伊兵衛／ジョバンニ・ピアッザ

発行者　宮永捷

発行所　有限会社而立書房

〒101-0064 東京都千代田区猿楽町2丁目4番2号

振替 00190-7-174567/電話 03（3291）5589

FAX 03（3292）8782

印　刷　有限会社科学図書

製　本　大口製本印刷株式会社

落丁・乱丁本はおとりかえいたします。

ISBN 4-88059-261-7 C0098

索　引

人名索引　＊印は作中人物

ア　行

アイェッロ，ネッロ　75, 97〜102
アウグスティヌス　185
赤髯王フリードリヒ1世　3
アッタルディ，ウーゴ　156
アッバニヤーノ　23
＊アトソン　iv, 56, 57, 214
アドルノ　58, 84, 85
アニェッリ，ジャンニ　231
＊アブラフィア　iv, 210
アポロニオス，チュロスの　149
アメンドラ，アントネッラ　47
アリオスト　206
アリストテレス　184, 247
アリストファネス　105, 149
アリノーヴィ　105
アルヴァロ　52
アルカンジェリ，フランチェスコ　114
アルチンボルド　240
アルバジーノ，アルベルト　74, 75, 88, 146, 190, 201, 224, 230
アルベローニ，フランチェスコ　34, 43, 144〜146, 151
アルマーニ　196, 231
アレクサンドロス　149
アレン，ウッディ　54, 112
アンチェスキ，ルチャーノ　81, 114, 224
アントニア　96
アンドレオーゼ，マリーオ　120, 123, 139〜143
アンドレオッティ，ジューリオ　231
アンノー，ジャン=ジャック　176
イグビー　245
ヴァッサッリ，セバスチャーノ　214
ヴァッティモ，ジャンニ　23, 48
ヴィットリーニ，エリオ　23, 26, 71, 123, 135, 136, 224
ヴィンチ，アンナ　x
ヴェルガ　194
ヴェルトーネ，サヴェリオ　216
ヴェルヌ　241, 242
ヴェントゥーリ　23
ヴォイテイラ　148, 197
ヴォーカンソン　219
ヴォッリ，ウーゴ　120, 141
ヴォルテール　54, 184
ヴォルポーニ，パオロ　217, 223
ウンガレッティ　124
エコ，ウンベルト　14, 15, 37〜39, 145
エコ，レナーテ　47, 224
エコ，ロメーオ　7, 10
エマヌエッリ，エンリーコ　66, 74, 75

エーミ　8
エラスムス　iii, 54
オッカム　212
オッティエーリ　223

カ　行

カージュ　58
カステッリ，シルヴァーナ　168
カストロ，フィデル　73
*カゾボン　iv
カチャーリ，エレーナ　173
ガッサンディ　243
カッソーラ　51, 66, 79
カッペッレッティ，ダンテ　166
カッレット，カルロ　11, 18
ガッローニ，エミーリオ　173
カネパーリ　48
カフカ　202
カポネット　158
カラッソ，ロベルト　102, 147
カラブレーゼ，オマル　104, 114
〜120
ガリマール，アントワーヌ　150
ガリレオ　248, 255
カルヴィーノ，イタロ　23, 26,
51, 121, 172, 224
ガルザンティ，リーヴィオ　52,
178
カルドゥッチ　146
カルロ　61
カンポレージ，ピエロ　165
キルヒャー，アタナシウス
244, 255
ギンツブルク，ナターリア　23
グアリーニ，ルッジェーロ　178
クッティカ王子　4
クートロ，ジョヴァンニ　38, 44
クラクシ　121, 231
グラシァン　243
グラス，ギュンター　68, 71
クラッケ，アーサー　210
グラムシ　14
グリエルミ，アンジェロ　65,
69, 75, 79〜85, 88〜91, 97
クリステヴァ，ジュリア　iii, 180
グリュフィウス　242, 255
グレゴッティ，ヴィットリオ
58, 69, 70
クレーマー　6
クローヴィ，ラファエーレ　134
〜139
クンデラ　147
ケイジ，ジョン　224
ゲーテ　iv, vii
コシャ，ジャンニ　6
ゴッホ，ファン　134
ゴフ，ジャック・ル　iii
コルヴィ，ラファエレ　123
ゴルジア，ジョルジョ　8
ゴルティ，マリーア　120, 144,
148
コルデッリ，フランコ　170
ゴルドーニ，ルカ　34, 147
コロンボ，フリオ　24, 47, 48,
58, 61, 62, 104, 114, 124, 129,
134, 191, 220〜227, 231
ゴンゴラ　242

サ　行

サヴァティーニ　183

ザネッティ　70
サルヴァラッジョ，ナンタス　206
サルツァーノ，フェルナンド　203
サルト，エウジェニオ・デル　5
サングイネーティ，エドアルド　24〜33,58,65,74,79,88,97,142
サン・ジェルマン伯爵　149
サント=ブーヴ　193
サンポー，エンザ　ix,10,36,43〜50,58
ジヴォーネ，セルジオ　23
ジェッダ　12,18
ジェット，ジョヴァンニ　23,25
*シェーラザーデ　55
ジェリンド　9
ジェンナリーニ，ピエル・エミーリオ　37,49
シチリアーノ，エンゾ　122,154
シムノン　163
ジャコモ　61
シャーシャ，レオナルド　51,121,172
シャール　194
シュー，ユージェーヌ　26,138
シュタウダー，T　233
ジューディチェ，デル　121
シュトックハウゼン　224
ジュリアーニ，アルフレード　65,69,73,75,78,79,86,88,92,97,104
ジューロ，ヴィットリオ・ディ　130,137
ジョイス　29,30,111,128,200,224
ショウ，バーナード　34
ジョヴァノッティ　163
ジョヴァンノーリ，レナート　115
ジョンソン博士　54
シラノ　243
シルヴァ，ウンベルト　205
ズヴェーヴォ　206
スカリオーネ　48
スキファノ，ジャン・ノエル　203
スクワルツィーナ，ルイージ　114
スコセッシ，マルティン　154
スコッティ，ヴィチェンツォ　12
スコッティ，エンゾ　15〜21
スティーヴンソン　241
ストラヴィンスキー　57,58
スパートラ，アドリアーノ　76
スパドリーニ　121
スパランザーニ　139
スピナッツォーラ，ヴィットーリオ　207
スピノザ　247
スピリト，オリエッタ　173
聖アンセルムス　203
ゼイケン，ヴァレンティーノ　218
聖女ルチーア　4
聖トマス・アクイナス　14,54,128,132,167,184,212
聖パウロ　203
聖パオロ　4
聖フランチェスコ　3

セヴェリーノ，エマヌエーレ
205
セータ，チェーザレ・デ　171
セダレ，ウンベルト　37
セルヴァディーオ，エミーリオ
204
セルヴァンテス　246
セレーニ　23,51
ソシュール，ド　54,185,236
ゾッラ，エレミーレ　35,219

タ　行

タヴァッツァ，ルイージ　12
タスマン　242,254,255
ダニエル，アルノー　212
ダヌンツィオ　146
タブッキ　121
ダリ　31
タルディーニ　12
チェーザリ，セヴェリーノ　144,
150
チェッリ　70
チェロネッティ，グイード　23
チターティ，ピエトロ　32,121,
142,144,149,189
ティアン，レンツォ　114
ディケンズ　202,206
ディドロー　vii,184
デカルト　255
デ・カルロ　121
テザウロ，エマヌエーレ　244,
257
デ・サンクティス　193
デ・マルティーノ　23
テルミネッリ，アンセルモ　209
ドイル，コナン　138,163,177,
184
トゥール，ジョルジュ・ド・ラ
240
トゥルニエ，ミシェル　241
ドストエフスキー　149,179
ドッセッティ　11,12
ドッセーナ　52
ドルイエ，フィリップ　150
トルストイ　179
*ドルチーノ　156
トルナブオーニ，リエッタ　153
トルナール，マルコ　211
トンデッリ，ピエル・ヴィット
ーリオ　121,211

ナ　行

ナポレオン　3
ニュートン　255
ネグリ，ジーノ　58
ネッロ　61
ノヴェンタ，エミーリア　61

ハ　行

ハイデッガー　247
パヴェーゼ　23,26
パヴォーネ，リータ　167,173
バウド，ピッポ　156,186
パスカル　247
パゾリーニ，ピエル・パオロ
51,97,229
バッサーニ，ジョルジョ　51,
66,71,79
パッツィ　121
バッティスティ，エウジェニオ

173
パディッリヤ　73
バーバリアン，キャシー　58
パラツェスキ　108
パリアラーニ，エリオ　65,69,88
パリス，レンゾ　191
パリーゼ，ゴッレード　52
バリッリ　65,79,88,90,91
バルザック　193,194,202
バルダッチ，ガエターノ　74
バルト，ロラン　43,195
パレイゾーン，ルイージ　23,25
バレストリーニ，ナンニ　51,65,68,69,73,75,87〜95,97,191
パンサ，フランチェスカ　x
パンパローニ，ジェノ　153,178
パンフィ，アントニオ　54
ビアンチョッティ，エクトル　160
ピヴェッタ，オレステ　195
ピウス12世　12,15
ピエルサンティ，ウンベルト　198
ピーマ，ファースト　3
ビュトール　193
ピランデルロ　206
ファッラーチ，オリアーナ　170
ファンファーニ　11
フィリッピーニ，エンリーコ　52,65,68,69,75,76,88,97
フェッルッチ　201
フェッレッティ　75
フェッローニ，ジューリオ　174
フェルゼッティ，ファビオ　175
フェルトリネッリ，ジャンジャコモ　58,96
フェルメール　240
フェルラータ，ジャンシーロ　224
フォーゲルヴァイデ，ヴァルター・フォン・デア　212
フォルチェッラ，エンゾ　100
フォルミゴーニ　147
フォントネル　247
フーコー　169,244,245
ブージ，アルド　144,147
プッセール　58
ブッチック，マリアンナ　165
ブライ　254
プラーチド，ベニャミーノ　199
フラッチ，カルラ　135
フラッド　244,245
プラトリーニ，ヴァスコ　194,198
ブラネス，ミゲル・セヴェーラ　161
ブランカーティ　52
ブルザーティ，フランコ　164
プルースト　193,194
フルッテーロ，カルロ　175
ブルーノ，フランチェスコ　162
フレゴーリ　iv
ブーレーズ　58,224
フレスコバルディ，ディーノ　212
プレスブルガー，ジョルジョ　201
ブレヒト，ベルトルト　58

プローディ，ジョルジョ　139
ペイルフィット，ロジェ　198
ベーコン　246
ペッソーア　147
ペッツィーニ，イザベッラ　115
ベッロッキオ，ピエルジョルジョ　133,228
ベネヴォロ，レオナルド　158
ベラルディネッリ，アルフォンソ　220,228
ベリオ，ルチャーノ　26,52,57〜61,111,224
*ベルボ，ヤーコボ　7
ベルリンゲール，ジュリアーナ　159
ベルルスコーニ　148
ベレッツァ，ダリオ　159
ベンニ，ステーファニ　144,146
ポウ　202
ボー，カルロ　76
法王アレクサンデル3世　4
法王ヴォイティラ　147
ボーヴェ，ジャコモ　5
ボッカ，ジョルジュ　147
ボッカッチョ　206
ボッツィーニ，ジュゼッペ　37
ボッビオ，ノルベルト　23,221,226
ホッブス，トーマス　252
ボッラーティ，ジューリオ　22,23
ボードレール　193
ポーリ，ディーノ・デ　12
ボルサリーノ，ジュゼッペ　4
ポルタ，アントニオ　52,65,76,88,197
ポルタ，ガブリエーレ・ラ　181
ポルツィオ，ドメニコ　123〜134
ポルティナーリ，フォルコ　36,47〜50
ボルヘス　132,254
ボンジョルノ，マイク　ix,35,39〜42,44,167,173,200
ボンピアーニ，ヴァレンティーノ　52〜61,142

マ　行

マグリス　121
マザラン　243,254
マゼラン　242
マッソラ，ジョヴァンニ　7
マッゾラーリ　12
マッフェットーネ，セバスチャーノ　183
マッラマーオ，ジャコモ　151
マティウ，ミレイユ　5
マデルナ　224
マデルノ，ブルーノ　58
マリタン枢機卿　20
マリーニ，フランコ　186
マリーノ　250,255
マルコ，ディアーナ・デ　171
マルコアルディ，マルコ　23
マルズッロ，ベネデット　104〜114
マルティーレ，ピエトロ　242
マレールバ　183
マンガネッリ　65,73,75,88,90,92,95,189,201,216
マンコーニ，ルイージ　185

マンゾーニ　55,194,198
マン，トーマス　164
ミノーレ，レナート　144,151
ミランドラ，ピコ・デッラ　vii
ムッサーピ，ロベルト　191
ムーナン　194
メディチ，コジモ・デ　253
メナンドロス　111,113
メーロラ，ニコラ　187
モーパッサン　193
モラーヴィア，アルベルト　51,52,66,110,121,142,146,183,188
モランテ，エルザ　96,194
モーリコ，セルジオ　189
モロ　96
モンダドーリ，オスカール　51,52,185
モンタネッリ　41,42
モンターレ　37
モンティーニ　12
モンド，ロレンツォ　152

ヤ　行

ユゴー，ヴィクトル　179
ユルスナール　59,147

ラ　行

ライプニッツ　247
ラヴェーラ，リディア　96
ラザッティ　11
ラディーチェ，マルコ・ロンバルド　96
ラディーチェ，ルーチョ・ロンバルト　183
ラ・ピーラ　11,12
ラブレー　iii,149
ランブイエ夫人　245
リアーラ　66
リーヴァ，ヴァレリオ　65～78,88,97
リヴェーラ，ジャンニ　6
リシュリュー　243,254
ルガルリ，ジャンパオロ　202
ルクレティウス　243
ルッソーリ，フランコ　38
ルペスコ，デット・デル・ガット　212
レイディ，ロベルト　58
レオパルディー　206
レーガン　164
ロイ，ナンニ　114
ローザ，アルベルト・アゾル　120,142,157
ロスタン　243
ロッコ　96
ロッシ，マリオ・ヴィットーリオ　12,13,15,17,18,21
ロッセッリ，アメーリア　202
ロッセッリ，アルド　52,61～64
ロードリ　121
ロニョーニ，ルイージ　58
*ロビンソン・クルーソー　54
*ロベルト　247,254
ロンゴバルディー，ニーノ　43
ロンバルディ　66

事項索引

ア　行

赤い旅団　96
アナール派　vi
『アメリカ講義』 121
『過ちの側から』 228
『嵐が丘』 179
アレッサンドリア　3
『アレッサンドリア人の歴史』 3
イタリア・カトリック行動青年団(GIAC)　11, 14～16, 23
イタリア・カトリック大学連盟(FUCI)　18
イタリア放送協会　36
『逸楽』 193
『犬たちの対話』 246
『イル・ヴェッリ』 81, 224
『イル・ジョルノ』 74, 75
『インテリの食』 35
『韻文による哲学ものがたり』 53, 76, 78
映画『薔薇の名前』 176
エイナウディ社　23, 51, 52, 135
「エウロペーオ」 12, 141
「エスプレッソ」 60, 67, 70, 74, 97～99, 101, 185, 204
『選ばれし人』 164
『エンチクロメディア』 245
「オッセルヴァトーレ・ロマーノ」 13
オリヴェッティ社　24

カ　行

『カドモスとハーモニーの結婚』 102
カトリック行動中央委員会　15
ガルザンティ社　52
『記号論』 122, 212
『木のぼり男爵』 248
『キリスト最後の誘惑』 154
『クインディチ』 70, 73, 75, 83, 84, 86, 87, 90～92, 226
『愚神礼讃』 iii
『倦怠』 51
『コスミコミケ』 51
『誇大妄想患者』 63
『コッリエーレ・デッラ・セーラ』 41, 66, 74, 75, 76
『言葉と物』 244
『ごろつき』 97
『婚約者』 239

サ　行

『作者不詳』 198
『ささやかな日記帳』 36, 109, 122, 131, 136, 176, 226
サッジャトーレ社　51, 123
『三銃士』 179
『ジオ・ヴァル』 142
『シオンの賢者たちの議定書』 145
「十九世紀」 32
『終末論者たちと保守十全主義者たち』 36, 61, 122

『出版者』 88
『親愛なるポンピアーニよ』 52
『新進気鋭たち』 65
『聖水喜劇』 7
『聖トマスにおける美的問題』 112
『前日の島』 233, 251
《それを見たのは誰か》 79

タ 行

ダムス 104〜108, 114, 117〜119
『チェス・プレイヤー』 56
『翼のある豚』 96
『罪と罰』 179
「ディアリオ」 228
デミウルゴス 210
テレヴィジョンの時代 34
テンプル騎士団 204
『ドクトル・ジバゴ』 71
トリーノ 22, 25, 48
『ドン・キホーテ』 202

ナ 行

『長いナイフの夜』 74
『仲間』 92
ナチス 42
『のるかそるか』 ix, 35, 40
「ノルド・エ・スド」 98

ハ 行

『パイス』 131
『八十日間世界一周』 241
「パノラマ」 194
バラ十字会 204
『バラの名前』 iii〜vi, viii, 29, 31, 42, 47, 54, 57, 59, 63, 77, 78, 88, 94, 98, 108〜110, 120, 122, 123, 128, 131〜133, 137, 138, 142, 143, 147, 148, 157, 159〜167, 169〜171, 174, 178, 180〜183, 187, 188, 194, 196, 198〜202, 204〜209, 212, 214, 215, 217, 238, 240, 246, 248, 249, 251, 254
『「バラの名前」覚書』 249
『パリの秘密』 138
パレストリーニ 72
パレルモ 65
『パロマー』 121
『万能の日々』 13
「ピアチェンツァ・ノート」 228
『ひとりの男』 170
百科全書派 193
『開かれた作品』 29, 30, 70, 76, 78, 82, 122, 135
「ピレッリ」 39
ファッブリ社 77
フェルトリネッリ社 51, 52, 67〜73, 75, 88
『不可視なる者たち』 95
『フーコーの振り子』 iii〜viii, 7, 30, 31, 59, 60, 63, 64, 77, 98, 102, 108, 110, 120, 123, 132, 137〜144, 150〜152, 154, 157, 160, 165, 167, 169, 170, 175, 178, 180, 182, 188, 189, 194, 196, 197, 200, 202, 204, 205, 213, 215, 217〜220, 234, 237, 245, 246, 249, 253

『不在の構造』 122
『ブーベの花嫁』 185
『フライデーあるいは太平洋の冥界』 241
『文学史』 178
ポンピアーニ社 52,53,62,67,69,77,88,122,123,125,129,130,137〜140,223

マ 行

「マイク・ボンジョルノの現象学」 36,39,40,226
「ミネルヴァの小袋」 204
『無垢な女』 34
「メッサッジェーロ」 44
『メテッロ』 194
『メナボー』 26,135
『物語の森への六つの散歩』 237
モンダドーリ社 51,52,77,125,129
『モンテクリスト伯』 179
『モンド』 98

ヤ 行

『山猫』 71,103
『ユリシーズ』 95,200
四七年グループ 65,68

ラ 行

〝ラジオ・ベツレヘム〟 ix,13
「ラジオ・マルクス」 13
『ラ・スタンパ』 41
『ラッザロ』 139
ラテルツァ社 130
『ラボリントゥス』 58
「ラ・レプッブリカ」 97,142
『ランスロットとグイネヴィア』 177
『乱暴な生き方』 97
リッツォーリ社 67,77,125
『リナシタ』 32,183
『歴史』 96,103,194
『レックス・ライダー』 34
『レリーチ』 62
『レンモニオ・ボッレーオ』 194
六三年グループ(グルッポ六三年) ix,24,26,28,29,63,65,68〜72,77,79〜81,86〜88,94,97,104,197,201,225
六八年革命 83,86
『ロビンソン・クルーソー』 241
『論文作法』 78,131,133,136